대종천의 비밀

김순진 소설집

문학공원 소설선 40

대종천의 비밀

김순진 소설집

문학공원

〈책을 펴내며〉

꿈을 위한 행진

    글쓰기란 나에게 삶의 통로이자 꿈의 안착지였다. 늘 외롭고 모든 걸 혼자 해결해야 했던 나의 책 읽는 습관과 글쓰는 습관이 나를 성장시켰다고 생각한다. 중3때 어머니를 여읜 나는 고등학교에 진학하지 못했다. 그래서 나는 대장간으로, 서울의 전자회사로 공돌이 생활을 해야 했다. 나는 공부에 대한 꿈을 버릴 수 없었다. 그래서 공장생활을 접고 고등학교에 진학해 초등학생들의 과외공부를 지도하며 고학했다. 그리고 고3때 지방공무원에 합격했다. 대학에도 합격했지만, 집안 형편 공무원을 다닐 수밖에 없는 환경이었다. 고향 포천에서 공무원을 다니던 나는 공부에 대한 꿈을 접을 수가 없어 그만두고 철밥통이라던 공무원을 그만두고 또다시 서울로 행한다.
    그러나 젊은 나에게 서울살이는 그리 녹록치 않았다. 서울로 나온 나는 봉제공장과 슈퍼마켓, 식당 등의 사업을 벌여 여러번 실패하고 염색공장, 박스공장, 건설현장, 세일 등을 전전하다가 어묵 튀김을 파는 노점을 차려 노상에서 밤을 새며 문학공부를 하게 된다.
    그런 상황에서도 나는 늘 가능성에 눈을 돌렸다. '그렇게 해도 된다'는 것이 나의 신념이자 유일한 후원자였다. 정말 쫄딱 망해서 밤을 새며 노점에서 오뎅과 튀김을 팔며 틈틈이 문학공부를 하다가 나는 취직이나 돈을 벌 것이 아니라 내가 하고 싶은 문학을 위해 직접 뛰어들기로 결정하게 된다. 그런 나는 동업으로 출판사를 차리게 되고, 또다시 실패한 후 2004년 도서출판 문학공원을 창립하고 ≪스토리문학≫ 창간해 오늘에 이르게 된다. 나는 그런 과정 속에서 한국방송대 국문학과와 중앙대 예술대학원 전문가과정에서 공부하며 문학의 기틀을 잡아 오늘에 이르렀다.

남들은 시 하나만 잘 쓰라고 하지만, 나는 목수라면 못도 잘 박고 톱질도 잘 하며, 가구를 잘 만들뿐만 아니라 집도 잘 지어야 한다고 생각한다. 그래서 나는 문학의 전 분야를 아우르며 책을 출간했다. 나는 아직도 엄청나게 꿈이 많다. 첫혼자 쓴 200권의 저서를 내는 것이 첫째의 꿈이다. 지금까지 20권의 책을 출판했지만, 대략 100여 권 분량의 글을 써 놓은 것 같다. 모두 책으로 출간할 것이다. 내 글이 교과서에 실려서 후학들이 배우게 되는 것도 꿈이다. 열심히 쓰다 보면 좋은 상도 타고 그런 꿈도 실현되리라 믿는다.

꿈은 젊은 사람들의 전유물이 아니다. 최고의 문인이 되려는 꿈, 화가가 되려는 꿈, 기타를 잘 치고 싶은 꿈, 화분을 잘 가꾸거나, 텃밭에 상추를 잘 가꾸어 이웃과 나누어 먹는 꿈을 위하여 나는 부지런히 몸을 놀린다. 내가 쓴 소설이 영화가 되어 세계적인 히트를 칠 수 있다는 것을 나는 믿는다.

나는 지금 꿈을 위해 내 몸과 생각과 추억과 상상이 오와 열을 맞추어 행진중이다. 출판사를 하는 나는 단 하루도 문학과 떨어져본 일 없이 지난 25년을 지내왔다. 날마다 글을 읽었고 날마다 글을 썼다. 미국 사람은 영어로 글을 쓰고 중국 사람은 중국 사람은 중국말로 글을 쓰며 나는 한국말로 글을 쓴다. 글을 쓰는데 제약 같은 것은 없다. 그냥 쓰면 된다. '이것도 글이냐?' 비아냥을 들어도 쓰고, '이런 글을 왜 쓰느냐?' 악풀이 달려도 쓰면 내 것이 된다. 내가 가진 추억과 내가 읽은 책과 내가 본 길과 꽃과 경험은 가장 나 다운 글이다.

아들 김제표 군이 유효은 양을 신부로 맞이하여 결혼을 앞두고 있다. 이 책을 결혼식 하객들한테 한 권씩 선물하고저 요즘 이 책의 교정을 서두르고 있다. 다소 교정이 안 되거나 사실과 다른 부분이 있더라도 이해해주시기 바란다. 아울러 공부 열심히 하고 올곧게 자라준 아들 제표에게 고맙다는 말을 전하며, 며느리 유효은 양에게도 우리 제표를 선택해줘서 고맙다는 말을 전한다. 부모로서 부끄럽지 않은 아비가 되리라. 결혼식에 참석해주시고 축의금을 보내주신, 그리고 그동안 나와 우리 가족의 성장을 지켜봐주신 지인 여러분께 감사드린다.

2025년 11월 9일

지은이 김 순 진 올림

차례

책을 펴내며 - 꿈을 위한 행진 ······ 4

더듬이주식회사 ······················ 10

대종천의 비밀 ······················ 44

모닥불 피워놓고 마주 앉아서 ······· 72

합장(合葬) ·························· 104

나, 여기 있소 ······················ 136

비운의 용운이 ······················ 170

함흥차사 박순 ······················ 198

(희곡) 윌리엄 해밀턴 쇼 ··········· 222

작품해설 / 김경수 소설가 ······· 272

더듬이주식회사

더듬이주식회사

1.
"나 같은 죄인 살리신 주 은혜 놀라와
잃었던 생명 찾았고 광명을 얻었네
할렐루야 할렐루야 할렐루야 아멘
할렐루야 할렐루야 할렐루야 아멘"

"니미 씨팔 좆 같네. 토요일인데 왜 그러는 거여, 요즘 영 낚시가 안 되네." 지하철 1호선 천안행, 종각역을 지나며 4-3칸에서 4-4칸으로 건너가며 달수는 빈 바구니를 흘낏 들여다보며 혼잣말로 중얼거렸다.

"이거 큰일 났네. 이러다가 졸라 매 맞게 생겼네."

겁이 더럭 난 달수는 녹음기의 볼륨을 살짝 올리며 4-4칸의 다시 지팡이를 두드리며 걸음을 시작했다. 3호선 종로3가에서 갈아탄 승객들은 만원을 이루고 있었다. 성달수는 볼륨 높인 찬송가 405장 '나 같은 죄인 살리신'의 음률에 따라 발자국을 질질 끌며 앞으로 나가고 있었다.

"야, 돈이 안 걷힐 땐 승객들과 몸을 부딪치며 나가야 해. 그래야 조금 더 관심을 끌 수 있어. 알았어?"

오늘 아침조회 때 이철권 부장의 목소리가 문득 떠올랐다. 달팽이들은 이철권 부장을 살모사라 불렀다.

2.

건설현장에서 위층에서 철거하며 내리던지는 각목에 맞아 다리가 부러졌던 달수는 다리 수술 후유증으로 큰 고생을 했다. 아는 일이 건설일 뿐인데, 다시는 건설일을 하면 안 된다는 의사의 말에 따라 몇 년 째 놀며 살길이 막막한 달수는 1998년 9월 19일자 벼룩시장을 들여다보고 있다.

글랜매디 [수도권 / 대전] 천식 있으신 분 연락바랍니다.
11:00 - 15:00 요일 협의
씨유영동자이점 평일 야간 스태프 모집
23:00 - 09:00 월, 화, 목, 금(주 4일)
빠리빠게트 은평점 직원모집
월~수 17:00-22:00, 토~월 15:00 - 22:00 연봉 3000만 원
세븐일레븐 안양점 정직원
08시 ~ 20시 주5일 연봉 3,300만 원 / 평일, 주말 알바구함
한국청소년후원회 공공사무보조 행정보조 모집(장애인 채용)

서울 서대문 시급 9,910원
한국전력공사 도봉지사 장애인 체험형 인턴 채용
일 76,960원

 "니미 씨팔 장애인들은 직장도 구하지 말라는 거여, 뭐여. 순성한 놈들 직장 구하는 것뿐이고 우리 같은 사람은 날마다 찾아봐도 들어갈 직장이 없네, 없어?"
 응암동의 달수네 집은 보증금 1,300만 원에 월 55만 원짜리 반지하다. 방 두 개에 화장실 하나. 몇 년 전 홍수 때는 불광천 물이 역류해 집안 가재도구가 모두 물에 잠기는 고통을 겪기도 했다. 좋은 직장에서 잘리고 노동판에서 막일을 하다 다리를 다친 달수에겐 들어가고 싶은 직장은 많지만, 오라는 곳이 없다. 마누라는 도망간 지 오래고 할 수 없이 홀어머니의 집으로 들어온 달수에겐 기초생활수급자다. 한 사람당 60만 원씩 두 사람이 120만 원 남짓 받는 돈우로 월세와 각종 공과금을 주고 나면 남는 돈은 60만 원이 채 안 된다. 부식 사 먹기도 빠듯한 돈에 언제 고깃집에 가보았는지 생각이 나지 않는다.
 이번 추석은 연휴가 길었다. 가족이 단출하고 친척이 없는 달수는 이런 명절이 싫다. 엄마와 단둘이서 아버지 차례를 차리긴 했지만, 나물 몇 가지에 과일 서너 가지, 송편 한 대접, 돼지산적 한 접시가 차례상의 전부여서 먹자할 것이 없다. 제주로 남은 김포약주를 홀짝홀짝 따라 마시던 달수는 주섬주섬 옷을 걸쳐 입고 파출소 모퉁이 씨유로 갔다. 막걸리 한 병과 오징어땅콩 과자 한 봉지를 사 들고 나오려는데 씨유 앞에 생활정보신문 벼룩시장, 교차로가 새로 꽂혀 있다. 달수는 씨유 앞에서 가지고 온 벼룩시장, 교차로의 구인·구직 쪽을 샅샅이 들여다보던 달수가 서울 막걸리 한 잔을 따라 마시다 눈이 번쩍 뜨였다.

벼룩시장의 이 박스광고를 본 달수는 완전히 자신을 위한 직장 같이 생각했다.

'우와, 이런 광고가 왜 이제 나온 거야.'

달수는 혼잣말로 흥분하며 부엌 싱크대 위 숟가락 통에 꽂혀 있는 가위를 가져다 박스광고를 오려 밖으로 가지고 나와 떨리는 목소리로 폴더폰의 숫자 버튼을 눌렀다.

더듬이주식회사
사원 大 모집

월 200만 이상 가능
60세 이상 남성

신체장애자 사업실패자

독신 외로우신 분

가족같이 특별 우대함

02-3245-0000

"여보세요. 더듬이주식회사죠?"

"아. 네. 맞습니다. 실례지만 어디신데요?"

상대방은 50쯤 돼 보이는 여자의 목소리로 어딘지 모르게 사기성이 흐르는 듯한 명랑한 목소리였다.

"저…, 벼룩시장의 광고 보고 전화드렸는데요."

달수는 떨려서 억지로 말을 이었다.

"아. 네. 잘하셨어요. 실례지만 연세가 어떻게 되시는데요."

상대방에서 나이를 묻자 달수는 '나처럼 나이 먹은 사람도 써 줄까?'하는 생각에 겁이 더럭 났다.

"예순여섯인데요…."

달수가 말끝을 흐리며 대답했다.

"아, 네. 딱 우리가 찾는 연세네요. 너무 좋습니다. 실례지만 신체는 건강하신지요?"

'신체가 건강하냐?'는 말에 달수는 생각에 잠겼다.

"…."

"여보세요. 여보세요? 전화 끊으셨어요?"

"아, 아, 아니요?"

달수가 말을 더듬으며 대답했다.

"신체가 건강하시냐구요? 선생님!"

그 말에 달수는 더럭 화가 났다.

"아, 씨발. 건강하면 이런데 전화하겠어요. 안 되면 됐구요."

속으로 '또 안 되는구나.'라고 생각한 달수는 전화를 끊을 결심으로 퉁명스럽게 말했다.
 "아, 그런 게 아니구요. 선생님! 우리가 광고에 썼잖아요. 신체 장애자나, 사업실패자, 독신, 외로우신 분을 가족같이 특별 우대한다고요. 신체에 장애가 있는 것은 선생님의 잘못이 아니에요. 내 몸에 장애가 있다고 해서 도전하지 않는 것이 잘못이지요? 채용해드리면 열심히 일해주실 수 있나요?"
 "아, 정말요. 고맙습니다."
 상담원의 말에 달수는 속으로부터 감동이 올라와 눈물이 핑 돌았다.
 "그럼요. 정말이고 말고요. 어디가 불편하신데요?"
 상냥한 상담원의 말에 달수는 속내를 털어놓았다.
 "실은 제가 오래전에 건설 현장에서 일하다가 다리를 다쳐서 절룩거리며 걸어요."
 "아, 그래요. 걸으실 수는 있는 거지요?"
 "그럼요. 등산도 갈 수 있어요. 하루 종일 서서 일해도 충분합니다."
 상담원의 말에 달수는 용기를 내서 말했다.
 "아, 그래요? 지금 사시는 곳은 어디지요?"
 "응암동입니다."
 "그러세요. 그럼 오늘이 10월 2일이니까 10월 5일에 면접 보러 나오실래요? 우리 회사가 선생님이 사시는 곳에서는 좀 멀어요. 그렇지만 오후 1시까지 출근하면 되니 출근 시간은 충분합니다.

일단 면접에 통과하면 한 달 동안 합숙 교육이 있으니, 집에다 말씀해놓으시고요."

"아, 그렇군요. 회사는 어디에 있는데요?"

"우리 회사는 구로역 근처에 있어요. 구로역 4번 출구로 나오셔서 전화하시면 사람이 모시러 나갈게요. 일단 면접을 보러 오세요."

"네. 알겠습니다. 고맙습니다. 고맙습니다."

달수는 전화기를 들고 몇 번이나 인사를 했다.

"엄마, 엄마! 나 취직할 것 같아. 10월 5일에 면접 보러 오래."

전화를 끊은 달수는 엄마의 방으로 달려가 누워서 TV를 보고 있는 엄마를 향해 소리쳤다.

"그래? 그거 정말이야? 어떤 회사인데?"

엄마가 좋아서 몸을 일으켜 만면에 웃음을 띠며 물었다.

"아직 잘 모르겠어. 만약에 면접에 통과하면 한 달 동안 합숙 교육이 있다니까, 내가 면접 갔다가 혹시 안 오면 합숙 교육에 들어간 줄 알아, 엄마!"

"얘, 취직만 한다면, 이 에미는 니가 배를 타도 괜찮아."

엄마는 늘 집에만 있는 늙은 아들 달수가 실은 원수처럼 보기 싫다. 어디로든 떠나가 버렸으면 좋겠다는 생각이 무시로 들던 참인데, 밥을 차려 달라고 하지 않고 교육을 간다니 그것만으로도 속이 다 시원하다.

그렇지만 달수는 온 세상을 다 가진 것 같다. 일을 한 지 벌써 10년이 훌쩍 넘었다. '50대 초반에 건설현장에서 위층에서 철거하며 내리던지는 각목에 맞아 다리가 부러져 절룩거리며 걸은 지도 벌써 10년이 됐구나?' 생각하니 눈물이 흐른다. 달수는 남은 막걸리를 따라 마셨다. 오늘따라 막걸리 맛이 더 달다.

3.
 드디어 면접 날이다. 달수는 간밤에 잠을 제대로 이루지 못했다. 머리를 감고 옷을 입으려니 성한 옷이 없다. 넥타이를 매고 정장 차림에 가고 싶었지만, 언감생심이다. 넥타이는 건설현장에 다닌 이후에 맨 일이 없다. 장롱을 열었다. 석 자 짜리 하늘색 간이장롱 두 개, 하나는 이불을 얹고 엄마가 쓴다. 그리고 하나는 달수가 쓰는데, 위에는 겨울옷과 여름옷을 섞어 걸고, 아래쪽엔 추리닝이며 티셔츠, 남방 등이 섞여 싸여 있다. 멀쩡한 기지바지도 없고 맨 추리닝뿐이다.
 '뭘 입고 가지?' 다행히 때 낀 청바지 하나가 장롱에 매달려 있다. 달수의 유일한 외출복이다. 외투도 없다. '윗도리는 무얼 입는담…' 언제 샀는지 양쪽 팔에 하얀 줄이 네 줄이나 박힌 추리닝 윗도리가 보인다. 청바지에 추리닝을 받쳐 입어보았다. 거울을 보니 제 딴엔 괜찮아 보인다. '에이. 그래도 면접에 추리닝을 입고 갈 수는 없지.' 달수 자신이 생각해도 면접에 추리닝은 아닌 것 같다. '그럼 무얼 입지?' 가을 점퍼를 하나 사 입자니 수중에 돈이 없다. 장롱 구석에 매달린 쥐색 누비 패딩, 이젠 가을날

씨가 새벽으로 8도에서 10도를 내려가니 이젠 패딩을 입어도 될 것 같다.

 청바지에 패딩을 차려입은 달수는 면접 시간에 늦을까 봐 8시에 집을 나섰다. 7025번 버스를 타고 녹번역으로 가서 전철을 탈 수도 있지만, 새절역으로 발을 옮겼다. 66세의 달수도 이젠 만 65세가 넘어 지공선사가 되었다. 지하철 공짜! 생각만 해도 세상이 아름답다. 몇 번을 갈아타도 공짜라니? 젊은 시절 육군으로 입대해 병장으로 군복무를 마친 달수지만, 지하철 공짜를 타려니 무슨 무장공비라도 잡는 큰 공을 세운 국가유공자가 된 느낌이다. '이런 걸 모르고 집에만 있었다니…' 생각하니 집구석에서 밥이나 죽이며 바보 같이 산 것이 후회된다. 합정역에서 갈아탄 달수는 신도림역에서 다시 한번 갈아탔다. 신도림역에서 구로역은 한 구역이다. 드디어 구로역에 내렸다. 건설을 다닐 때 구로역 건영아파트를 지으러 왔던 생각이 난다. 두부장사하던 최사장이란 새끼가 중간책임자였는데, 달수를 더럽게도 갈구던 생각에 지금도 이가 갈린다. '씨발놈 여기 아니면 일할 데가 없는 줄 알아?' 그러면서 그 현장을 그만두고 인력사무소에 일을 나갔다가 다리를 다쳤다. 집에서 나온 시간부터 구로역 도착시간까지 대략 한 시간쯤 걸린다.

 구로역 4번 출구로 나왔다. 도착한 시간은 8시 54분, 너무 빨리 왔다. 아침을 먹지 않고 와서 출출하다. 이곳저곳 둘러보려니 김밥천국이 보인다. 들어가서 떡라면을 시켰다. 여느 때 같으면 벌써 막걸리를 두 병은 깠을 시간이다. 면접을 보러 가는데 술을 먹고 갈 수도 없지만, 김밥천국에는 막걸리를 팔지 않는다. 따끈한 국물을 속에 넣으니 몸이 따듯해진다. '지금 전화해도 될까?' 몇 번이고 망설이다가 9시 반이 넘어서 전화를 했다.

"여…, 여보세요."

"아, 성달수 씨죠."

50대 중년 여성의 목소리가 들렸다. 지난번에 전화했을 때 그 여자 같다.

"네…."

달수는 자기도 모르게 대답이 흐려졌다. 전화를 받는 상대방이 젊은 아가씨로 잘 나가는 회사이길 속으로 기대했는지도 모른다.

"거기가 어디시지요?"

"구로역 4번 출구 앞입니다."

"아, 그러세요. 그럼 모시러 나갈게요."

"네. 알겠습니다."

10분쯤 두리번거리며 기다리자 한 건장한 남자가 다가오며 물었다.

"혹시 성달수 씨이신가요?"

"아, 네…."

달수는 뭔가 무섭다는 생각이 들어 대답의 말끝을 흐렸다.

"더듬이주식회사 조제약 팀장입니다."

"네…."

더듬이주식회사 · 19

"저를 따라오세요."

앞서가는 조 팀장이란 남자의 목 뒤로 문신이 보였다. 달수는 순간 따라가야 하나 말아야 하나 기로에 섰다. '죽이기야 하겠어? 여기까지 왔으니 한 번 가보지 뭐.'라고 생각한 달수는 조 팀장을 따라가며 '주식회사라고 했는데 왜 이런 골목으로 가지. 지름길인가?'라며 혼잣말을 했다.

4.

조 팀장은 태광실업이라는 간판이 붙어 있는 한 대문 안으로 들어갔다. 따라 들어가 보니 회사는 제법 공간이 넓었다. 슬레이트에 벽돌 건물이 세 개가 있었고, 이상하게도 담장이 높이 쌓여 있었다. 조 팀장은 맨 앞 건물로 그를 안내했다.

"이리로 들어오세요. 성달수 씨!"

'어, 벼룩시장에는 분명히 더듬이주식회사라고 했는데 왜 태광실업이라 붙어 있지?' 달수는 순간 뭔가 잘못돼가고 있다는 것을 느꼈다. 그리고는 걸음을 주춤했다. 그러자 조 팀장이란 남자는 슬쩍 성달수의 팔짱을 끼고 맨 앞 건물의 문을 열었다.

건물 앞쪽엔 사무용 책상이 하나 놓여있었고 '면접'이라 쓰여진 팻말이 놓여있었다.

"어서 오세요, 성달수 씨! 그리로 앉으세요."

책상 앞에 앉은 여자는 아까 구로역 4번 출구에서 전화 받을 때의 목소리였다.

"아, 네."

달수가 엉덩이를 반쯤 걸치고 철제의자에 엉거주춤 앉자 그녀가 입사지원서를 내밀었다.

"성달수 씨, 입사지원서에요. 여기에 인적사항을 써주세요."

마음에 썩 내키지는 않았지만, 평소 책을 많이 읽고, 자주 낙서를 하던 달수는 무얼 쓰는 것은 익숙해져 있던 터라 거침없이 칸을 메워나갔다. 입사지원서에는 개인의 주소, 전화번호, 주민번호, 휴대폰 번호뿐만 아니라 가족 사항, 학력, 경력, 몸무게, 신장, 취미, 특기에 이르기까지 상세하게 기술하는 칸이 쳐져 있었다. 달수는 입사지원서의 '희망급여액'이란 칸에서 멈추었다. '얼마를 쓰지? 광고에 월수 200이상이라고 했으니까, 200만 원만 쓰지 뭐.'

"다 쓰셨어요?"

그 여자가 안경 너머로 달수를 쳐다보며 물었다.

"네….”

"저분을 따라 교육관으로 가세요."

조 팀장은 달수를 데리고 다른 건물로 갔다. 그 건물은 교육관이라 쓰여 있었는데, 그곳에는 이미 여러 사람이 와 있었는데 몰골이 그리 좋아 보이지 않았다. 어떤 사람은 걸음을 잘 걷지 못하는 사람도 있었고, 어떤 사람은 깡마른 체구에 눈이 '퀭'하니 십 리쯤 들어가 보이는 사람도 있었다. 그 건물 안엔 책상이나 칠판 같은 것은 없고 철제의자가 10여 개 보였었다.

"그리로 앉으세요. 저는 여러분을 도와드릴 이철권 부장입니다."

"아, 네. 안녕하세요. 그럼 저는 채용이 된 건가요? 면접도 안 했는데요."

"여기 계시는 분들도 성달수 씨와 함께 교육받을 분들입니다. 여러분들은 소정의 교육을 받고 적성과 능력을 평가한 후 능력에 따라 각 부서에 채용되실 겁니다."

"…."

달수는 뭐라 대답할 생각이 나지 않는다.

"우리 더듬이주식회사에 오신 것을 환영합니다. 여러분은 한 달 간 교육을 받게 되실 겁니다. 그리고 여러분께서는 우선 우리 회사의 방침에 따라 들어오실 때 쓰신 주소와 가족의 전화번호로 오늘이나 내일쯤 100만 원의 선불과 과일바구니가 보내질 겁니다. 부모님이나 가족한테 연락해주세요."

거금 100만 원을 선불로 주고 과일바구니가 보내진다는 말에 달수를 비롯한 입사동기들은 한 달 동안 교육을 받아야 한다는 말을 금방 잊고 들떠서 웅성거렸다. 언제 100만 원을 벌어보았는지 모른다. 건설현장에서 다리를 다친 이후로 돈을 번 기억이 없다.

"20분 동안 휴식하겠습니다. 이 시간을 이용해서 가족한테 전화를 해주세요."

"여보세요. 엄마! 나야. 달수!"

성달수는 100만 원을 선불로 준다는 말에 신이 나서 엄마에게 전화를 했다.

"달수냐! 근데 취직하러 간다는 놈이 어쩐 일이냐?"

티브이 소리가 들리는 수화기 안에서 엄마의 목소리는 여전했다.

"응, 엄마. 나 한 달 동안 교육을 받아야 한대. 근데, 회사에서 선불로 100만 원과 과일바구니를 보낸다고 하네."

"뭐야. 너 시방 뭐라 했냐? 뭐? 벌써 돈을 줘! 그것도 100만 원이나? 이야, 우리 달수가 효도를 하네. 효도를 해!"

수화기 속의 엄마의 목소리는 들떠 있었다.

"응, 오늘이나 내일 가져다준대. 나는 일주일 동안 교육이라 집에 못 들어간다. 알았지?"

"아따, 썩을 놈아. 돈만 벌어다 주면 석 달 열흘 안 들어와도 쓰것다."

달수는 이렇게 엄마가 좋아하니 아무리 힘들어도 열심히 일하리라 생각했다.

"여러분! 잘 오셨습니다. 우리 더듬이주식회사는 사원뿐만 아니라 사원의 가족들을 먼저 생각하는 회사입니다. 여러분들이 앞으로 한 달 동안 교육을 받게 되면, 우리 더듬이주식회사의 일에 자부심이 생기고 열심히 일해 부자가 되는 꿈을 꾸실 겁니다. 우선 점심시간이 되었으니, 숙소를 배정하고 12시부터 점심식사를 하겠습니다."

달수와 일행들은 군대 내무반과 똑같이 생긴 생활관에 들어가 잠자리를 배정받았다. 식당에 갔더니 자율배식이다. 식사는 일식 사찬, 밥과 국에 반찬이 세 가지였다. 멀건 어묵국에 허연 깍두기, 희끄무레한 계란찜, 거의 국물멸치 급의 굵은 멸치볶음이 반찬의 전부다. 달수는 엄마가 그렇게 맛있는 김치에 때마다 북엇국이며 콩나물국을 끓여놓고 밥을 먹으라 해도 반찬이 없다며 안 먹고 막걸리를 사다 마시던 생각을 했다. 막걸리를 못 마시니 속이 타들어 가는 듯한 갈증에 금단현상이 와서 손이 흔들릴 정도다. 마치 군대 같은 식당에서 식판에 짬밥같이 초라한 밥을 먹었지만, 집으로 100만 원이 보내진다는 말에 밥이 꿀맛처럼 달다.

오후 1시, 약간의 휴식이 끝나고 달수 일행은 또다시 교육관에 모였다.

"조 팀장, 이 사람들을 실습실로 안내해!"

이철권 부장은 조제약 팀장에게 지시했다.

일행들은 조제약 팀장을 따라 지하로 이어진 계단으로 내려갔다. 실습실에는 벌써 사람들로 가득차 있었다. 40평쯤 되는 지하 1층 실습실에는 전동차와 완행버스, 계단과 재래시장, 상가 등의 세트가 꾸며져 있었고 20여 명쯤 되는 사람들이 실습에 열중하고 있었다.

"우리 회사 이름이 뭐지요?"
이철권 부장이 갑자기 우리 신참들에게 물었다.
"태광실업이요."
눈이 퀭한 사람이 대답했다.
"아, 그것은 전에 있던 사람이 내건 간판입니다. 우린 드러내 놓고 할 수 없는 음성적인 사업이기 때문에 간판을 내걸지 않았지만, 우리 회사 이름은 더듬이주식회사입니다. 더듬이가 무엇인지 아는 사람?"
"저요. 달팽이의 머리에 난 뿔이요."
"네, 맞습니다. 성달수 씨가 아주 잘 알고 계시네요. 그럼 더듬이주식회사에서는 무슨 물건을 취급할까요?"
"…."
아무도 대답하는 사람이 없다.

재래시장처럼 만든 실습세트에는 찬송가를 틀어놓고 엎드려 기어가는 사람이 보인다.
"에헤이, 무릎으로 밀지 말고 두 손으로 밀란 말이야. 무릎으로 밀면 다리가 있는 걸로 다 눈치채잖아? 다리는 양반다리로 잘 묶었어?"
조교 A는 튜브로 가려진 실습생의 다리를 툭툭 차며 말했다.

"네, 잘 묶어서 테이프로 감았습니다. 알겠습니다. 다시 해보겠습니다."

한 실습생이 바퀴가 달린 돈바구니를 밀며 찬송가에 지렁이처럼 오체투지로 나가고 있다.

"내 주를 가까이 하려 함은
십자가 짐 같은 고생이나
내 일생 소원은 늘 찬송하면서
주께 더 나가길 원합니다…."

스피커 박스에서는 찬송가가 더 크게 울려 나왔다.

"그래, 좋았어. 그렇게 하란 말이야. 그런데 부단한 연습이 필요해. 왜냐하면 긴 시장통을 팔의 힘만으로 앞으로 가려면 팔뚝과 어깨에 근육이 생겨야 한단 말이야. 그래서 당신 같은 신참들을 영업장에 못 데려가는 거야. 팔다리가 안 저리고 근육이 생길 때까지 훈련에 훈련을 거듭해야 해. 열심히 해. 알았어?"

조교 A가 지렁이한테 말했다. 지렁이는 그제서야 이해를 했다는 듯 두 손으로 열심히 시장통을 기어갔다.

"에헤이, 아니 그렇게 빨리 기어가면 어떤 놈이 돈을 주겠어. 최대한 천천히 기어가란 말이야. 돈이 안 나오면 고개를 들고 '한 푼 보태주세요'라고 애원을 해. 찬송가도 더 크게 틀고…."

달수는 속으로 '저 지렁이팀에 걸리면 큰일인데'라고 생각했다.

계단 세트장 앞에 조교 B가 서 있다.

"어이, 거기 노친네!"

달수는 자기를 부르는 줄 알고 손가락으로 자신을 가리키며 물었다.

"저요?"

"아니, 당신 말고, 그 옆에 여자. 당신 말이야."

조교 B는 지시봉으로 달수 옆의 사람을 가리키며 말했다.

"응, 그래. 여기서 당신처럼 늙은 여자가 어디 있어. 당신은 걸어 다니는 것도 기어 다니는 것도 힘드니까 이제부터 벼룩이팀이야."

"저, 아직 젊은데요. 고생을 해서 그래요."

"그렇거나 저렇거나 당신 머리가 젤 하얗잖아?"

"알겠습니다."

그 여자가 씁쓸한 표정을 대답했다.

"왜 벼룩이팀인 줄 알아?"

"잘 모르겠습니다."

"생각해봐. 육교에 오르내리는 사람들이 돈이 있으면 얼마나 있겠어. 벼룩이 같은 사람들이지. 생활정보지 이름이 왜 벼룩시장인 줄 알아? 벼룩처럼 작고 하찮은 사람들이 보는 신문이라는 거야 아줌마. 이제부터 우리는 벼룩의 간을 내먹는 거야. 알겠어?"

"네, 알겠습니다."

"아줌마는 앞으로 며칠 동안 세수하지 마. 머리도 감지 말고 알았어?"

"…?"

"최대한 불쌍하게 보이도록 하란 말이야. 이리 와봐. 여기 계단 두 번째에 앉아. 사람이 지하철에서 이쪽으로 나오잖아. 거기 길목에 앉는 거야. 그래야 비켜 다니며 계단을 오르는 사람들이 아줌마를 볼 수가 있어. 알았지?"

"네, 알겠습니다."

"여기서 이렇게 비스듬히 앉아요. 그리고 이 박스에 쓰여진 팻말을 바구니 앞에다 놓는 거야."

조교 B가 건네준 종이 팻말에는 "저는 아이의 갑작스런 죽음으로 말을 잃었습니다. 저에게는 책임져야 할 또 한 아이가 있습니다. 도와주세요."라 쓰여 있었다.

아줌마 벼룩은 열심히 구걸 연습을 했다.

버스 세트장에 한 나비가 손잡이를 잡고 팔랑거리며 말을 했다.

"버스에 계신 신사 숙녀 여러분 저는 일찍 조실부모하고 공장에서 일을 하는데, 내 돈을 공장장이 가로채서 화가 나서 칼로 찔렀습니다. 그래서 5년 징역을 살고 나와보니 할 일이 없습니다. 여러분께서 도와주시면, 바른길로 살아가겠습니다."

그렇게 말하는 나비의 얼굴에는 살을 꿰맨 자국이 있었다. 그런데 달수가 자세히 보니 그 자국은 공업용 본드로 살을 붙여 볼펜으로 그은 자국이었다.

"에이, 조금 더 좌석 쪽으로 얼굴을 들이대며 하란 말이야."

조교 C가 떡대 나비의 등을 치며 말했다.

'어휴, 저런 떡대도 여기서는 꼼짝을 못하는구나.' 속으로 그렇게 생각한 달수는 이곳에서 나가고 싶었지만, 도망갈 방법이 없다. 철문 앞에는 건장한 남자들이 지키고 섰고, 담장은 너무 높다. 이곳에 온 사람들은 모두 사업에 실패하고, 건강이 좋지 않고, 외롭고 힘든 사람들이다. 모두 정상적인 회사생활이 어려운 사람들이다. 그러기 때문에 정상적으로 사업을 하기가 어렵다. 물건이나 보험, 땅 같은 물건을 팔자면 많은 자본금이 필요하지만, 그들의 사업방식은 자본금이 들지 않는 사업이다. 생각해보니 달수는 자기처럼 가진 것 없는 사람들에게는 좋은 사업이라는 생각도 든다.

머리를 박박 민 채 승복을 입은 한 교육생이 목탁을 두드리며 조교 D에게 교육을 받고 있다.

"똑 똑 똑 똑 똑 또도도도독독 똑, 나무아미타불 나무아미타불 나무아미타불 나무아미타불…."

"아니아니, 그렇게 염불만 하지 말고 목탁을 같이 두드리란 말이야. 목탁 이리 줘봐. 이렇게 가게 문을 열고 들어가."

조교 D가 세트장으로 꾸며진 상점의 문을 열며 말했다.

"이렇게 문을 열고 한 발자국만 들어간 다음, 목탁을 먼저 세 차례 두드려. 똑 똑 똑 똑 똑 또도도도독독, 똑 똑 똑 똑 똑 또 도도도독독, 똑 똑 똑 똑 똑 또도도도독독…. 그리고 똑같은 패턴으로 목탁을 두드리면서 될 수 있으면 최저의 저음으로 나무아 미타불을 외우는 거야. 나무아미타불 나무아미타불 나무아미타 불…. 이러게요. 아시겠어요, 땡중 스님?"

조교 D는 승복을 입고 목탁을 든 땡중에게 아무리 가르쳐도 모르겠느냐는 눈치를 주며 시범을 보였다.

"아미타불. 네, 알겠습니다."

땡중은 '아미타불'하는 소리와 함께 두 손을 모으며 대답했다.

"에헤이, 아미타불은 홍콩영화에 나오는 말이고, 우리나라는 아 미타불이라 안 해. 나무아미타불…. 이렇게 낮은 목소리로 합장 을 하면서 말하지."

"나아미타불, 네 알겠습니다."

"'네 알겠습니다'는 빼고 '나무아미타불'만 하란 말이야. 아 씨 팔 졸라 못 알아듣네."

"나아미타불…."

"그래. 목탁을 두드리면서 다시 한 번 해봐!"

"똑 똑 똑 똑 똑 또도도도독독, 똑 똑 똑 똑 똑 또도도도독독, 똑 똑 똑 똑 똑 또도도도독독…. 나무아미타불 나무아미타불 나 무아미타불…."

"그래. 그렇게 해. 잘했어. 돈을 줄 때까지 목탁을 더 세게 두드려 알았어?"

"네, 알겠습니다. 나무아미타불….."

"에헤이, 또 그런다 또 그래. 스님은 사제말 하면 안 된단말이야. 그냥 무조건 대답이 나무아미타불이야 나무아미타불, 아무리 가르쳐도 씨발 도루아미타불이네 좆도…."

달수는 달팽이팀에 배정받았다. 신체조건이 깡마르고 눈이 움푹해서 맹인행세를 하기에 적합하다고 했다. 달수는 전동차로 꾸며진 세트 안에서 맹인 훈련을 했다. 전화를 받았던 여직원이 달수에게 맹인처럼 눈을 감으라 하고 검은 매직으로 작은 점을 찍어주며 '성달수 씨 정말 장님 같아요.'라며 웃었다. 조교 D는 찬송가가 녹음된 스피커를 목에 걸고 다리를 살짝 끌며 걷는 방법과 지팡이를 두드리는 방법의 시범을 보였다. 그리고 달수에게 해보라고 했다. 달수는 마음에 내키지 않아 엉거주춤 걸었다.

"에이, 씨팔, 그렇게 말고, 이렇게 다리를 조금 끌란 말이야."

조교 D가 신경질을 내며 거친 말로 달수를 몰아붙였다.

"나, 집에 갈 거야. 씨팔!"

달수가 화를 내며 소리쳤다.

"뭐, 이런 개새끼가 있어, 야, 이 새끼 독방으로 데려가서 손 좀 봐줘!"

조 팀장의 명령에 따라 양 팔뚝을 문신한 건장한 남자 둘이

달수의 팔짱을 끼고 어디론가 데려갔다.

그곳은 어둠침침한 공간이었는데 쇠파이프와 각목이 한켠에 세워져 있었다.

"야, 씨발놈아. 여기 놀러 온 줄 알아! 우리가 너 같은 그지새끼한테 왜 100만 원씩이나 주겠어. 너, 웅암동 대림시장 뒤에서 엄마랑 지하실에 살더라. 넌 여기 들어왔을 때 이미, 죽은 목숨이나 다름없어 씨발놈아. 너, 니 엄마랑 쥐도 새도 모르게 죽고 싶어? 이런 좆 같은 새끼. 한 번만 더 까불면 여기서 죽어서 나갈 거야. 알았어 씹새야."

조교 D와 또 다른 남자의 집단구타가 있었고, 달수는 거의 죽을 뻔하다가 깨어났다. 온몸이 쑤시고 아팠다. 밤새 꼼짝 못하고 누워있었던 것 같다.

"성달수!"

"…."

"성달수!"

"…."

"대답 안 해? 개새끼야? 야, 이 새끼 매를 덜 맞았나 봐! 각목 좀 가져와!"

"네, 성달수입니다!"

성달수는 각목을 가져오라는 말에 정신이 번쩍 들었다.

"아침 일곱 시 반이야. 식사 시간이니까 얼른 씻고, 가서 밥

먹어. 그리고 아홉 시까지 실습실로 와. 알겠어."

깨어보니 달수는 생활관 매트 위에서 자고 있었다. 누가 이리로 데려다 놓았는지는 모른다. 그런데 생활관에 있는 사람들도 그에게 아무런 관심을 보이지 않는다. 여기서는 서로 말을 하지 않도록 교육받았다. 생활관 안쪽에 세면실 겸 화장실이 있고, 생활관 바깥쪽에 식당이 있다. 달수는 관물대 같은 캐비닛에 모포를 개어 넣고 그곳에 정리된 수건과 세면도구를 가지고 세면장으로 갔다. 윗옷을 벗어보니 여기저기 피멍이 들어있다. 눈물이 나온다. '어떻게 여기서 탈출하지?'란 생각이 문득 들었지만, 지금은 탈출을 꿈꿀 단계가 아닌 것 같다. '어떻게든 내가 여기서 빠져나간다.' 달수는 속으로 결심했다. '아침 먹고 9시까지 교육관으로 오라'는 말이 생각난 달수는 부지런히 머리를 감고 세면을 했다. 자칫, 늦었다가는 또 구타를 당할 것 같은 생각이 든다.

그들은 회사와 영업사원이 똑같은 5:5 조건으로 이득금을 분배한다고 했다. 그들은 회사 승합차로 우리를 현장에 태워다주고, 퇴근 때도 퇴근시켜준다고 했다. 달수가 소속된 더듬이주식회사에는 크게 다섯 가지 팀으로 분류되어 있다. 지렁이팀, 벼룩이팀, 나비팀, 달팽이팀, 민달팽이팀이 그것이다. 지렁이팀은 재래시장에서 타이어 튜브를 다리에 신고 엎드려 기어 다니며 구걸하는 팀이고, 벼룩이팀은 육교나 지하철 계단에 앉아 구걸하는 팀이다. 나비팀은 버스를 타고 이동하며 반강제적으로 구걸하는 팀이고, 민달팽이팀은 머리를 면도기로 박박 밀고 가짜 스님이 되어 상가를 다니면서 시주를 구걸하는 팀이고, 달팽이팀은 지하철 전동차를 오가며 맹인처럼 구걸하는 팀이다. 그들의 호칭은 각기 지렁이, 벼룩이, 나비, 달팽이, 민달팽이로 '어이, 지렁이 이리 와 봐.' 식으로 불렸다.

달팽이팀에 배정된 달수는 조교의 지시에 따라 까만 선글라스를 낀 채 스피커를 틀고 전동차 세트 안을 걷고 있다.

"나 같은 죄인 살리신 주 은혜 놀라와
잊었던 생명 찾았고 주 은혜를 얻었네
할렐루야 할렐루야 할렐루야 아아멘
할레엘루야 할레엘루우야 할레엘루우야 아아아멘…"

생전 교회에 가보지 않던 달수는 왜 그런지 이 찬송가가 좋다. 이젠 하도 들어서 가사도 다 외운다. 달수가 달팽이팀에 떨어진 것은 순전히 이름 덕분이다. 이름 달수에 달 자가 들어갔다고 부르기 좋고 기억하기 좋다며 달팽이팀에 넣어준 것이다. 달수는 속으로 목탁을 두드리는 것보다는 찬송가를 틀어놓고 걷는 것이 좋다고 생각했다.

며칠 동안 교육을 받은 후에야 달수는 더듬이주식회사의 속성과 사업방식에 대해 이해할 수 있었다. 말하자면 이곳은 조폭들이 운영하는 앵벌이 회사다. 그야말로 사업에 실패한 놈, 생활이 빈곤한 놈, 건강이 부자유스러운 놈, 외톨이 등의 사람을 잡아다 교육시켜 일을 시키는 곳이 더듬이주식회사다.

5.
드디어 교육이 끝나고 영업을 나가는 날이다.
나비와 벼룩, 민달팽이들은 3일 동안의 짧은 교육을 받고 영업에 투입되었다고 했다. 그렇지만 달팽이들은 교육의 시간이 조금 더 길어져 1주일의 교육이 필요했다. 지렁이들은 팔의 근육을 발달을 위해 한 달 동안의 교육기간이 필요하다고 했다.
'지하철에 투입되기만 해라. 바로 도망갈 테니….' 달수는 속으로 생각했다.
"성달수 씨 오늘부터 영업에 나가는 거야. 영업 이득의 1/2 조건인 거 알지? 열심히 해야 돼. 월 500도 가능해? 아시겠어요? 혹시 도망치다 걸리면 가족까지 다 죽일 줄 알아! 알았어?"
이철권 부장이 날카로운 눈초리로 달수를 바라보며 말했다. 이 부장이 말에 달수는 자기 속내가 들킨 듯 깜짝 놀라며 진저리를 쳤다.
"달팽이들, 모두 나와서 1879 승합차를 타세요. 첫 영업을 나갑니다."
달수와 같이 교육을 받은 달팽이 동기는 모두 6명이었다. 서로 눈인사는 했지만, 개인 간의 대화 금지라는 회사방침에 따라 그들은 통성명도 하지 못한 사이였다. 모두 12명이 15인승 승합차에 같이 탔다. 달수는 속으로 1호선이나 6호선에 내려주었으면 하고 바랬다. 그런데 승합자는 1호선이나 6호선과는 전혀 상관없는 곳으로 달리고 있었다. 그리고 달수를 2호선 대림역에 내려주었다.

조교 D가 말했다.
"성달수 씨는 2호선에서 영업하세요. 종합운동장 방향으로 타서 전동차 맨끝 칸까지 일을 마치면 그곳에서 다시 갈아타며 일하고 대림역으로 2호선을 완전히 한 바퀴 돌아오는 거예요? 아시겠어요. 성달수 씨!"
"네, 알겠습니다. 팀장님!"
전철에 타기 전 달수는 따라 내려온 조교의 눈을 피해 지하철 노선도를 흘깃 살펴보았다. '교대, 그래 교대에서 3호선으로 갈아탈 수 있지?' 그렇게 생각한 달수는 교대에서 내려 3호선을 타고 집으로 도망갈 계획을 세웠다.
대림역에서 까만 선글라스를 쓰고 스피커를 목에 메었다. 돈가방을 앞으로 메고 지팡이를 챙겨들었다. 조교 D가 옆에서 가방과 선글라스를 고쳐주며 시중을 들었다.
"자. 전동차가 온다. 어서 들어가요. 성달수 씨! 당신은 걸인이 아니고 사원이야. 더듬이주식회사 사원, 집 사고 부자되는 꿈을 꾸고 열심히 일하는 거야. 알았죠?"

어쩐 일인지 그렇게 쌀쌀맞고 매정하게 굴던 조교 D가 달수에게 따스하게 말했다.

"네, 알겠습니다."

애초부터 도망갈 계획을 세운 달수는 조교가 집을 사고 부자가 되는 꿈을 꾸며 열심히 일하라는 말에 왠지 모를 도전정신이 불타올랐다.

교육을 받은 대로 3-2칸 앞에 섰다. 1-1칸에 타면 승무원이나 지하철 보안관에게 걸릴 수 있다는 게 교육의 내용이었다. 드디어 전동차가 왔다. 선글라스를 고쳐 쓴 달수는 지팡이를 두드리며 전동차를 탔다. 그리고 스피커를 틀었다. 그동안 교육받은 대로 발을 질질 끌며 앞으로 나아갔다. 스피커를 틀고 찬송가가 채 한 바퀴도 넘어가기 전인 '잊었던 생명 찾았고 주 은혜를 얻었네…'부분에서 첫 동정이 들어왔다. 시작이 좋다. 첫 동정부터 1,000원짜리 지폐다. 그날은 토요일 오후, 전동차는 만원에 가깝게 붐비고 있다. 일부러 사람을 부딪치며 가지 않아도 저절로 동전이 쌓이고 모인다. 바구니에 들어온 동전을 거둬 넣으며 3-2칸에서 3-3칸으로 발을 옮기는 사이 살짝 눈을 떠보니 기분이 너무 좋다. 할만한 직업이라는 생각도 든다. 구로에서 신대방으로, 신대방에서 신림으로, 신림에서 봉천으로, 봉천에서 서울대입구로, 서울대 입구에서 낙성대로 전동차가 달리는 사이 벌써 목에 멘 가방이 무거워짐을 느낀다. 봉천역에서는 어떤 아줌마가 1만 원짜리 지폐도 넣어주었다. 차량과 차량 사이를 건너며 구겨 넣은 지폐를 만져본다.

'아. 언제 벌어본 지폐인가? 도망가지 말고 그냥 일할까? 아니야, 아니야. 아무리 내가 가진 게 없다고 해도 이건 아니지. 거짓으로 인생을 살 수는 없지?'

전철은 달리고, 영업은 계속되었다. 다음 역이 교대역이다. 스스로가 이 지옥의 현장에서 내리기로 한 전철역이다. 교대역에서 내리면 응암동으로 쉽게 갈 수 있는 3호선이 있다. 3호선을 타고 녹번역에 내리면 집은 걸어서도 갈 수가 있다. 돈 가방에 돈이 쌓인다. 세어보지는 않았지만 아마도 2, 3만 원은 받은 것 같다.

'내릴까? 누가 따라온 건 아닐까? 내릴까? 혹시 누가 따라왔으면 나는 죽은 목숨이잖아. 그래, 이왕이면 한 바퀴 돌아보자. 을지로3가역에서 내려야지. 돈도 좀 더 벌고. 두세 번만 받으면 막걸리 한 병이잖아. 설마 을지로3가역까지 따라오지는 않겠지?'

달수는 교대역에서 내리지 않고 지나쳤다. 종합운동장역으로 향하는 사람들이 엄청나게 많다. 잠실야구장에서 LG와 두산이 오늘 맞붙는단다. 전동차 안에서부터 응원전이 대단하다. 두산유니폼을 입은 젊은이들과 LG 유니폼을 입은 젊은이들이 서로를 째려본다. 두 팀은 4위와 5위로 오늘 경기가 페난트레이스에 진입할 수 있는 결정적인 경기란다. 무슨 말인지 잘 모르겠다. 이런 문화가 있다는 게 놀랍고 신비하다. 어떤 팀이 이기든지 알 바가 아니다. 돈이나 잘 나왔으면 좋겠다. 젊은애들은 엄청나게 많은데 처음 탈 때처럼 돈이 안 나온다. 비집고 지나가기도 힘들다.

 종합운동장 역에서 승객들이 물밀듯이 쏟아져 나간다. 돈이고 뭐고 승객들이 나가니 숨통이 트일 것 같다. 잠실역에서 또 수많은 사람들이 내린다. 롯데월드에 간단다. 롯데월드가 뭐지? 과자 파는 데인가? 저렇게 많은 사람들이 과자를 사러 가는 건가? 과자를 사러 전철을 타고 일부러 가다니. 희한한 세상이다. 과자를 사러 가든 말든 사람들이 다 빠져나가니 가슴이 다 시원하다. 전동차가 텅텅 비었다. 한 량에 20여 명쯤 앉아있다.

 '이럴 땐 어떻게 하지. 계속 구걸을 해야 하나 말아야 하나. 에이 씨팔, 그 새끼들은 왜 이럴 때는 어떻게 하라고 가르쳐주지 않은 거야. 앉아있을 수도 없고, 전동차에서 나갈 수도 없고…. 나가서 막걸리나 한 잔 했으면 좋겠네. 에라 모르겠다. 그냥 내렸다가 다음 차를 타자.'

 '아니 저 새끼가 왜 여기서 내리는 거야?'

 달수가 탄 전 칸에서 달수를 따라다니며 감시하고 있던 팀장 D는 달수를 따라 전전 칸 쪽으로 내리며 뒤돌아섰다.

 또다시 전동차가 들어오고 달수는 3-2칸으로 가더니 전동차에 승차했다.

 '그래도 저놈이 교육받은 건 잘 이해하고 있네. 사원 하나는 잘 뽑았군.'

 팀장 D는 달수가 교육받은 메뉴얼 대로 영업을 개시하자 속으로 흐뭇했다.

달수는 다시 스피커를 틀고 발을 질질 끌며 지팡이를 두드리며 앞으로 나아가기 시작했다.

"나 같은 죄인 살리신 주 은혜 놀라와…."

텅텅 빈 전동차이지만 달수는 영업이 되거나 말거나 상관없이 앞으로 나아갔다. 강변역에서 몇 내리고 다시 많은 사람이 승차했다. 보따리를 든 사람, 등산 가방을 멘 사람, 007가방을 든 사람…. 전국에서 모여든 사람들이 2호선을 타고 각자의 목적지로 가고 있다. 시골에서 올라온 사람들, 사업이나 건강을 위해 지방에 갔다가 되돌아오는 사람들은 잠실운동장에 야구구경을 가는 사람들과 잠실 롯데월드에 가는 사람들보다 싸가지가 좀 있어 보인다. 한 량을 지나갈 때마다 서너 번의 입질이 온다. 열 냥의 전동차 안을 끝까지 갔다가 되돌아가면 평균 30번의 입질, 100원짜리 주는 사람, 500원짜리 주는 사람, 1,000원짜리 주는 사람에 가끔씩 5천 원짜리나 1만 원짜리를 주는 사람도 생긴다. 평균 300원씩만 쳐도 전동차 한 번 타는데 평균 1만5천 원이 모인다. 생각만 해도 거저 남는 장사다.

어느새 을지로3가역이 가깝다. 돈 가방이 제법 찼다. 오후 2시에 영업하러 나와 한 시간 반쯤 흘렀는데 이 정도 수입이라니. 하루종일 돌고, 날마다 돌면 아무리 1/2로 나눈다고 하더라도 제법 돈을 벌 것도 같다. 그래도 이건 아니다. 거짓으로 인생을 살 수 없다는 게 책을 많이 읽은 달수의 계산이다.

6.

드디어 을지로3가역에 도착했다. 달수는 주저 없이 하차했다. 그리고 3호선으로 갈아타기 위해 긴 복도를 걸었다. 계단 옆에 화장실이 보였다. 소변기에 대고 긴 오줌을 누었다.

"아, 씨발, 오줌쌀 뻔했네."

달수는 늙은 나이에 졸아들어 그야말로 좆만한 자지를 털며 말했다.

"성달수! 어디 가는 거야?"

뒤에서 굵은 목소리가 들렸다.

"뒈지고 싶어?"

송곳 같은 것이 달수의 옆구리를 찔러오며 따갑게 느껴졌다.

"아, 아닙니다."

달수가 말을 더듬으며 뒤를 돌아보았다. 팀장 D가 가소로운 눈초리로 쳐다보고 있었다.

도망가다 잡힌 달수는 죽을 만큼 구타를 당했고, 불도 없는 독방에서 일주일을 살았다.

"성달수! 또 도망갈 거야?"

"아, 아닙니다."

"영업, 잘 할 수 있겠어? 최소한 먹여주고 우리가 엄마에게 보내 준 100만 원과 선물값은 갚아야지? 씨발놈아. 그게 염치 아니야?"

"네. 알겠습니다. 죄송합니다."

"그럼 내일부터 영업 나가는 거야?"

"네. 알겠습니다. 알겠습니다."

달수는 더듬이주식회사가 엄마에게 100만 원을 선불로 보내준 줄 알고 있지만, 그것은 새빨간 거짓말이고 그들이 지렁이, 벼룩이, 나비, 달팽이, 민달팽이를 잡아두는 수법이었다.

대종천의 비밀

대종천의 비밀

"김 작가, 저 개울 이름이 무엇인 줄 알아? 저 하천은 '대종천' 이라 하는 건천인데 신라시대 때 큰 홍수가 나서 절에 있던 종이 떠내려갔는데 아직도 못 찾았대? 그래서 지금도 대종천이라 부른대."

울산을 여행하고 경주ktx역으로 바래다주던 차안에서 문모근 시인은 나에게 대종천에 관해 이야기를 해주었다.

*

경주시 문무대왕면 어일리 리장 김선중은 마을회관으로 급히 뛰어갔다.

"아, 아. 어일리 주민 여러분께 안내말씀 드리겠습니다. 지금 대종천이 범람해서 물길이 우리 어일리 지지남동 방향으로 틀어졌습니다. 주민 여러분께서는 가재도구를 챙길 여가가 없으니 급히 몸만이라도 빠져나와 어서 산으로 대피하시기 바랍니다."

김선중은 다급한 목소리로 마을회관에서 앰프방송을 내보냈다.

"물길이 돌아섰다. 모두 피신하라. 피신하라."

60대 후반의 남자 김선중 리장이 방송을 하고 마을회관을 나오다 보니 저만치서 수마가 우리 마을로 달려오고 있었다.

"저, 저. 큰일 났어요. 물길이 우리 마을도 덮치고 있어요."

청년회장 김우진이 소리쳤다.

"이게 무슨 일이래요. 큰일 났구먼. 저기 저 집 영감님은 중풍이 들어서 혼자 나오지 못하실 텐데. 얼른 업으러 가야겠구먼."

3구 반장을 보고 있는 최대철이 영감님 집으로 뛰어가며 혼잣말로 말했다.

"어이쿠, 저거 어쩐대요. 1,000년 묵은 은행나무가 뿌리째 뽑혀 나자빠지고 있어요."

다경이 할머니가 손녀딸을 등에 업은 채 걱정했다.

*

태종무열왕의 손자이자 문무왕의 맏아들인 신문왕은 18세의 나이로 서기 681년 자리에 올랐다. 신문왕은 선대왕들인 무열왕과 문무왕의 카리스마를 타고나 어리지만 차분하고 위엄이 있었다. 그런데 신문왕이 즉위하자 명문 귀족들이 어린 그를 가볍게 여기며 반란을 일으켰다. 이에 신문왕은 삼국을 통일했던 선대왕들에게 배운 지도력으로 그들을 말끔히 제압하고 나라를 평정했다. 한차례 피바람이 불었던 나라는 안정돼가고 왕좌에 오른 신문왕은 무열왕, 문무왕이 이뤄낸 삼국통일의 업적을 기리고 싶었다.
"경들은 들으시오. 내 할아버지인 태종무열왕과 아버지 문무왕께서 고구려와 백제를 멸망시켜 우리 민족의 꿈인 삼국통일을 이룬 업적을 그대들은 알리요."
신문왕이 선대왕의 업적을 큰 소리로 자랑하듯 말했다.
"알다마다요, 전하!"
김종규 이벌찬(정1품)이 머리를 조아리며 대답했다.
"부왕인 문무왕께서 내게 용을 받들어야 나라가 평안해질 수 있다고 하셨소. 내 선대 왕의 성룡호국(成龍護國)의 유언에 따라 문무대왕릉을 울산 앞바다에 수중릉으로 만들고 유덕을 기리기 위해 감은사(感恩寺)를 창건할 것이요. 그리고 용이 출입할 수 있는 지하 수로를 만들 것이오. 그리고 감은사에 선대 왕의 칭호 무열왕(武烈王), 문무왕(文武王)에서 한 자씩 딴 열무종(烈武鐘)을 만들어 만고세세(萬古世世)토록 울리고자 하오."
집권하자마자 신문왕은 머릿속에는 이미 감은사의 창건과 열무종의 축조에 관한 계획이 들어있었다.
"지당하신 말씀입니다. 전하."
최한림 이찬(종1품)이 조아리며 대답했다.
"밖에 대아찬(종3품) 있는가? 지리에 해박한 우인철 대아찬을 들라 하라."
시간이 조금 흐른 뒤, 우인철 대아찬이 들어왔다.

"부르셨습니까, 전하!"

우인철 대아찬이 경주 인근 지도철(地圖綴)을 들고 들어와 대령했다.

"경주 지도를 펴보라."

우인철 대아찬이 지도철을 한 장 한 장 뒤로 넘겼다. 첫 페이지는 삼국통일의 지도요, 2페이지는 삼국의 지도, 3페이지는 통일 이전의 신라 지도, 4페이지는 경주의 지도였다.

"거기, 경주 지도 말이오. 이것이 경주 지도요. 내 여기 양북리에 감은사를 지을 것이다."

신문왕은 직접 제도를 들추며 계획했던 바를 신하들에게 설명했다.

"신의 생각도 그러하옵니다. 전하의 뜻을 따르겠습니다.

상대등(현 국무총리급) 김순리가 대답했다.

"그럼 감은사 축조와 열무종 제작에 관한 준비를 철저히 하도록 하시오. 감은사 축조와 전제체인 감독은 이찬 최한림 대감이 맡아 해주시오. 그리고 열무종 제작은 우찬 송시명 대감이 맡아 해주시오. 그리고 감은사 3층 석탑 제작은 파진찬 김성룡 대감이 맡아 해주시오."

"네. 전하. 성은이 망극하옵니다."

이찬 최한림과 우찬 송시명, 파진찬 김성룡이 머리를 조아리며 이구동성으로 대답했다.

"상대등께서도 자주 내려가 일의 진척을 살펴주시오."

신문왕은 늙은 상대등 김순리 대감을 그윽한 눈으로 바라보며 말했다.

"알겠사옵니다, 전하! 전하께서 그리 효심이 지극하신대, 어찌 우리 대신들이 따르지 않겠습니다. 이는 필시 나라의 본이 되어 우리 통일신라가 대대손손 이어지는데, 큰 역할을 하게 되실 것이옵니다. 그리하겠사옵니다. 범종에 특별히 새기고 싶은 문양이라도 있으신지요? 전하!"

상대등은 젊은 신문왕이 효심이 깊은 것을 내심 기뻐하여 친손자처럼 바라보며 말했다.

"내 할아버지 무열왕의 꿈을 꾸었소. 그런데 무열왕께서 꿈에 용이 되어 나타나 말하길 문무왕을 울산 앞바다 수중에 묻으면 용으로 승천하여 우리나라를 잘 보살펴주신다고 하셨소. 그러니 우선 용을 그려야 넣어야 할 것이오. 그런데 무열왕께서도 우리나라를 지키신 용이 되셨으니 두 마리의 용을 범종에 새기도록 하면 어떨까 싶소. 경의 생각은 어떠하시오?"

신문왕이 상대등 김순리의 눈치를 보며 물었다.

"지당하신 말씀이옵니다. 제 뜻도 그러하옵니다. 그리 진행하겠사옵니다."

상대등 김순리는 '어찌 내 생각과 전하의 생각이 이리도 똑같단 말인가?' 속으로 혀를 내두르며 말했다.

"상대등 영감! 감은사 주지로 원효대사를 임명하려고 하는데 그대의 뜻은 어떠시오?"

신문왕이 물었다.

"제 생각으로는 지금 원효대사의 연세가 환갑을 훨씬 넘기신 66세인 줄 알고 있사옵니다. 연세가 연만하여 그런 중책을 감당하실 수 있을는지 염려가 되옵니다. 전하! 원효대사뿐만 아니라 우리나라에는 의상대사, 법장대사, 철산대사, 구룡대사, 창선대사 등 이름과 명망을 갖추신 대사들이 많이 있사옵나이다."

상대등 김순리가 신문왕의 안색을 바라보며 여쭈었다.

"상대등 영감의 말씀에도 일리가 있소! 허나 감은사 창건은 내가 추진하는 첫 번째 국책사업이오. 그리고 주지라는 자리가 노동하는 자리도 아니고, 그저 상징적으로 있는 자리로 생각하면 66세의 노구(老軀)로도 가능하실 것으로 생각되오. 원효께서 지금 병중에 계신 것도 아니고 건강이 괜찮으시다고 들었소, 하니, 연통을 넣어 원효대사를 궐로 모시고 오시오."

신문왕의 말에서 완강함을 느낀 김순리는 분부대로 원효대사를 모시고 신문왕 앞에 섰다.

"소승을 불러계시옵니까? 전하!"

원효대사가 가볍게 두드리는 목탁의 공명이 궐 안에 퍼지며 분위기를 바꾸었다.

"어서 오시오. 대사!"

신문왕이 자리에서 일어나 계단을 내려가 친히 목탁을 쥔 손을 잡으며 원효를 맞았다.

"성은이 망극하옵나이다."

원효가 감읍하며 말했다.

"짐이 이번에 감은사를 창건한다는 것은 이미 알고 계실 줄 아오."

신문왕은 원효에게 주지 자리를 맡아 달라고 설명해야 하는데, 어찌해야 할는지 말문이 서지 않았다.

"네, 전하! 그런 줄 아옵니다."

원효는 내심 신문왕이 부른 뜻을 알고 있었다.

"감은사 창건은 내가 왕위에 오른 뒤 처음으로 큰 국책사업이오. 게다가 무열왕 문무왕 두 선대왕의 삼국통일 대업을 기리는 절이니, 원효께서 주지를 맡아주셨으면 하오."

신문왕이 노구의 원효를 지극한 눈으로 동태를 살피며 물었다.

"제 나이가 벌써 예순여섯이옵니다. 환갑 진갑 다 지난 늙은이가 무슨 일을 할 수 있겠사옵니까? 저는 이제 자리를 보전하기도 힘이 드옵니다. 우리나라에는 이름난 스님들이 많이 있사옵니다. 의상이나 법장에게 맡기시면 좋을 줄 아옵니다. 통촉하여 주시옵소서!"

신문왕의 주지 제안에 원효는 한발 물러서며 사양했다.

"어허, 그러지 마시고 제 청을 받아주시오. 대사! 의상이나 법장 두 분 모두 학식과 덕망이 출중하시다는 것은 알고 있소. 그러나 감은사는 아시다시피 삼국통일을 알리고 선대 무열왕 문무왕의 업적을 기리기 위해 창건하는 절이오. 대사께서 중국에 유학도 다녀오시고, 연륜과 명망이 높으시니, 자리라도 보전해주시면 내 은혜를 잊지 않으리다."

신문왕이 재차 원효의 손을 잡으며 부탁하였다.

"하오면 분부를 받자옵니다. 제가 노구이긴 하나 죽어도 감은사에서 죽으며 전하의 뜻에 따라 이 나라의 불교문화를 한껏 꽃피우는 충정으로 임해보겠나이다."

거듭된 신문왕의 부탁에 원효는 늙은 몸이지만 마지막 불꽃을 나라를 위해 불사르기로 결심했다.

"감사하오. 대사! 우리나라는 불교의 나라요. 그중에서도 원효께서는 국민들로부터 가장 신망받는 스님이지 않소. 그런 대사께서 감은사 주지를 승낙해주시니 벌써 감은사에 백성들의 발길이 답지하는 듯 설레오."

신문왕이 감동하며 말했다.

"부끄럽사옵니다. 전하! 저의 마지막 생을 바쳐 일해보겠사옵나이다."

그리하여 감은사 주지는 원효로 결정되었다.

하루는 신문왕이 감은사 범종 제작에 관한 회의를 주재했다. 그 자리에는 범종에 관한 탁월한 지식과 불교용품 제작에 재능이 많은 우찬 송시명도 참여했다.

"불러계시옵니까, 전하!"

마흔여섯의 송시명이 열아홉 살의 신문왕에게 머리를 조아리며 알현했다.

"어서 오시오. 우찬 대감! 내 대감께서 범종에 관한 지식이 상당하시다는 것을 익히 들어 알고 있소! 이번에 감은사를 창건하는데, 범종을 만들 계획이오. 얼마만한 종을 만들었으면 좋을 듯 싶소?"

신문왕이 송시명에게 물었다.

"소인의 생각으로는 칠 척 크기에 오천 근은 되어야 전하의 뜻에 부합하지 않을까 사료되옵나이다."

송시명은 그렇게 큰 종을 본 적이 없었으나, 신문왕의 계획이 창대한지라 생각보다 종의 크기를 부풀려 대답하였다.

"오라, 칠 척 크기에 오천 근이라. 과연 듣던 대로 공은 배짱도 있고, 마음의 규모가 상당하시오."

신문왕은 속으로 너무 기뻤다. 그리고 그렇게 만들고 싶었던 자신의 마음을 알아주는 것 같아 송시명이 더없이 고마웠다.

"황공무지로소이다 전하!"

송시명이 재차 허리를 굽혔다.

"아니오, 아니오. 짐의 뜻을 어찌 그리 잘 안단 말이오. 진심으로 고맙소. 그래 종은 어디서 만드는 게 좋겠소?"

신문왕이 우찬 송시명을 바라보며 물었다.

"아무래도 모래가 많고 운반이 수이(輸移)한 나경천(羅京川)[1]에서 만드는 것이 좋을 것으로 사료되옵나이다."

---

[1] 지금의 대종천, 신라의 경주에 있는 천이라 하여 필자가 나경천이라 이름 지음

우찬 송시명이 대답했다.

"아무래도 연대산에서는 그 많은 쇠를 녹이고 운반하기 쉽지 않을 터이니, 짐 생각에도 나경천(羅京川)에서 만들어 감은사로 옮기는 것이 좋을 듯싶도다. 하니, 경의 뜻처럼 그리하시오. 헌데, 범종의 제작 기간을 얼마나 보시오?"

"쇠를 모으는데 1년, 범종을 제작하는데 2년, 도합 3년이 걸릴 듯하옵니다."

상대등 김순리가 대답했다.

"아니 되오. 쇠를 모으는 기간이 1년 걸린다는 말은 이해가 되오. 그러나 아무리 안전한 곳에서 작업을 한다고는 하지만, 나경천 개울가에서 2년씩 제작에 소일한다면 자칫 홍수를 볼 수도 있소. 경들은 들으시오. 범종 제작 작업은 앞으로 2년 안에 끝내야 하오. 오늘이 2월 23일이오. 3월 초에 일을 시작하여 내년 10월에 범종 작업을 끝내도록 하시오."

신문왕이 손을 가로저으며 말했다.

"알겠사옵니다, 전하."

모두 한목소리로 대답했다.

"전하. 하오나 아뢰옵기 황공하오나, 아무래도 그리 큰 범종은 우리나라에서 처음 제작하는 것이옵니다. 그러니 당나라에 가서 범종의 모양과 제작과정 등을 공부해오는 게 좋을 듯하옵니다."

상대등 김순리가 말했다.

"내 경의 말을 들으니 처음으로 그토록 큰 범종을 제작하기 위해서는 당나라로 유학 가서 범종 제조 기술을 배워오는 것이 좋을 것 같소. 누구를 보내면 좋겠소?"

신문왕이 신하들을 내려다보며 말했다.

"우찬 송시명 대감이 다녀오면 어떨까 생각하옵나이다."

김종규 이벌찬이 우찬 송시명을 천거하였다.

"성은이 망극하옵니다."

우찬 송시명이 머리를 조아렸다.

"우찬 송시명 대감은 어서 빨리 유학을 떠나시오. 그리고 송시명 대감의 자리에 한 사람을 더 들입시다. 쇠도 모으고 거푸집터 공사도 해야 하니…. 누가 이런 일을 잘 할 수 있을까? 경들은 종을 만드는 일에 적합한 사람을 천거하시오."

신문왕이 좌중을 바라보며 말했다.

"제 소견으로는 우찬 송시명 대감보다 한 직급 낮은 파진찬 당선림 대감이나, 그 아래 직급인 대아찬 소정구 대감도 적합한 인물이라 생각되옵나이다."

이찬 최한림 대감이 당선림과 소정구를 천거하였다.

"좋은 말씀이오, 그럼 내 이 일의 중함을 알고 있는 터, 두 사람 모두 열무종을 만드는데 사령장을 내릴 터이니 힘써주시오. 당선림과 소정구를 들라 하라."

당선림과 소정구가 궁궐로 들어와 신문왕을 알현하였다.

"불러계시옵니까, 전하!"

둘은 이구동성으로 머리를 조아리며 말했다.

"그래. 짐이 둘을 불렀도다. 두 사람은 이미 경주의 여러 건축물을 훌륭하게 지은 바 있는 줄로 안다. 하여 이번에 선대왕의 업적에 감사하는 마음을 천세만세 기리고져 감은사를 축조하고 있는데, 그곳에 세울 범종을 만드는 일에 경들의 기술과 열성이 필요하오."

신문왕이 당선림과 소정구를 바라보며 말했다. 두 사람은 모두 당나라 사람으로 나당연합군 때 신라에 들어와 귀화한 인물인데, 총과 화약, 화살을 잘 만드는 등 쇠를 잘 주무를 줄 아는 인물들이었다.

"음, 내 생각이 바뀌었소. 당선림과 소정구 대감도 이번 일에 꼭 필요한 분들이오. 송시명 대감! 이번에 당선림과 소정구 대감도 고향이 몹시 그리울 것이니 함께 당나라에 다녀오도록 하시오. 유학 기간은 당나라 장안까지 가는데 한 달, 오는데 한 달, 그리고 당(唐)나라의 절을 돌아보며 공부하는데 넉 달, 모두 여섯 달이면 될 듯싶소. 내 친서를 써줄 터이니, 이를 당 중종에게 전하시오. 당 태종과 우리 선대왕들께서는 나당연합군으로 삼국을 통일한 경험도 있고 해서 당 중종께서 송 대감 일행을 특별히 대해줄 것이오. 세 사람은 서둘러 유학 떠날 채비를 하시오."

신문왕이 우찬 송시명에게 친서를 써주겠다고 약속하며 말했다.

"성은이 망극하옵나이다."

송시명과 당선림, 소정구가 대답했다. 당선림과 소정구는 젊은 시절 20대에 당나라 군대로 신라에 들어와 귀화한 조부들의 3세로 이젠 제법 경주 일원에서 성공한 일가를 이루며 살고 있었다. 그런 그들에게 할아버지의 고향인 당나라를 가본다는 것은 매우 기쁜 일이었다.

그리하여 신문왕은 감은사 창건에 돌입하였다. 이찬 최한림은 감은사의 설계도를 그려 신문왕을 알현하였다.
"전하, 이찬 최한림 대감이 들었사옵니다."
어용대장 김철기가 신문왕의 집무실 밖에서 아뢰었다.
"들라 하라."
"어서 오시오. 감은사별공, 최 대감! 내 여러모로 생각해봤는데, 이번 감은사 대공사에 대감을 특별이 부를 호칭을 생각하였다가 감은사별공이라 정했소. 어떻소? 괜찮겠소?"
신문왕이 최한림의 안색을 바라보며 물었다.
"성은이 망극하옵니다. 전하!"
이찬 최한림이 머리를 조아리며 대답했다.
"그래, 감은사 축조에 관한 설계도는 나온 것이오?"
신문왕이 최한림 대감의 손에 든 지첩(紙帖)을 바라보며 물었다.
"네, 전하!"
최한림 감은사별공이 지첩을 펼치며 대답했다.
"어서 열어보시오. 내 감은사가 어떻게 지어질지 궁금해서 잠을 이룰 수가 없었소."

신문왕이 최한림 대감 앞으로 한발 다가서며 재촉했다.

"제가 설계한 감은사의 조감도는 이렇사옵니다. 우선 입구에 일주문이 있사옵니다. 그리고 일주문에 들어서면 나한전이 나오고 정면에 대웅전, 왼쪽에 극락전, 오른쪽에 비로나불전을 건립하고 가운데 마당에 삼 층 석탑을 세우며, 천왕문 위에 법고각과 목어각을 세우고, 모든 건물 사이에는 지붕을 덮어 보행자 통로를 짓는 것으로 설계되었사옵나이다. 그리고 왼쪽 극락전 옆에 범종각을 세워, 그 종소리가 경주 시내와 감포 바다는 물론 울산 앞바다의 태종무열왕릉까지 들리도록 설계하였사옵나이다."

최한림 감은사별공이 신문왕의 눈치를 보며 설명하였다.

"짝짝짝! 대단하오. 대단해! 그렇소. 구미의 도리사가 창건된 이래로 그동안 수많은 사찰들이 창건되었소. 그렇지만 이렇게 왕이 직접 사찰 창건에 나선 적은 없는 듯하오. 하여 정말 최고의 절을 짓고 싶소. 이 절은 선대왕들의 누가 되지 않을 것이며, 부왕이신 문무왕의 삼국통일 위업을 기릴만한 절로 그 역할을 다할 것이라 사료되오. 참말로 훌륭하오. 내 이번에 계획한 감은사가 잘 지어지면, 그대 최 대감에게 큰 상을 내릴 것이오. 하니 감은사 창건에 최선을 다해주길 바라오."

신문왕은 최한림의 두 손을 꼭 잡으며 부탁하였다.

"성은이 망극하옵니다. 최선을 다해 분부를 받자옵나이다."

기둥을 세울 주춧돌과 담장을 세울 대리석의 채취는 단석산의 절벽을 깎아서 가져오기로 하였다. 지붕에 얹을 기와는 산내 당고개의 진흙으로 굽기로 했다. 기둥을 세울 금강송은 태백산에서 베어 바다로 실어 나르기로 하였다.

최한림은 신문왕의 이름으로 통일신라 전역에 방을 부쳤다.

경주 양북 감은사 창건에 함께할 대목수 구함
후한 처우와 함께 벼슬을 하사할 것임

681년 사월 초파일

통일신라 31대 왕 신문왕
감은사별공 이찬 최한림

감은사 건축은 순조롭게 진행되어갔다. 대목수도 여럿 선발되었고, 당나라로 범종(梵鐘)의 연구를 위해 유학을 떠났던 송시명과 당선림, 소정구도 완도를 통해 범선 편으로 귀국하여 신문왕을 알현하였다.

"오랜 시간 동안 배를 타고 오느라 경들이 수고가 많았도다. 그래 범종에 대하여 공부는 어떻게 하고 왔느냐?"

신문왕이 궁금증이 가득한 얼굴로 물었다.

"당나라에는 사찰이 아주 많았사옵니다. 그리고 그 절마다 큰 범종들이 모두 하나씩 있었는데, 그 문양이 각자 다르고, 의미가 있었사옵니다. 문양에 있어서 용(龍)은 나라의 기상과 임금을 뜻하며, 비마(飛馬)는 백성들의 부유함을, 봉황(鳳凰)은 나라의 번영을, 곤명(昆明)은 수산자원의 풍요로움을 뜻한다는 것을 알게 되었나이다."

우찬 송시명이 어깨를 으쓱하며 배움을 자랑하였다.

"어허, 그래. 참 유익한 여행이었소. 내가 알고 싶었던 바도 바로 그런 것이오. 여봐라. 주안상을 대령하고 이 세 사람을 위해 연회를 베풀라."

송시명 일행이 공부 유학의 일정을 성공적으로 마치고 돌아온 것을 가상히 여긴 신문왕이 연회를 베풀었다.

*

"최 별감! 인부들에 대한 처우는 어떻게 하실 계획이오?"

신문왕은 감은사별공 최한림 대감을 불러 물었다.

"네. 전하. 화랑도들 중에서 건축에 관심이 있는 자들을 선발하고, 나머지는 군역(軍役)으로 징발(徵發)할까 생각하옵나이다."

감은사 설계에 신경을 쓰느라 미처 사람의 동원에 신경을 쓰지 못했던 최한림은 가슴이 뜨끔했다.

"어허이! 나라의 큰일을 어찌 징발과 군영으로 해결한단 말이오. 모두 일반 백성들 중에 선발하도록 하오. 특히 우리 경주는 기와집이 12만 호에 숯으로 밥을 해 먹으며 연기가 나지 않는 나라의 중심이오. 저자거리에도 물건이 넘쳐나고 먹을거리가 풍족하오. 경주의 백성들은 그리 풍족하나 전국의 백성들은 오랜 전쟁으로 우리 신라가 고구려와 백제를 물리치고 통일은 하였으나, 옛 고구려와 옛 백제 땅의 사람들은 불만이 가득할 것이오. 그런 사람들을 데려다가 감은사로 오는 새 길을 닦고 다리를 놓으라 하시오. 이번 공사에서 기술자가 아닌 다음에야 경주의 사람들은 모두 빼고, 되도록 멀리서 인부들을 데려오시오. 그것이 내가 생각하는 일자리 탕평이오."

신문왕은 전란으로 피폐해진 고구려 백제 사람들의 심정을 헤아리고 있었다.

"성은이 망극하옵니다. 흑흑."

최한림은 속으로 감동하여 눈물이 북받쳐 올랐다.

"그래, 인부의 품삯도 정하지 않았다는 말이오?"

신문왕이 최한림 대감을 어이없다는 듯 바라보며 물었다.

"네, 전하, 저는 다만 군역으로 해결하려 해서…."

최한림 감은사별공이 말끝을 흐렸다.

"공짜로 일을 시키려 하다니… 음, 쯧쯧! 그것은 아니 될 말이오. 요즘 인력의 하루 가격이 동전 여섯 푼(分)이라 하니, 그보다 후한 여덟 푼으로 하고, 닷새 동안 일하면 하루를 쉬게 하시오. 품삯은 매 순(旬)마다 계산해주고, 일이 힘들고 정교함을 요구하는 작업이니, 밤 공사는 하지 말도록 이르시오. 그리고 일은 진시(辰時)가 좀 넘은 시간에 시작해 늦어도 유시(酉時)까지는 끝내도록 하시오. 하루 삼 식에 두 번 참을 줄 것이며, 자칫 사고가 날 수 있으니 술은 작업 중에는 금주를 명하시오. 다만 일이 끝난 저녁 식사 시간에는 1인당 탁주 석 잔을 대접해도 좋다고 함바 집에 이르시오. 또한 노는 날에도 인부들이 독한 술을 먹고 일을 못 나오는 경우를 막기 위해 함바 집이나 근처 주막에는 독한 술을 팔지 못하도록 이르시오. 술은 오직 탁주로 하고 독한 모래미나 맑은 술은 금물임을 고지하고 통제하시오. 아시겠소?"

신문왕은 감은사를 지으며 나올 백성들의 불만을 차단하고 선정을 베풀어 선대왕의 업적을 기리고 싶었다.

"알겠사옵나이다. 전하! 분부대로 거행하겠나이다."

'과연 임금이라는 자리가 이리 크고도 깊은 성은을 느끼게 하는 자리로구나!'

최한림 감은사별공은 속으로 감탄하며 궁궐을 물러 나왔다.

신문왕의 계획대로 공사장의 인부들은 매 순마다 받는 임금 덕에 사기가 충천하였다.

"여봐라! 밖에 누구 없느냐? 상대등을 비롯하여 이벌찬, 이찬, 대아찬까지 모든 대감을 궐 앞으로 오시도록 하라."

신문왕이 무슨 큰 계획이 있는지, 큰 목소리로 분부하였다.

"네, 전하! 분부대로 거행하겠나이다."

어용대장 김철기가 대답하였다.

이윽고 궁궐 앞에는 상대등 김순리, 이벌찬 김종규, 이찬 최한림, 대아찬 우인철이 당도했다.

"부르셨사옵습니까, 전하!"

상대등 김순리가 머리를 조아리며 물었다.

"내 오늘 그대들과 나경천(羅慶川)에 있는 감은사 열무종(閱武鐘) 축조 현장을 순시할 것이오. 함께 가십시다."

신문왕과 대신들이 들린 열무종 축조 현장은 과연 나라의 역사를 만드는 큰 작업이었다. 우찬 송시명은 한창 인부들과 일을 시키며 지휘 중에 신문왕 일행의 순시를 받아야 했다. 신문왕이 바라본 현장은 생각보다 웅장하고 넓었다. 게다가 잘 지어진 건축물 속에 현장이 들어있어서 풍우와 계절의 영향을 받지 않게 지어져 있었다. 만들어야 하는 범종의 높이가 3미터에 이르는지라 파놓은 땅의 호도 그보다 훨씬 깊어 보였다.

"전하! 범종은 밀납 주조법으로 제작되옵니다. 밀랍에 소기름을 배합하여 밀초를 만드옵니다. 그리고 설계된 범종의 모양과 동일한 모형을 밀랍으로 만들어서 열에 강한 분말상태의 주물사를 반죽하여 거푸집에 수 차례 바릅니다. 그리하여 밀랍 거푸집이 일정하게 두꺼워지면, 이를 완전히 건조시킵니다. 이것이 열무종의 거푸집이옵니다. 그래야만 세밀한 부분이 표현되옵니다."

송시명이 열무종의 거푸집을 보여 주며 설명하였다.

"어허, 열무종이 이렇게 나온단 말이지? 이렇게만 된다면이야

나는 대만족이네. 송 대감!"

신문왕이 만족감을 드러내며 미소를 지어보였다.

"전하! 이번의 범종은 동(銅)과 철(鐵)을 2:8로 섞어 제작하여야 큰 타격에도 깨지지 않고, 큰불에도 내구성이 강해 녹아내리지 않으며, 타종을 하면 종 안에서 소리가 오래도록 공명해 은은하게 울려 퍼지게 할 것이옵니다."

최한림이 자랑스럽게 설명하였다.

"오호, 과연 최 대감이오! 어찌 그리 오묘한 이치를 알아내셨단 말이오."

신문왕이 감탄하였다.

감은사종의 제작은 순조롭게 진행되었다. 감은사 종의 제작과정은 순도 좋은 밀랍을 가마솥에 넣고 끓이는 것으로 시작되었다. 그리고 용뉴, 연곽, 당좌, 비천 등 문양을 이암석에 음각으로 조각하여 문양 틀을 만들었다. 그 위에 이암석에 조각한 문양 틀에 밀납을 부어 굳혔다. 밀납으로 만든 종이 위에 이암석, 황도, 모래를 점성이 강하도록 혼합해서 서너 차례 바르고 그 위에 짚을 섞은 황토를 재차 발라나갔다. 그 후에 열을 가해서 내부의 밀랍을 녹였다. 그리고 미리 파 놓은 호 안에 외형 틀을 넣고 고정시켜 쇳물이 잘 흐를 수 있도록 통로를 만들었다. 그리고 잘 녹여진 밀랍을 종의 고형 틀 안에 부어었다. 이제 거푸집만 깨면

종이 완성되는 것이다.

　감은사 종이 완성되어가는 것을 본 신문왕은 감은사의 준공연월일을 682년의 추석인 9월 28로 정하였다. 모든 건축물이 순조롭게 완성되어가고 있었고, 삼층석탑이 위용을 드러내자, 벌써부터 백성들은 구름처럼 몰려와 출입금지란 팻말이 붙어 있음에도 멀찌감치 서서 불공을 드리고 있었다.

　준공날짜를 받았으나 일기가 심란했다. 처서가 가까운데도 연일 무더위가 계속되었다. 그러더니 공사를 시작한 지 1년 반이 지난 8월 25일, 너무도 큰 태풍이 불어왔다. 사흘 밤낮으로 폭우가 퍼부었다. 그에 따른 영향으로 불국사의 석가탑이 무너져 내리고 수많은 건물이 파손되었고, 엄청난 면적의 농경지가 침수되어 큰 피해를 입었다.

　"나경천이 범람했다. 저 저 봐라. 물길이 양북 쪽을 돌아간다!"
　신라의 한 주민이 소리쳤다.
　"어이쿠, 저를 어째! 어서 피난하라."
　최한림은 우선 수마에서 인부들을 피신시켰다.
　수마는 순식간에 산사태를 일으켰다. 거의 다 완공돼 곧 준공을 앞둔 공사현장을 수마가 휩쓸고 지나갔다.
　"아, 소자가 부덕해서 이런 불상사가 일어난 것이옵나이다."

신문왕은 탄식했다. 준공식을 불과 1개월을 앞두고 감은사의 일부가 산사태에 떠내려간 것이다.

신문왕은 번뇌에 휩싸였다. 그러다 어느 날 꿈을 꾸었는데, 꿈에 아버지 문무왕이 나타나 말했다.

"정명아, 아비다. 내가 물에 묻힌 것처럼 산소가 꼭 땅 위에 쓰여지는 것만이 아니듯 절에 꼭 범종이 있으란 법은 없단다."

그런 꿈을 꾼 신문왕은 감은사에 도착한 이견대에 올랐다. 햇빛을 가리며 손을 눈썹에 대고 동해를 바라보니 거북이처럼 생긴 섬 하나가 물 위에 솟아 있는 것이 보였다. 그 섬 꼭대기에는 대나무 두 그루가 서 있었는데, 해가 지자 서로 합쳐져서 한 그루가 되는 것이었다. 신문왕이 배를 타고 안개를 헤치며 그 섬으로 갔더니, 잠시 뒤, 용이 나타났다.

"저 대나무를 베어다 대금을 만들면 천하가 평화로워질 것입니다. 바닷속에서 큰 용이 되신 문무왕과 김유신 장군께서 내리신 보물입니다. 대나무를 베어가 가지고 가십시오."

용이 신문왕에게 말했다.

그리하여 신문왕은 그 대나무를 베어 가지고 대궐로 돌아와 대금을 만들었고, 대금의 이름을 '만파식적'이라고 지었다. 만파식적이란 수만 번의 파란을 잠재우고 평안하게 한다는 뜻이었다. 감은사에서는 종을 치는 대신 만파식적을 불었다. 적이 쳐들어왔을 때도 만파식적을 불면 적군들이 스스로 물러났다.

　뉴스를 말씀드리겠습니다. 윤○○ 대통령은 2023년 8월 29일 제6호 태풍 카눈으로 대규모 피해가 발생한 강원 고성, 경북 경주, 칠곡 등 3개 지역을 특별재난지역으로 선포하였습니다.

　대통령실의 이○○ 대변인은 이날 서면 브리핑에서 "이번 특별재난지역 추가 선포는 8월 14일 긴급 사전조사에 따라 우선 선포된 2개 지자체(대구 군위군, 강원 고성 현내면) 이외에 태풍 피해에 대한 관계부처의 정밀 합동조사 결과를 반영해 이루어진 조치"라고 밝혔다.

- 연합뉴스

　"저 물 좀 바라! 저거 봐 이를 어째! 큰일이다 큰일!"
　8월 25일에 불어닥친 태풍 카눈은 삼 일 밤낮을 쉬지 않고 비를 뿌려댔다. 급기야 경주KTX역이 빗물에 휩쓸려 유실되었고, 송선저수지가 범람해 대종천의 물길은 1341년만에 건천읍 일대를 뒤집어 놓고 양남면으로 물길을 내고 말았다.

　"다음은 경주에 나가 있는 이소식 기자를 불러보겠습니다. 이소식 기자!"
　KBS 9시 뉴스 앵커 박정범 아나운서가 이소식 기자를 다급하게 불렀다.

"네, 이소식 기자입니다. 저는 대종천 유실 현장에 나와 있습니다."

문화재 전문의 이소식 기자는 우비를 입은 채 간간이 내리는 빗방울 속에서 수해 현장 소식을 보도하고 있었다.

"지금 그곳에 비는 얼마나 내리고 있나요?"

"네, 저는 이곳 경주시 양남면에 나와 있습니다. 지금은 소강상태를 보이고 있습니다. 여기 이 은행나무는 신라시대 때 감은사의 준공에 맞춰 신문왕이 직접 심었던 나무로 알려져 있는데요. 이렇게 반쯤 누운 채 뿌리를 드러내고 있습니다. 그리고 그 나무 밑에 대종이 1342년 동안 잠들어있었던 것입니다. 세간의 사람들은 홍수로 대종이 떠내려갔다고 알려 있지만 이제야 그 비밀이 드러난 것입니다."

이소식 기자의 뒤편으로는 경찰들이 쳐 놓은 노란 테이프 줄 사이로 큰 나무뿌리 여러 개가 하늘로 뻗쳐 있고, 그 아래로 목장갑 낀 손으로 씻은 듯 군데군데 흙이 묻은 범종 하나가 누운 채로 드러나 있었다.

"이곳은 원래 물길이 없었던 건천이었는데요. 흔히 대종천이라 불렸습니다. 그런데 이번 태풍과 홍수로 획기적인 문화재가 발굴되었습니다. 이름하여 열무종이라 하는데요. 이 종은 서기 662년 신문왕 2년에 문무왕 김춘추의 업적을 기리기 위해 세운 감은사지 석탑으로도 유명한 감은사 범종으로 제작되었으나 준공 전에 홍수로 떠내려간 것으로 알려져 있습니다."

이소식 기자는 가늘게 내리는 빗줄기 사이로 카메라에 낀 습기 때문에 약간 뿌옇게 보이는 범종을 비추며 보도를 진행하고 있었다.

인양되어 국립경주박물관으로 옮겨진 열무종 용뉴는 한 마리 용이 승천을 하는 듯 힘찬 기상으로 하늘을 오르고 있었다. 게다가 용검 손잡이 모양의 아홉 개의 주조물과 미세한 모양의 테두리가 아래 위로 둘려져 있었고, 석가여래의 비천상 두 쌍이 나란히 마주하고 있었다. 범종의 전신에는 지붕의 막새, 용마새 모양이 새겨져 있었고 팔괘가 둘러쳐져 있었다. 그리고 종의 뒷면에는 선대왕들의 계보와 태종무열왕과 문무왕의 업적, 신문왕의 감은사를 창건한 이유, 이 범종의 울림으로 하여금, 나라의 안녕과 통일신라의 만세무궁을 비는 문구가 새겨져 있었고, 이번에 범종 작업에 참여하는 대신들의 이름이 새겨져 있었다.

"여기서 신라대학교 고고학 박사이신 천연만 교수를 모시고 몇 말씀 나눠보겠습니다."

우비를 입은 채 우산을 받쳐 든 이소식 기자가 천연만 교수를 소개했다.

"안녕하십니까? 천연만 교수입니다."

천연만 교수는 군청색 양복에 하얀 와이셔츠를 입고 노타이차림으로 한 기자가 우산을 씌워준 채 카메라 앞에 섰다. 반쯤 섞인 은발을 쓸어올리는 그의 손결에는 노련함이 묻어 있었다.

"교수님! 신라시대 신문왕이 감은사의 범종으로 직접 제작한 것으로 쓰여 있는 열무종이 왜 여기에 묻혀 있다고 생각하십니까?"

문화재 전문기자인 이소식 기자가 예리하게 질문했다.

"세간의 사람들은 홍수로 인해 대종이 떠내려간 것으로 알고 있지만, 종은 떠내려갔던 것이 아니라 애초에 신문왕의 뜻에 따라서 이렇게 완벽한 모습으로 본인이 심은 은행나무 밑에 매장했던 것으로 보여집니다. 아마도 신문왕은 자신이 제작한 범종이 수천 년 후에 온전하게 드러날 수 있도록 제작하여 땅에 묻었던 것은 아닌가 추측됩니다. 그리고 신문왕은 종이 떠내려갔다고 백성들에게 소문을 내서 종의 행방을 감춘 것으로 사료됩니다. 아마도 감은사에서는 종을 쳐야 했던 시간에 만파식적을 불었던 것이 아닐까 저는 추측하고 있습니다."

천연만 교수의 추리는 꽤나 설득력 있게 다가왔다. 연세대학교 역사학과를 나온 그는 학부시절, 공주 석장리 고분과 연천 구석기시대 고분 발굴 현장에서 담당 교수와 함께 참여했던 이력이 있는 사람이었다.

신문왕의 계획에 따라 대종은 자신이 심었던 은행나무 아래 매장되었고, 그 이후 나경천은 대종을 잃어버린 개울이라는 뜻의 대종천이라 불렸다.

모닥불 피워놓고 마주 앉아서

모닥불 피워놓고 마주 앉아서

강원도 원성군 흥업면 무실리의 스물두 살 박건호의 흙벽집 방엔 60촉 백열전구가 매달려 있다. 책상 위에는 원고지가 널려 있고, 여기저기 구겨 던진 원고지가 뒹굴고 있다. 유리재떨이엔 끄트머리까지 피운 꽁초가 수북하다. 책상도 건호가 대성고등학교 근처 공사판에서 얻는 폐합판을 끙끙대고 어깨에 메어다 직접 만든 책상이고, 의자 역시 쓰다 버린 각목을 하나둘 주워다 직접 만든 의자다. 건호의 나무 의자엔 겨우내 입던 골덴점퍼가 방석으로 깔려 있다. 책상 위 건호가 직접 톱질해 껴맞춘 2단 책꽂이에는 서영주, 김영랑, 윤동주, 청록파 시집 등 여러 권의 시집과 ≪학생중앙≫, ≪학원≫ 등 학생 잡지가 담배 연기에 절어 누렇게 바래 있다.

"에이 씨발! 이번에는 될 줄 알았는데…."

건호는 가난한 집안 사정을 뻔히 알기에 대학에 가는 것보다, 신춘문예에 당선하고 싶었다. 그런데 재작년에 이어 두 번째 고배를 마신 것이다. 고3 때 담임인 현성철 선생님과 진학에 대해

상담했었지만, 자신의 가정 사정으로 대학에 간다는 건 어쩐지 불효 같아서 '대학을 포기하고 신춘문예에 응모하겠노라'고 대답했었다. 그런 그는 좋아하는 시나 쓰며 살고 싶었다. 그래서 지 지난해엔 강원신문, 경기신문, 충청일보, 부산일보, 경남신문 등 5개의 지방신문을 타깃으로 신춘문예에 응모했으나 단 한 곳에서도 연락이 없었다. 그리고 지난해 12월에는 배짱을 키워 조선일보, 동아일보, 한국일보, 경향신문, 서울신문 등 5개의 메이저신문에 응모했으나 역시 아무런 소식이 없다.

두 번의 고배를 경험한 건호는 '신춘문예고 뭐고 다 때려치울까?' 생각해보았지만, 이제 고작 두 번의 고배를 마시고 그런 생각을 한다는 것은 자신에 대한 모독이라 생각했다. 그래서 금년에는 설이 지나자마자 맹수처럼 달려들어 시를 쓰려고 작정한 것이다.

밤새 시를 끼적이던 건호는 담배가 피우고 싶어 재떨이와 쓰레기통을 뒤졌지만, 신문지에 말아 피울 담배 부스러기조차 없다. 건호는 양말도 신지 않은 채 홋 바지에 다우다 점퍼 차림으로 검정 고무신을 발에 꿰며 툇마루를 내려섰다. 지난 크리스마스 때 깎았던 머리는 벌써 덥수룩하게 자라 어깨에 닿는다. 머리 뒤통수엔 까치가 집을 지었고, 며칠째 세수도 하지 않은 턱엔 수염이 이쑤시개처럼 자라있다. 짙은 눈썹이 마치 산적을 연상케 한다. 건호가 논길을 걸어 신작로 너머 담뱃가게에 다다를 때였다.

"니가 건호냐?" 상사 계급장을 단 한 군인이 박건호에게 물었다. 윤 상사는 지프를 타고 와 담뱃가게에서 박건호의 집을 물어보던 중이었다. 그런데 건호가 담배를 사러 내려오고 있었고, 담뱃가게 안주인이 건호를 확인해주었다.

"네. 그런데요. 무슨 일이라도…." 영문을 모르는 스무 살의 건호가 말끝을 흐리며 대답했다.

"니가 우리 한순이랑 펜팔한다는 그 새끼지?" 윤 상사가 눈을 부라리며 욕을 했다.

"왜 욕을 하세요. 그게 뭐 잘못됐나요?" 건호는 자신을 돌아봐 아무리 생각해도 크게 잘못을 한 일이 없는 것 같다.

"어, 이 새끼 봐라. 맹랑하네. 대학도 못 간 주제에 어디서 우리 처제를 넘보고 그래! 이 새끼야."

"…." 건호는 영문을 몰라 대답하지 못했다.

"너, 이리 와봐!" 윤 상사는 오랜 군생활로 다져진 오른손으로 건호의 귀를 틀어 끌고 무실동의 한 초가집 뒤로 돌아갔다. 건호는 귀가 떨어질 것만 같아 옆걸음으로 끌려갔다. 남이 보이지 않은 돌담 가에 서자 그는 귀를 놓아주었다.

"짝!" 순간, 육군 상사의 매운 손바닥이 건호의 뺨을 후려쳤다.

"야, 이 새끼야. 너, 내가 누군 줄 알아? 나, 2군사령부 보안대 윤 상사야! 너 같은 애송이는 죽일 수도 있어. 너 때문에 우리 한순이가 대학에서 떨어졌단 말이야. 너 한 번만 더 우리 처제를 만나거나 편지짓하면 죽여버린다. 알았어?" 윤 상사가 건호의 멱

살을 쥐어흔들며 말했다.

"…." 건호는 그게 뺨을 맞을 일인지 여전히 영문을 모르겠다.

"야, 이 새끼야. 너는 공부를 못해 대학을 포기했는지 모르지만, 우리 처제는 원래 수재였어. 너랑 편지질하고 딴 짓거리하는 바람에 예비고사 점수가 300점도 안 나와 재수시키기로 했단 말이야. 앞으로 편지하거나 만나면 죽여버린다. 알았어?" 완곡한 그의 완력에 무엇인지 모를 반항감이 올라왔다. 한순이가 건호 자신에게 뺨을 맞을 만큼 그렇게 중요한 사람인지 생각해봤지만, 그냥 펜팔 친구일 뿐, 한 번도 만나보지 못한 한순이가 자기 때문에 대학에 진학하지 못했다니 놔주어도 된다는 생각이 들기도 했다.

"알겠습니다." 대답하고 나니 오히려 후련했다.

그런 일이 있고 나서 몇 달이 지났다. 건호는 견딜 수가 없었다. 처음 느껴본 사랑의 감정이었기 때문이다. 한순이는 건호보다 한 학년 아래로 경기도 부천여고를 졸업했는데, '이번에 원하는 대학에 가지 못해 재수를 해야 한다.'는 말을 들은 터였다. 마지막이 될는지 모르지만, 먼저 끝내자는 말은 할 수가 없었다. 건호는 경기도 부천에 사는 한순이게 편지를 썼다.

"한순에게. 나는 네가 좋아서 순한 양이 되었지. 풀밭 같은 너의 가슴에 내 마음은 뛰어놀았지. 내 곁에 있어 주오. 내 곁에 있어 주오. 할 말은 모두 이것뿐이에요. 내 곁에 있어 주오. 내

곁에 있어 주오. 내 너를 위하여 애써 웃음을 보이지 않니…. 너의 손목을 잡으며, 나의 슬픔을 감추며 하는 말이에요. 내 곁에 있어 주오…. 흑흑흑."

한순이가 질퍽거리는 것처럼 느낄는지도 모르겠다. 그렇지만 건호는 자기가 써 보내는 시를 읽어주며 그녀가 자신의 곁에 있어 주었으면 좋겠다. 그 편지를 받은 한순이에게서 답장이 왔다. 분홍색 편지 오른쪽 아래에는 볼펜으로 정성스럽고 예쁘게 그린 소녀의 얼굴이 있고, 편지지 위쪽에는 밤하늘처럼 별들이 무수히 그려져 있다. 평소 같으면 두세 장의 편지를 보내던 한순이였지만, 이번에는 달랑 한 장뿐이다.

"건호 씨! 미안해요. 형부에게 들었어요. 저 때문에 따귀를 맞으셨다면서요. 사과드려요. 형부가 우리를 떼어놓으려고 그러셨을 거예요. 사과가 될지 모르겠지만요. 제가 형부에게 엄청나게 화냈어요. 형부가 뭔데 그 사람 따귀까지 때리느냐고 바락바락 대들었어요. 그렇지만 저도 형부랑 언니에게 되지게 혼났어요. 하라는 공부는 안 하고 연애질한다고요. 제가 생각해봐도 그런 것 같아요. 대학도 못 들어간 주제에 연애가 가당키나 하겠어요. 저 당분간 공부에 치중해야 할 것 같아요. 기숙학원에 등록했어요. 집으로 편지를 보내면 아버지가 받아서 형부에게 이를 거예요. 그러니 이젠 편지 보내지 말아 주세요. 한순 올림." 한순의 마지막 편지를 받고 건호는 울었다. 안주도 없이 4홉들이 경월소주 한 평을 다 들이마셨다.

"시발, 세상이 왜 나한테 이러는 거야! 내가 뭘 잘못했다고…. 내가 뭘 잘못한 거야. 말해봐! 내가 뭘 잘못 했느냐고?" 건호는 허공에 대고 소리 질렀다. 술을 잘 마시지 못하던 건호는 몇 날 며칠을 술병으로 뒤척여야 했다. 세상에 나만 되는 일이 없는 것 같다. '대학도 못 간 내가 신춘문예도 번번이 떨어지고. 여자친구와 마저 헤어지게 되다니….' 차라리 죽어버리고 싶다.

매주 한 번씩 한순이에게 오던 편지가 끊기자 건호의 삶은 몹시 불규칙해졌다. 며칠씩 술에 취해 있기도 하고, 필터 없는 새마을 담배를 두 대씩 연거푸 피워물기 일쑤다. 돈이 떨어졌을 때를 대비해 봉담배를 사다 놓고 마도로스 빨부리에 꾹꾹 눌러 불을 붙이기도 한다. 시를 써서 보내주고, 그녀의 평도 들어야 하는데, 건호는 이제 자신의 글을 읽어줄 최대의 독자를 잃어버렸다. 그녀와 소통할 수 없으니 모든 것이 사라진 것 같다.

날마다 복숭아나무에 와서 울어주던 새소리도 들리지 않는다. 하늘을 지우던 억새꽃의 몸짓도 눈에 보이지 않는다. 편지가 올 때마다 미루나무 위에서 울어주던 까치도 울지 않고, 그토록 좋아하던 눈이 내리는 것도 반갑지 않다. 삭풍을 견디며 윙윙 울어주던 무실동 미루나무의 노래가 이젠 귀에 들리지 않는다. 점점 더 한순이가 그리워진다.

그 집을 찾아가서 불을 지르고 싶기도 하고 농약을 마시고 싶은 충동이 일었다. 건호는 자주 속울음을 울었다. 가끔 대성고 동창인 철민이가 찾아와 그물로 잡은 참새를 장작불에 구워 술잔을 권해주었지만, 술맛을 모르겠다. 철민의 위로가 들리지 않는다.

한순과는 한 번도 만나보지 않은 펜팔 친구 사이다. 흑백사진을 한 장씩을 주고받았을 뿐, 손목 한 번 쥐어보지 못한 사이다. 그러니 헤어지고 말 것도 없는 사이지만, 날마다 방구석에 틀어박혀 시를 끼적이며 살고 있는 건호에게 한순은 기쁨이었고 생활이었다. 벽에 붙어 있는 한순의 사진은 예수님이고 부처님이었다. 건호는 날마다 한순의 사진에다 인사하며 잠들었고, 일어나자마자 한순과 인사를 나누는 것으로 일과를 시작했다. 건호는 대답 없는 한순에게 늘 질문을 했고, 한순이가 되어 스스로 대답했다. 한순은 그에게 낭만의 원천이었고, 시의 샘물이었다.

"당신은 울고 있네요. 난 당신을 잊은 줄 알았었는데, 이렇게 찻잔에 어리는 추억을 보며 울고 있어요. 찻잔 속에서 당신도 울고 있을 것 같아요. 우리가 이렇게 만나게 될 줄 그 누가 알았던가요. 옛날에 옛날에 내가 울듯이 당신도 울고 있네요. 한때는 당신을 미워했지요. 남겨진 상처가 너무 아파서요. 당신의 얼굴이 떠오를 때면 나 혼자 방황했었지요. 이제 보니 당신은 울고 있네요. 당신은 진즉에 나를 잊은 줄 알았었는데 당신도 울고 있네요. 옛날에 옛날에 내가 울듯이 당신도 울고 있네요." 건호는 한순을 생각하며 「당신도 울고 있네요」라는 시 편지 한 통을 썼다. 그렇지만 이젠 부칠 데가 없다.

1967년 건호가 대성고등학교 2학년 여름방학 때의 일이다. 농촌에 사는 아이들에게 여름에는 해야 할 일이 있다. 논에 몰려드는 참새를 쫓는 일이다. 건호의 동네 근처에는 군부대가 많다. 그 군부대에는 수만 마리의 참새가 처마 밑에 집을 짓고 산다. 농촌인 건호네 동네는 논에 벼가 이삭을 내놓을 무렵이면 군부대에서 잠을 잔 참새들이 한꺼번에 아침을 먹기 위해 논으로 몰려나간다. 새벽 6시를 전후해 참새 떼 수천 마리가 논에 앉아 막 솟아오른 벼 이삭의 쌀즙을 빨아먹게 되면 그 논의 벼 이삭은 모두 쭉정이가 되어 1년 농사는 망치게 된다. 그래서 아버지들은 논마다 새막을 짓고 아이들을 그리로 가게 해서 거기서 공부하고 거기서 방학숙제를 하라고 이른다. 논에 빨갛고 하얀 반짝이 줄을 얼기설기 매어놓기도 하고, 큰 깡통을 두드리며 뛰어가 새를 쫓기도 한다.

　그날 새벽에 건호는 졸린 눈을 비비며 무실동의 논으로 새를 쫓으러 가는 길이었다. 그런데 한 군인 가족의 집 마당 안 우물가에서 한 소녀가 금방 감은 머리를 도끼빗으로 빗고 있었다. '아, 예쁘다.' 건호는 난생처음으로 이성에 대한 야릇한 감정을 느꼈다. 가슴이 쿵쾅거리고 얼굴이 빨개졌다. 온종일 그녀 생각뿐, 아무 생각이 나지 않는다. 평소 시를 쓰고 있던 건호는 그날 밤 그녀에게 편지를 썼다.

　"미지의 소녀에게. 안녕하세요. 저는 대성고등학교 2학년 박건호예요. 어제 새벽에 나는 머리를 빗고 있는 당신을 처음 보았어요. 나는 당신이 천사라 생각했어요. 세상 사람들이 모두가 천사라면 날개가 달려있겠지요. 우리가 푸른 하늘 위로 새처럼 난다면 얼마나 재미있을까요. 세상 사람들이 모두가 천사라면 비행기도 필요 없는데, 뚱뚱한 사람들은 어떻게 날아다닐까요. 천사의 마음 갖고 싶어요. 그렇게 될 수 있다면 천사의 노래 들으면서 이 밝은 세상을 간직할 수 있을 것 같아요. 세상 사람들이 모두가 천사라면 이곳은 천국이겠지요. 우리 마음속의 욕심도 없어지고 얼마나 화목해질까요. 세상 사람들이 모두가 천사라면 눈물은 사라져 갈 거예요. 우린 꿈을 꾸듯 언제나 행복하게 이리저리 날아갈 거에요. 천사의 마음 갖고 싶어요, 천사인 당신을 만나고 싶어요. 그렇게 될 수 있다면 나는 천사의 노래 들으면서 이 밝은 사랑을 간직할 수 있을 것 같아요. 세상 사람들이 모두가 천사라면 얼마나 재미있을까요. 우린 나비처럼 춤추며 날아가고 별나라도 구경하겠지요. 세상 사람들이 얼마나 재미있을까요. 우린 다정하게 별나라 이야기를 도란도란 속삭이겠지요. 천사의 마음 갖고 싶어요. 그렇게 될 수 있다면 천사의 노래 들으면서 이 밝은 사랑 간직할 수 있을 거에요. 이만 줄여요. 홍업면 무실리 234 박건호 올림."

밤새 편지의 내용을 고치고 삐뚤빼뚤한 글자를 고치느라 건호는 무려 세 번에나 편지를 옮겨썼다. 때문에 새벽 두 시가 넘어서 잠자리에 들었는데, 다섯 시 반에 일어나려니 부족한 잠에 비몽사몽 몸을 가눌 수가 없다. 새막에 새를 쫓으러 가는데 무슨 세수가 필요하고, 깨끗한 옷이 필요하겠는가? 그렇지만 건호는 일찍 일어나 머리를 감고, 세수를 한 뒤 동동구루무를 찍어 바르고 교복으로 갈아입었다. 그녀가 건호의 방에 들어올 리 만무지만 왠지 모르게 널려 있던 원고지 조각을 정리하고 옷가지들을 벽에 걸었다. 자고 난 이불도 오랜만에 잘 개어서 벽장에 올렸다. 갈대 빗자루를 들어 방바닥까지 깨끗이 쓸었다. 그리고 손에 책가방까지 들었다. 혹시 그 여학생이 자기를 보러 올는지도 모를 일이기 때문이다. 그 군인 가족의 집으로 걸어가려니 그 여학생은 어제처럼 벌써 일어나 머리를 감고 도끼빗으로 머리를 빗고 있었다. 건호는 방석처럼 접은 편지를 담장 안의 그녀에게 정확히 던졌다.

"아…." 담장 안에서 단발의 비명이 들려왔다. 건호의 편지가 그녀의 얼굴을 맞히었다. 순간 건호는 '걸음아 나 살려라.'하고 도망쳤다. 건호의 편지를 주워 든 한순은 우선 손에 물기가 묻어 있었기에 편지를 옆 허리춤에 감추고 마저 머리를 빗었다.

그리고 몇 개월이 지나 건호에게 편지 한 통이 도착했다.

"건호 씨에게. 뭐라 불러야 할까요? 그냥 생각나는 호칭이 없어 건호 씨라 부를게요. 전 오빠가 많아서 오빠라 부르기는 싫어요. 오빠들과 그리 좋은 사이가 아니라서요. 무슨 오빠들이 맨날 술심부름, 담배심부름, 이거 가지고 와라, 라면 끓여라. 부려먹기만 하고 배려가 없어요. 그래서 저는 오빠라는 말을 싫어해요. 건호 씨는 그런 사람은 아니시겠지요. 저는 부천여고 1학년에 재학 중인 조한순이에요. 편지를 받고 많이 생각했어요. 저에게 천사라 불러주는 사람은 처음이에요. 그리고 세상 사람들이 모두 천사라면 얼마나 좋을까 생각하신 말에도 건호 씨가 얼마나 아름다운 사람인지 알 것 같아요. 그래서 답장해 드리기로 마음을 먹었어요. 우리는 배우는 사람들이니 서로의 관심사에 대해 토론도 하고 응원도 해주면 좋을 것 같아요. 또 뵈어요. 경기도 부천군 부평면 부평리 276-9번지 조한순 올림."

한순의 답장을 받은 건호는 뛸 듯이 기뻤다. 마치 건호의 꿈인 신춘문예에 통과한 것 같은 기분이었다. 그 후 일주일에 한 통씩 그녀와 편지를 주고받았다. 한순에게는 편지가 왔고, 건호는 시를 써서 보냈다. 건호의 편지는 철처하게 시로 되어 있었고, 한순에 대한 개인의 감정도 모두 자연과 사물에 숨겨져 있었다.

1969년, 고등학교를 졸업하자마자 건호는 유명 시인의 '발문'을 받아서 『영혼의 디딤돌』이란 첫 시집을 출간했다. 건호는 자신의 첫 시집만큼은 당시 신춘문예의 단골 심사위원이었고, 여러 대학에서 강의하고 있는 서 시인의 '발문'을 받아 내고 싶었다. 해마다 설날이면 서영주 시인의 집엔 신춘문예를 꿈꾸는 젊은 세배꾼들이 몰려들었다. 그가 서영주 시인의 '발문'을 받겠다며 서울에 올라간다고 했을 때 그의 친구들과 주변 사람들은 괜히 되지도 않을 일로 시간 낭비하지 말고 집어치우라 했다. 그러나 건호는 그 말에 동의하지 않았다.

"괜히 되지도 않을 일로 시간 낭비하지 말고 집어치워 인마!"

철민이가 건호에게 말했다.

"야, 인마! 물어보지도 않고 왜 집어치워? 서영주 선생께서 안 써주시겠다고 하셔도 내가 작품을 잘 써서 열 번 백 번 부탁드리면 되지 그 양반이 벽창우(碧昌牛)냐? 짜식! 미리 걱정하고 지랄이야. 그러니까 구더기 무서워 장을 못 담근다는 말이 나오는 거야, 인마." 건호는 철민이에게 화를 냈다. 그러나 건호는 한번 부딪쳐보고 싶었다. 교과서에서 배운 시 「국화 앞에서」란 시를 쓰기 위해 몇 년 몇 날의 밤을 새운 서영주 시인을 만나고 싶었다.

여름방학이던 어느 날 건호는 고등학교로 담임이던 현성철 선생님을 찾아갔다. 학교에 연락해 보니 그날 현성철 선생님이 일직이라 들었기 때문이다.

"선생님 안녕하세요?" 건호가 교무실 문을 열면서 인사를 했다. 졸업한 지 이제 8개월 정도 지났지만, 아직도 교무실에 들어서려니 뭔가 담임선생님한테 밀린 공납금 재촉받는 학생처럼 무섭고 꺼려진다.

"어이쿠, 건호 군! 어찌 지내나? 이리 앉게. 직장이나 학원 같은 데는 안 가고?" 한 선생이 건호의 눈치를 살피며 물었다.

"선생님도 역시 그러시군요. 제가 저의 정체성을 깨닫지 못했는데 직장은 무슨 소용이고, 공부는 또 무슨 소용이 있겠어요?" 접었다 편 철제의자에 앉은 건호가 이를 지그시 물며 결기 어린 모습으로 대답했다.

"그야 그렇지만…." 한 선생은 평소 박건호가 제 일을 알아서 할 줄 아는 사람이라는 것을 잘 알고 있었지만, 그의 덥수룩한 외모를 걱정하며 말끝을 흐렸다.

"선생님, 저 추천서 한 장 써주세요." 건호가 느닷없이 '추천서'란 말을 꺼냈다.

"무슨 추천서? 어디 취업하려고?" 한 선생은 대학에 진학하지 못한 건호가 용돈이 궁해 이제 취직이라도 하려나 싶었다.

"아뇨. 저 올해에 시집을 한 권 내려고 합니다. 그래서 말씀인데요…." 이번에는 건호가 말이 잘 떨어지지 않는지 말끝을 흐렸다.

"오호. 시집이라…. 역시 자네는 대단해. 스무 살에 시집이라니…. 그 용기를 높이 사네. 그래서 시집 앞쪽에 들어가는 내 축사가 필요한 게로군. 그거야 얼마든지 써줄 수 있지. 아무렴…, 써줄 수 있고 말고…." 건호는 속으로 낙심했다. '아, 우리 선생님이 나를 이렇게 몰라주시다니….' 그리고 한동안 그는 말을 잇지 못했다. '무슨 말을 어떻게 꺼내야 하나….' 말의 갈피가 서지 않았다.

"왜 말이 없어. 내가 써준다고 했잖은가? 그러면 되는 일 아닌가, 건호 군!" 한 선생은 건호의 부탁을 들어줄 수 있을 것 같아 내심 좋아했다.

"아니에요. 선생님, 선생님의 축사가 필요한 게 아니구요. 평소에 선생님께서 대학에 다닐 때 서영주 시인의 강의를 들으셨다며 수업 때 서영주 시인의 시가 나올 때마다 자랑하셨잖아요. 그러니 서영주 시인의 '발문'을 좀 받아서 제 첫 시집에 싣고 싶습니다. 선생님께서 서영주 시인에게 제 시집의 '발문'을 써주라는 추천서를 써달라는 말이에요." 순간 한 선생의 낯빛에 그늘이 드리워졌다. 말을 듣고 보니 건호의 말이 정말 얼토당토않을 것 같았다. 그리고 말을 이었다.

"어허, 이 친구 배짱 좀 보소. 등단도 안 한 애송이가 우리나라에서 가장 유명한 시인의 '발문'을 받아서 시집을 내고 싶다니. 허허허." 한 선생은 속으로 혀를 내둘렀다. 자신이 말한 것처럼 '등단도 안 한 애송이가 우리나라에서 가장 유명한 시인의 '발문'을 받아서 시집을 내고 싶다.'고 하니 이를 칭찬해야 할 일일는지 말려야 할 일일는지 분간이 서지 않았다.

"어려우시면 그냥 가겠습니다. 선생님!" 건호가 엉덩이를 털며 일어섰다.

"어허, 그 친구 성질머리 한번 되게 급하네. 아, 이 사람아. 나에게도 생각할 시간을 주어야 하지 않나. 그 유명한 분한테 부탁의 편지를 써야 하는데…. 우선 앉아보게." 한 선생이 말을 얼버무리며 건호를 막아서 다시 주저앉혔다.

"제가 선생님한테 겨우 추천서 하나 써달라고 한 거지 돈을 달라고 한 건 아니지 않습니까? 저의 담임 선생님이라면 그 정도는 해줄 수 있는 거 아니에요?" 건호가 선생님을 쩨려보듯 바라보며 말했다.

"알았네. 알았어. 내가 써줌세. 한 달 후에 오시게." 한 선생은 건호를 마치 빚쟁이처럼 떼어놓으려 했다.

"아뇨. 선생님 제가 교실 뒤편에 나가서 담배 한 대 피우고 올 테니 대강 조금만 써주시고 공간을 비워놓고 밑에다 날짜 쓰고 사인만 해주세요. 그럼 제가 들어와서 다시 채워볼게요." 건호는 그간 오랫동안 중고등학교에서 국어를 가르쳐오신 한 선생님이시니 그 정도는 써주실 능력이 되리라 믿었다. 그래서 당장 추천서를 받으면 서울의 서영주 시인 집으로 쳐들어갈 계획이었다.

"뭐, 뭐라고? 지금 당장! 어허. 그 사람 번갯불에 콩 볶아 먹을 사람이구만." 한 선생이 건호를 보고 걱정을 하는 사이 건호는 뚜벅뚜벅 걸어서 교무실을 나갔다. 그리고 교직원 화장실로 가서 담배 한 대를 피워물었다. 학생 화장실로 가서 담배를 피울까도 생각했지만, 자신이 선생은 아니지만, 스무 살이 넘은 성인이니 학생도 아니라서 어쩐지 교직원 화장실로 들어가 용변을 봐야 할 것 같았다. 그곳에서 담배를 피워무니, 학창시절 몰래 화장실에서 피우던 담배 맛의 스릴을 느끼지 못하지만, 구수한 담배 냄새가 온몸에 배어들며 마치 선생이 된 듯한 착각에 들게 했다. 건호는 연거푸 담배를 두 대 마주 대서 피운 뒤 40분쯤이 지나서 교무실로 들어갔다.

"벌써 들어오나, 박 군!" 한 선생이 움찔 놀라며 물었다.

"내 아직, 한 줄도 못 썼네. 자네 정말 대단하네. 언제 벌써 시집 한 권 분량의 시를 쓴 거야. 내가 학생들에게 시를 쓰라 수필을 쓰라 일기를 쓰라 닦달했던 걸 후회하네. 글을 쓴다는 게 이렇게 어려울 줄이야. 원….." 진땀을 빼던 현성철 선생이 건호를 보고 하소연했다.

"선생님, 그럼 제가 불러드릴 테니 받아적으세요." 건호는 담배를 피우며 구상했던 말이 있었다.

"뭐? 이제 완전히 주객이 전도되었구나. 선생은 받아쓰고 제자는 부른다. 하하하. 그것참, 재미있는 일일세. 그나저나 아무튼 자네 말이라도 뭔가 써야 추천서가 될 테니 그럼 불러보게." 한 선생이 머리를 긁으며 멋쩍은 모습으로 건호에게 말했다.

"자, 지금부터 부릅니다. 추천서." 건호가 선생님에게 선생처럼 말을 불러댔다.

"자, 지금부터 부릅니다. 추천서." 한 선생은 알고도 모르는 척 따라 했다.

"아휴, 선생님 '자 지금부터 부릅니다.'는 빼시고 추천서만 쓰셔야죠." 건호는 답답하다는 듯 선생님을 바라보며 말했다.

"하하하, 말만 그렇지 안 썼네. 안 썼어. 보시게나. '추천서'라고만 되어 있지 않나?" 그렇게 해서 한 선생과 건호의 합작으로 추천서가 완성되었다.

"존경하는 서영주 선생님 보십시오. 그동안 건강히 계시는지요. 저는 ○○대학에서 국문학을 전공하던 ○○학번 현성철입니다. 선생님의 넉넉하고 후한 가르침을 받아 저도 시골의 한 학교에서 후학을 가르치며 행복한 나날을 보내고 있습니다. 그런데 저한테도 선생님과 같이 시에 특별한 재능을 보이는 제자 하나를 발굴하였습니다. 박건호 군이라는 제자인데요. 박 군이 첫 시집을 내는데 선생님의 '발문'을 받고 싶어 합니다. 그의 시를 보시고 장래가 있다면 부디 '발문'을 써주신다면 건호 군의 앞날에 서광이 비칠 것으로 사료되오며, 저 역시 감읍하겠습니다. 더운 날씨에 건강하시길 기도드립니다. 1969년 8월. 제자 현성철 올림."

현성철 선생의 추천서를 받은 건호는 추석이 지난 9월 어느 날 원주역으로 가 서울행 기차를 탔다. 서영주 시인은 당시 동작동에서 살고 있었다. 청량리역에 도착한 건호는 시내버스를 몇 번이나 갈아타고 동작구에 있는 서영주 시인의 집을 찾아갔다. 서 시인의 사모님에게 이만저만해서 원주에서 찾아왔노라 말하고 저녁 때까지 기다렸으나, 서 시인은 자정이 다 되어서야 돌아왔다. 건호는 하는 수 없이 서영주 시인의 집에 들어가지 못하고 뒤쪽 처마 밑 벽에 기대어 밤을 지새워야 했다. 여름이라 하지만 한강가인 동작동엔 강바람이 불어서 새벽 추위에 뜀을 뛰며 날을 지새웠다. 이튿날 서영주 시인이 일찍 나왔으나 ○○대학에 강의 가는 중이라며 저녁에 보자고 했다. 배가 고픈 건호는 가까운 칼국수집에 들러 칼국수를 2인분이나 시켜 국물까지 들이켰다. 배가 부르니 야속했던 서 시인에 대한 감정도 돌아오고 두루 주변이 보이기 시작했다. '내, 서영주 시인의 '발문'을 받지 않고는 원주로 돌아가지 않겠다.' 그는 속을 단단히 각오했다. 그리고 노천

에 앉아 한순을 생각하며 서영주 시인에게 보여주려고 가져온 노트의 한쪽에 「끝이 없는 길」이란 시를 썼다

그날 밤 서 시인은 술이 거나해서 집에 돌아오다가 대문 앞에 앉은 건호를 발견했다.

"자네. 아직도 안 간 거야?" 서 시인이 건호를 측은한 듯 바라보며 물었다.

"네, 선생님. 저는 선생님의 발문을 받기 전까지는 못 갑니다." 건호가 서 시인을 애원하듯 바라보며 대답했다.

"우선 이리 들어오게." 서영주는 그를 응접실로 들였다.

"아, 이 사람아. 집에 사람이 찾아오면 밥부터 대접하고 그래야지. 어찌 우리 집에 온 손님을 저리 기다리게 하시는가?" 서 시인이 아내를 꾸지람했다. 흰 저고리에 까만 치마를 받쳐입은 사모님은 기품이 있어 보였다.

"아, 들어오라고 그렇게 말해도 괜찮다면서 밖에서 그리 기다렸다우." 서 시인의 아내가 대꾸했다.

"우선 배고플 테니 밥을 먼저 차려줘요." 과연 서 시인은 마음이 따듯한 시인이었다.

"아닙니다, 선생님. 저는 선생님께서 제 시집의 '발문'만 써주신다면 아무것도 안 먹어도 배가 부를 것 같습니다." 건호가 배짱 있게 속심을 드러내며 말했다.

"그래. 허허. 그 사람 참 맹랑하네. 자네 내 발문을 받으려면 돈이 많이 든다는 소리는 못 들었나?" 서 시인이 젊은 건호의 의

중을 떠보려고 물었다.

"네. 알고 있습니다. 그렇지만 아무리 돈이 많아도 시가 시답지 않으면 안 써주실 것 아닙니까? 우선 저의 시를 봐주세요. 선생님!" 돈 이야기를 하는 서 시인에게 건호는 오기가 생겼다.

"어허. 배짱 한 번 좋은 사람일세. 그래 자네 소개를 좀 해보게." 피곤한 모습의 서영주 시인이 응접실 소파에 기대앉으며 말했다.

"네. 저는 강원도 원성군 흥업면 무실리에서 온 스물두 살 박건호라고 합니다. 저는 첫 시집을 내려고 하는데 선생님의 '발문'을 받고 싶어 왔습니다. 여기 고등학교 때 담임선생님이셨던 현성철 선생님의 추천서가 있습니다." 건호가 가방에서 현성철 선생님의 추천서를 꺼내 들었다.

"아니, 그런 추천서 말고, 먼저 자네가 쓴 시를 보여주게." 서 시인은 박건호의 시적 능력을 보고 싶었다.

"여기 있습니다. 선생님!" 건호가 가방에서 시집을 낼 노트를 꺼내서 건네려 했다.

"나를 주지 말고, 자네가 가장 최근에 쓴 시 한 수만 읽어보게." 서 시인은 그렇게 말하고 지그시 눈을 감았다.

"끝이 없는 길 - 박건호, 길가에 가로수 옷을 벗으면 / 떨어지는 잎새 위에 어리는 얼굴 // 그 모습 보려고 가까이 가면 / 나를 두고 저만큼 또 멀어지네 // 아 이 길은 끝이 없는 길 / 계절이 다 가도록 걸어가는 길 // 잊혀진 얼굴이 되살아나는 / 저만큼의 거리는 얼마쯤일까 // 바람이 불어와 볼에 스치면 / 다시 한번 그 시절로 가고 싶어라 // 아 이 길은 끝이 없는 길 / 계절이 다 가도록 걸어가는 길" 건호가 방금 쓴 시를 읽었다.

"이거 언제 쓴 시인가?" 서 시인이 눈을 둥그렇게 뜨며 몸을 벌떡 일으켜 물었다.

"조금 전에 선생님 댁 담벽에 기대앉아서 쓴 시입니다." 건호가 조마조마한 마음으로 서 시인의 눈치를 살피며 대답했다.

"짝짝짝. 대단하네. 대단해. 내가 찾는 그런 시야. 시는 말이야 억지로 꾸며서는 안 돼. 우리의 삶이 녹아들어야 해. 우리의 정서가 들어있는 그런 시가 좋은 시야. 자네는 앞으로 크게 될 걸세. 될성부른 나무는 떡잎부터 안다고 하지 않나. 난 자네가 방금 쓴 시 「끝이 없는 길」을 들으며 자네가 장차 우리나라 사람들에게 사랑받는 시인이 될 거라는 것을 느꼈네." 서 시인이 우레와 같은 박수를 치며 말했다.

"부끄럽습니다, 선생님!" 건호가 몸 둘 바를 몰라 하며 대답했다.

"시는 거기 두고 가게. 그리고 오늘 밤은 날이 어두웠으니 나랑 술 한잔 하고 우리 집에서 자고 내일 아침에 길을 떠나게. 집이 원주라고 했지? 지금 시간이 늦어 원주로 갈 수는 없지 않나." 서 시인이 젊은 청년 건호의 손을 잡으며 말했다.

"여보, 여기 술상 좀 차려요." 서 시인이 아내에게 술상을 보라 일렀다.

박건호는 그렇게 해서 그해 가을 큰 시인, 서영주의 발문을 실으며 첫 시집 『영원의 디딤돌』을 내며 문단에 나왔다. 문단에 나오긴 했지만, 그는 궁핍했다. 아무도 그를 시인으로 알아주지 않았다. 공장에 들어가 산업노동을 할까 건축일을 따라다닐까 하다가도 그냥 아버지를 도와 농사나 지으며 시를 쓰기로 했다.

1971년 1월, 올해도 그는 메이저신문 신춘문예 다섯 군데에 응모했지만, 모두 낙방했다. 세 번째의 낙방이다. 지난해에는 자신이 생각해도 정말 맹렬히 시를 쓴 것 같다. 그런데 같은 학교에서 공부한 권춘생이란 친구가 동아일보 신춘문예에 동화로 당선했다. 그해 봄에 그 친구 춘생이와 산길을 걸어 원주에 갈 때였다. 무덤가에 할미꽃 한 송이가 피어있었다. 그는 노트를 꺼내 바로 「할미꽃」이란 시를 썼다.

"찬 바람 몰아치던 겨울이 가고 / 눈 녹은 산과 들에 봄이 오면 / 무덤가에 피어나는 할미꽃이여 / 누구를 기다리다 꽃이 되었나 / 산 너머 저 마을에 살고 있는 그리운 막내딸을 기다리다가 / 외로이 고개 숙인 할미꽃이여 / 무엇이 서러워서 꽃이 되었나 // 뻐꾸기 봄날을 노래 부르고 / 얼었던 시냇물은 흘러가는데 / 슬픈 사연 전해주는 할미꽃이여 / 애타는 그 마음이 따스하여라"

"야, 춘생아 이 동시 어떠냐?" 건호가 평소에 아동문학을 하는 춘생의 눈치를 살피며 물었다.

"야, 엄청 좋다. 너 동시도 써라. 대박 날 것 같다." 춘생이 건호에게 동시를 권했다.

"아니, 난 형식과 틀에 얽매이는 것은 싫어. 더구나 동시는 너무 어려워서 못 쓸 것 같아. 아이들의 마음을 들여다보아야 하는데, 어른 눈만 뜨고 있으니, 세파에 오염된 내가 무슨 동시를 쓰겠어."

신춘문예에 세 번 낙방한 건호는 방에서 한순의 사진을 떼어 냈다. 그리고 가슴에서도 한순에 대한 생각은 저절로 지워지고 말았다. 그도 그럴 것이 매주 편지를 주고받아야 하는데, 이젠 그와 편지를 안 한 지도 1년이 넘어가고 있다. 이성 친구를 사귀고 싶은 마음이야 있지만 주머니 사정을 생각하면 그것도 부담이 된다.

무더위가 기승을 부리던 어느 여름날 친구 권춘생이 찾아왔다.

"야, 건호야. 우리 보령 대천 바다에 가지 않을래?" 춘생이 뜬금없이 보령 대천 바다엘 가자고 했다.

"야, 무슨 귀신 씨나락 까먹는 소리냐. 대천 바다에는 가서 뭘 하게?" 건호가 궁금한 눈초리로 물었다.

"야, 건호야. 거기서 해변가요제를 한다더라. 유명 가수도 오고, 신인가수들 뽑는 가요제래. 그리고 김규동, 김광균, 김춘수, 박목월, 황동규 등 유명 시인들이 와서 1박 2일로 해변시인학교도 연대?" 보령으로 건호를 데리고 가고 싶은 춘생이 사탕발림처럼 시인들의 이름을 늘어놓으며 설명했다. 춘생의 말을 듣자니 유명시인들이 만나고 싶어졌다. 특별히 할 일도 없고, 무료한 나날만 이어지고 있는 자신에게 변화가 필요할 것 같다.

"그래. 좋다. 가자." 건호가 맞장구를 쳤다.

"그런데 건호야. 친구들 몇 불러서 같이 갈까?" 춘생이 건호의 눈치를 보며 물었다.

"아니, 너랑 나랑 같이 가자. 친구들 부르면 서로 의견이 달라 싸울 수도 있고, 난 너무 시끄러운 거 질색이야." 건호의 말을 듣고 보니 그럴 수 있겠다 싶다.

"그래. 그럼 우리 둘이서만 가자. 텐트 하나랑 버너 코펠 등 있으면 되지?" 건호의 동의를 받아 낸 춘생이 기뻐하며 물었다.

1971년 7월 30일 금요일, 건호와 춘생은 충청남도 보령군 대천면에 있는 대천해수욕장을 행해 2박 3일의 일정으로 배낭을 메고 원주를 떠났다.

기차와 버스를 여러 번 갈아타고 저녁이 다 돼서야 대천에 도착한 건호와 춘생은 대천해수욕장의 한적한 텐트촌에 텐트를 쳤다. 텐트촌은 각자의 텐트에 맞게 도랑이 파여 있었다.

"야, 우리 여기다 텐트 치자." 춘생이 배낭에서 친구에게 빌려 온 군용 A형 텐트를 꺼냈다.

"야, 텐트가 군용텐트네. 괜찮을까? 상가들이 있는 대천 시내에는 헌병들도 보이던데…." 건호가 걱정했다.

"달라면 주지 뭐. 뭘 비싸다고. 그럴 줄 알고 못자리 비닐도 많이 끊어왔어. 혹시 비가 오게 되면 위에다 덮으려고. 하하하."
춘생이 큰 너털웃음을 웃었다. 건호와 춘생이 자리를 잡은 텐트 근처에는 서울에서 온 아이들인지 크고 좋은 돔 텐트 두 개를 쳐놓고 밥을 짓고 있었다. 까르르 까르르 웃으며 자지러지는 여자애들의 목소리가 양념처럼 해수욕장의 밤을 즐겁게 한다. 멀리 지고 있는 서산마루 위 일몰에 해수욕장의 하늘은 온통 불이 붙은 듯 벌겋다.

"우리도 빨리 밥 짓자. 건호야, 코펠에다 이 쌀 좀 씻고 물통 가지고 가서 물 떠와." 춘생이 배낭에서 압축되었던 자바라 물통을 꺼내 펴며 군용 반합에 쌀을 퍼 건호에게 건네준다.

"야, 권춘생! 너, 나만 시키는 거야?" 텐트를 지켜야 한다는 걸 안 건호는 공연히 몽니를 부린다.

"아니야. 건호야. 나 여기 지켜야 하잖아. 텐트 안도 정리하고 파도에 떠내려온 나무를 주워다 모닥불도 피워놓을게. 그래야 밤에 오징어랑 쥐포를 구워 소주라도 한잔할 거 아니야." 쌀을 씻으러 간 건호가 아무리 기다려도 오지 않는다.

"저기요. 저 우물가에 좀 다녀올 게 여기 좀 봐주세요." 춘생이가 옆에 텐트를 친 청년에게 부탁한다.

"아, 걱정하지 마세요. 우리가 지켜드릴게요. 그런데 어디서 오셨어요?" 춘생이가 물은 건 그 또래의 청년이었는데, 한 세련된 아가씨가 다가와 말을 건넨다.

"아, 예. 고맙습니다. 저희는 원주에서 왔어요." 아는 사람이라 곧 아무도 없는 여행지에서 아가씨의 대답을 들은 춘생은 난리가 났다. 춘생이 텐트가 쳐진 야영장에서 멀어지며 소리를 지른다.

"아, 걱정하지 마세요. 우리가 지켜드릴게요. 하하하. 아, 걱정하지 마세요. 우리가 지켜드릴게요. 하하하. 하하하. 하하하하하." 춘생이 연거푸 여자의 말을 흉내 내며 수돗가로 달려갔다. 건호는 아직도 줄을 선 채 기다리고 있었다.

"야, 아직도 쌀을 못 씻은 거야?" 줄을 서 있는 건호를 발견한 춘생이 다가가 물었다.

"야, 너 텐트는 어떻게 하고 여기까지 온 거야. 그러다 누가 물건 다 들고 가면 어떻게 하려고." 건호가 걱정스런 눈빛으로 물었다.

"걱정하지 마, 인마! 야, 우리 대박 났어." 춘생이 들뜬 목소리로 대답했다.

"뭔데, 뭐가 대박이 났다는 거야." 춘생이 궁금해 못 견디겠다는 목소리로 물었다.

"야, 우리 텐트 옆에 두 개의 돔 텐트 있잖아. 거기에 청년 넷, 아가씨 셋이 놀러 왔는데, 그중에 한 여자애가 나보고 '아, 걱정하지 마세요. 우리가 지켜드릴게요.'라고 하는 거야. 이거 대박 아니냐? 아, 걱정하지 마세요. 우리가 지켜드릴게요. 하하하. '아, 걱정하지 마세요. 우리가 지켜드릴게요. 하하하. 하하하하하." 너무나 기분이 좋아진 춘생이 허파에 바람이 든 사람처럼 웃는다. 그도 그럴 것이 춘생은 지금껏 여자아이와 대화를 나눈 적 없는 모태 솔로였다. 쌀을 씻고 자바라 물통에 물을 받아서 텐트로 돌아온 둘은 힐끔힐끔 옆 텐트의 아가씨들을 곁눈질하며 소근거렸다.

"저, 머리 긴 애 있잖아. 정말 예쁘다. 내 스타일이야. 꼭 한순이 닮았네." 건호가 한순이와 긴 머리 소녀를 비교하며 속엣말처럼 속삭였다.

"또, 또, 또 그런다. 인마. 여자에게 차인 놈이 뭐가 그립다고 아직도 한순이 얘기냐. 이 참에 한번 버스를 갈아타 봐. 하하하." 춘생이가 건호의 심리를 꿰뚫고 비웃는다.

건호와 춘생의 저녁 밥상은 고기 없는 흰 밥이다. 라면 열 봉지와 묵은김치, 풋고추 몇 개, 호박과 가지 햇감자, 몇 개, 식용류 한 병, 참기름, 고춧가루와 밀가루, 미원 작은 거 한 봉지, 굵은 멸치 한 봉지, 대파 한 단, 마른 오징어 두 마리, 쥐치포 한 축, 4홉들이 경월소주 두 병이 그들이 사흘 동안 먹으려고 가져온 식재료의 전부다. 장비라야 군용 A텐트와 군용반합, 작은 코펠 한 개, 프라이팬 한 개, 부엌칼과 작은 나무 도마, 그리고 석유가 채워진 버너가 그들의 전 재산이다. 춘생이가 석유 버너에 바람을 넣고 불을 켜니 화력이 대단하다. 건호는 이런 캠핑이 처음이다. 그냥 시인들을 만날 수 있으려나 하고 호기심에 따라왔지, 이렇게 밥을 직접 해 먹어야 한다는 것을 몰랐다. 반합에 지은 밥이 고실고실하니 참 맛있게 됐다. 건호가 아버지를 따라 직접 모를 내고, 새를 쫓고, 벼를 베어 발탈곡기를 밟아서 떨어낸

쌀이다. 버너가 한 개뿐이라 반합에 밥을 지어놓고 코펠에 김치찌개를 끓인다. 돼지고기도 없이 묵은김치에 굵은 멸치만 넣은 김치찌개는 왜 그렇게 맛있는지…. 가위로 대파를 썰어 넣으니 화룡점정이다.

"이거 좀 잡숴보실래요." 가물가물한 랜턴을 매달아 놓은 텐트 앞에서 밥을 먹고 있는데 아까 텐트를 지켜준다던 그 아가씨가 라면을 끓였다며 가져다준다.

"아, 예, 예에…." 갑작스런 긴 머리의 등장에 건호가 말을 더듬는다.

"이 새끼 봐. 얼굴 빨개졌잖아. 하하하. 하하하하하." 춘생이 건호의 얼굴을 보며 비웃는다.

"야, 그러지 말고 니가 우리 김치찌개도 좀 가져다줘 봐. 이래 봬도 정말 맛있잖아." 내성적이라 용기가 나지 않은 건호가 춘생에게 김치찌개를 떠주며 등을 떠민다.

"이거 좀 잡숴보시래요. 우리 박 시인께서요." 춘생이 아까 그 긴 머리 소녀에게 김치찌개가 담긴 코펠 뚜껑을 내민다.

"아, 저 분이 시인이에요?" 긴 머리 아가씨가 눈을 동그랗게 뜨며 묻는다.

"녜, 저 친구 저래 봬도 서영주 시인의 발문이 담긴 시집을 낸 시인입니다." 건호 자랑에 춘생의 어깨가 으쓱해진다.

"우와, 정말 대단해요. 저도 서영주 시인 엄청나게 좋아하는데…. 박 시인님한테 사인받으러 가야겠어요." 긴 머리 소녀가 춘생을 따라 우리의 텐트 쪽으로 왔다.

"선생님이 시인이라고 들었어요. 서영주 시인의 발문이 든 시집을 내셨다고요. 정말 대단해요, 시인님! 시집 안 가지고 오셨어요? 저 한 권 사인해주실 수 있나요?" 긴 머리 소녀가 호들갑을 떨며 건호의 손을 쥐고 흔든다.

"얘는 나보다 더 대단한 친구예요. 얘가 올해 동아일보 신춘문예 동화부분에 당선한 권춘생이에요." 건호가 자신을 낮추며 춘생을 소개했다.

"와우, 대박. 얘들아, 이리 좀 와봐. 이분은 시집을 내신 시인이고, 이분은 동아일보 신춘문예에 당선한 권춘생 아동문학가래." 밥을 먹다 만 옆집 텐트의 청년 넷, 아가씨 셋이 모두 건호의 텐트 앞에 와서 박수를 친다.

"우리 같이 박 시인네가 붙여 놓은 모닥불에 둘러앉아 씽얼롱해요." 긴 머리 소녀가 춘생을 보며 말했다.

"알겠습니다. 우리가 촌놈들이니 모닥불은 우리가 책임지겠습니다." 춘생이 어수룩한 말투로 허풍을 떨었다. 긴 머리 소녀는 통기타를 들고 접이식 천 의자에 앉았다. 건호와 춘생을 포함한 아홉 명의 청년들이 모닥불가에 둘러앉았다.

"이 친구는 가수 지망생 박민희에요. 내일 있을 해변가요제에 출전하려고 왔고, 우리 친구들은 응원하려고 왔어요." 그중 한 사람이 민희를 가수 지망생이라며 소개했다. 민희는 인사 대신

기타를 튕겼다.

"비바람이 치던 바다, 잔잔해져 오면 오늘 그대 오시려나, 저 바다 건너서…. 하나 둘 셋 네!" 민희가 첫 소절을 부르자 모두들 합창했다. 이상하게도 건호와 춘생은 그들과 오래도록 함께해 온 친구처럼 잘 어울렸다. 거기엔 술도 필요 없고 음료수도 필요 없었다. 서로의 눈빛과 박수 소리만이 파도 소리를 잠재우고 멀리멀리 퍼져나갔다.

"조개 껍질 묶어 그녀의 목에 걸고 불 가에 마주 앉아 밤새 속삭이네…."

"빗소리 들리면 떠오르는 모습 달처럼 하얀 얼굴 우연히 만났다 말없이 가버린 긴 머리 소녀야…." 그 노래를 부르며 건호는 이상한 전율을 느꼈다. 왠지 박민희와 좋은 인연이 있을 것만 같았다.

한창 합창이 진행되는 사이 건호는 화장실에 다녀온다며 그 자리를 빠져나왔다. 그리고 밝은 가로등불 아래로 가서 「모닥불」이란 시를 썼다. 건호가 등장하자 긴 머리 소녀 민희가 물었다.

"어디 갔다 온 거에요, 건호 씨!" 가수 지망생 민희는 건호를 건호 씨라 불렀다.

"아, 문득 시 한 수가 생각나서요." 건호가 대답했다.

"읽어줘! 읽어줘! 읽어줘! 읽어줘!" 순간 모든 친구들이 이구동성으로 읽어달라고 외쳤다.

"음, 으흠. 음…. 그럼 읽어보겠습니다. 모닥불 - 박건호 - 모닥불 피워놓고 마주 앉아서 / 우리들의 이야기는 끝이 없어라 / 인생은 연기 속에 재를 남기고 / 말 없이 사라지는 모닥불 같은 것 / 타다가 꺼지는 그 순간까지 / 우리들의 이야기는 끝이 없어라" 건호가 한껏 무드를 잡고 자작시 「모닥불」을 낭독하자 옆에서 듣고 있던 민희가 눈물을 주르륵 흘렸다.

"잠깐만…." 눈물을 흘리던 민희가 기타를 들고 텐트 안으로 들어갔다.

"모닥불 - 여긴 C, 피워놓 - 여긴 G7, 고 - 여긴 C, 마주 앉아 - 여긴 F, 서 - 여긴 G7…." 텐트 안에서는 간간이 기타 소리가 들려왔다.

민희가 텐트 안으로 들어가자 건호와 춘생은 배낭을 뒤져 모닥불에 감자를 구웠다. 모두들 구운 감자를 까먹느라 입가가 시커멓다. 서로를 향해 손가락질하며 웃고 있는데, 텐트 안에 들어갔던 민희가 한참 만에 기타를 들고나왔다.

"야, 애들아 나 따라 해봐. 모닥불 피워놓고 마주 앉아서…." 민희가 통기타의 C코드와 G7, F와 G7를 옮겨 쥐면서 줄을 튕겨 선창을 했다.

"모닥불 피워놓고 마주 앉아서…." 모두들 따라 불렀다.

"우리들의 이야기는 끝이 없어라…." 민희가 2소절을 불렀다.

"우리들의 이야기는 끝이 없어라…." 모두들 따라 불렀다.

"아니 아니. 그렇게 빨리 부르지 말고. 우 리 들의 이야기 는 끝 이 어 없 어라. 그렇게 늘려서 불러야 돼."

"우 리 들의 이야기 는 끝 이 어 없 어라."

"그래 맞아. 그렇게 부르는 거야."

그날 밤 민희의 선창에 따라 「모닥불」 노래를 다 익힌 친구들은 열 번도 넘게 그 노래를 불렀다.

이튿날 보령 대천해수욕장에서 열린 해변가요제에 참가한 민희는 등수에 들지 못했다. 민희의 머릿속에는 「모닥불」이 너무 인상적으로 각인되어 자기가 준비해온 곡의 실력을 제대로 발휘하지 못했다.

그러나 그해 가을 박민희는 「모닥불」을 레코드로 취입하고 가수로 데뷔했다. 그날 박건호는 대천해수욕장에서 시 「모닥불」을 지은 이후로 3,000곡이 넘는 가요를 작사해 수없이 많은 히트곡을 남긴 국민작사가로 불린다. 박민희는 박건호 시인의 수많은 노랫말을 작곡해 히트했다.

* 이 소설의 작중 인물은 박건호 시인과 가수 박인희라는 실제 인물을 모티브로 삼았으며, 스토리는 허구임을 밝힌다. 또한 소설 고등학교 담임선생 현성철은 실제 인물 한상철 선생으로, 향년 58세로 세상을 떠난 박건호 시인의 사후에 박건호기념사업회 회장을 맡아 원주 무실동에 박건호 공원과 시비를 세우는 일에 앞장서는 등 국민들이 박건호 시인을 기릴 수 있는 환경을 조성하였음도 밝힌다.

합장(合葬)

합장(合葬)

1.

따르릉따르르르릉 따르릉 따르르르릉….

은상이는 오늘 방송통신대학교에서 출석 수업이 있어 공부를 하고 있는 중인데 전화벨이 자꾸 울렸다.

"엉, 엉! 어이구, 안 아픈 데가 없다. 어떻게 하면 좋으냐? 삼촌이 애비를 때려서 애비 죽는다. 애비 죽어!"

수화기 저쪽에서는 은상의 아버지가 다 죽어가는 목소리로 울고불고 난리다.

"여보세요. 네, 아버지! 왜 그러세요? 무슨 일이세요."

은상이는 수업 중인 줄도 모르고 큰 소리로 물었다.

"무성이 삼촌이 애비를 사정없이 때려서 안 아픈 데가 없으니 어쩌면 좋으냐?"

"네, 알았어요. 아버지, 바로 갈게요."

아이 둘을 낳고 작은 슈퍼마켓을 경영하며 방송통신대학교 국문학과에 다니고 있던 은상이는 수업을 듣다 말고 동숭동에 있는 방송통신대학교 교정의 주차장에서 타우너를 몰고 아버지가 사시는 고향집을 향해 속력을 있는 데로 밟으며 달려갔다. 은상이는 잔뜩 화가 나 있었다. '내 그냥 두나 봐라! 씨팔놈의 인간, 어디다 손찌검을 하고 그래! 아무리 그래도 손위처남인데…' 은상은 속으로 부아가 치밀어 올라 참을 수가 없다. 내려가는 대로 외삼촌을 두들겨 팰 기세였다. 평소에 두 시간 가량 걸리는 거리를 한 시간이 조금 넘어서 도착할 수 있었다.

집에 도착하니 아버지는 술로 인사불성이 되어 난동을 부리고 있었다. 무성이 삼촌은 보이지 않고 새어머니와 아버지가 다투고 있던 터에 은상이가 들어서자 아버지는 무슨 응원군이라도 만난 듯 더욱 의기양양했다.

"이 새끼야, 나가! 박가 놈의 새끼야. 우리 집에서 나가란 말이야! 새끼야."

아버지는 새어머니 효순이 데리고 온 동생 두수를 향해 욕지거리를 퍼붓고 있었다. 두수는 구미에서 금호공고를 다니는데 방학이라 왔다가 엄마와 아버지가 싸우는 틈에 끼어 어려움을 당하고 있었다. 두수에게 향한 아버지의 이런 말투는 새어머니와 싸움이 있을 때마다 되풀이 되었던 욕이었다. 두수는 그런 아버지가 싫어서 혼자 독립을 하려고 멀리 구미까지 내려가 해군 하사관을 양성하는 전초기지의 금호공고를 다니고 있었던 것이다.

그러는 틈에 아버지의 솥뚜껑 같은 손이 두수의 뺨을 내리쳤다. 순간 은상이의 눈이 뒤집혔다.

"아버지! 왜 어른들 일을 아이한테 그러는 거예요. 치사하게.

엄마가 싫으면 이혼하면 되지 왜 애한테 그래요? 에이 씨팔!"
 은상이는 아버지의 두 팔을 붙들고 아버지를 깔고 앉았다. 주먹으로 아버지 얼굴 옆 방바닥을 내리 찍었다. 시멘트방바닥을 내리친 손등이 뭉그러지며 피가 튀겼다. 차마 아버지를 때릴 수는 없었다. 분을 이기지 못한 은상이는 창호지를 바른 미닫이 문짝을 발길로 걷어찼다. 순간 미닫이문짝은 큰 구멍이 나며 산산조각이 나고 말았다.
 "왜? 복을 차버리고 있어요, 혼자 한 번 살아봐요. 새엄마가 얼마나 잘해주시는데 그걸 몰라요?"
 은상은 아버지를 향해 절규하며 소리를 질렀다.
 "느이 아부지가 술 먹고 빤스바람에 교회에 와 불을 지르려고 했다. 나는 욕을 먹어도 살고 가난해도 살 수 있는데, 아무리 무식하고 교회가 싫어도 하나님 성전에서 그러는 건 못 본다. 은상이 너, 느이 아부지랑 잘 있어라. 난 간다. 더 이상 못 살겠다. 두수야 가자."
 효순은 미리 싸놓은 작은 가방을 들고 두수의 손을 이끌었다. 은상이는 그런 새어머니를 붙잡을 수가 없었다.

2.
 은상이가 군대에 갔을 때 새어머니 효순은 두수를 데리고 은상이의 집에 오셨다. 은상이는 군인의 신분이라 좋다 싫다 의견을 말할 수 없었으나 내심 새어머니가 집에 들어오는 것에 대하여 반대하고 있던 터였다. 엄마가 돌아가신 후 아버지는 여러 여자를 들였는데 그때마다 원만한 결혼생활은 유지되지 않았다.

은상이가 가난 때문에 고등학교에 가지 못하고 집에서 농사를 지을 때였다. 한번은 영돈이 엄마라는 판례가 들어왔다. 판례는 경상북도 영주가 고향으로 한글을 모르는 사람이었다. 데리고 온 아이의 이름은 영돈이로 네 살이었는데 보통 여덟 살 된 아이의 몸집으로 덩치가 매우 큰 아이였다. 어린 영돈이는 다른 동생들에게는 사랑을 받았다. 그러나 은상이는 영돈이가 싫었다. 엄마가 죽은 지 불과 1년도 채 안돼서 판례가 은상이의 집에 온 것에 대해 한창 사춘기였던 은상이는 반항심을 가지고 있었다. 그러나 배우지도 못하고 가난하게만 살아왔던 판례는 농촌에서 열심히만 살면 먹고는 살 수 있다는 말을 진심으로 믿으며 이곳에서 뿌리를 내리고 잘 살고 싶었다. 그래서 그녀는 내일이 모를 내는 날이라며 비가 철철 내리는 날인데도 못자리판에 나아가 모를 찌었다. 동네사람들은 모두 좋은 사람이 들어왔다며 칭찬이 자자했으나 은상이는 판례를 엄마라 부르지 않았다. 은상의 엄마가 돌아가시고 채 몇 개월이 지나지 않은 때에 너무나 갑작스럽게 찾아온 판례와 영돈엄마의 출현은 은상이의 반항심을 키우기에 충분했다.

어느 날인가 은상이의 여동생 영숙이가 학교에 가려고 하자 영돈이는 영숙이의 가방을 빼앗으며 학교에 가지 말라고 떼를 쓰며 울었다. 마루에서 이를 보고 있던 은상이는 맨발로 뛰어 내려가 어린 영돈이의 뺨을 후려갈겼다. 그러자 판례는 그길로 보따리를 싸가지고 떠나갔다.

　판례가 떠나간 이후 은상이와 아버지와의 갈등은 더욱 깊어졌다. 가을철이면 부지깽이도 뛴다고 했다. 얼마나 바쁘고 일손이 부족했으면 그런 말이 나왔을까? 농촌에서 하나라도 일손이 필요했던 아버지는 어쩔 수 없는 선택이었겠지만 맏이인 은상이는 차라리 새엄마 없이 형제끼리 밥을 끓여 먹으며 살았으면 좋겠다는 생각을 했다. 판례가 떠난 후 은상이의 집은 평온했다. 아버지의 마음이나 농사일은 어찌될망정 적어도 형제들끼리는 오순도순 재미있었다.

　그렇게 여름이 지나고 가을걷이가 한창일 무렵 또다른 여자가 아이를 데리고 왔다. 수영이라는 아이였는데 못 먹어서 그런지 힘이 하나도 없어 보였다. 그 여자 순심은 아버지보다 열 살은 더 많아 보였으나 아버지보다 세 살이 적다고 했다. 믿겨지지 않았지만, 은상이는 묻지도 않았다. 아버지는 은상이더러 엄마라 부르라고 했지만, 은상은 여전히 그 여자들을 엄마라 부르지도 무어라 말을 건네지도 않았다. 그저 벼를 베거나 볏단을 묶는데 논으로 밥을 가져오면 배가 고프니 먹고 억지로 마지못해 '잘 먹었어요.'라 말할 뿐이었다. 수영이는 모처럼 형이 생겨서 좋은 눈치였다. 은상이가 베어놓은 벼를 뒤집다 말고 메뚜기를 잡아 벼이삭을 잘라 그 고갱이에 꿰어주면 폭 좁은 숟가락처럼 생긴 아이가 하얗게 웃었다. 은상은 생각했다. 어쩌면 이 아이는 잘 데리고 놀 수 있을 것도 같았고, 지난번에 영돈이를 때렸던 것이 마음에 걸려서 잘해주고 싶은 마음도 생겼다. 그러나 아버지는 나이 든 순심이가 싫었나 보다. 결국 아버지는 순심이를 집에서 내보냈다.

그 이후로 아버지는 결혼해보지 않았던 노처녀, 곰보아줌마 영자를 데려왔다. 영자는 은상이의 엄마인 복연의 흔적은 모두 지우려했다. 은상이의 엄마가 쓰던 그릇이나 가재도구는 모두 버렸다. 이불도 모두 불태워버리고 새로 들여놓았다. 은상이는 농사를 짓다 말고 서울로 떠났다. 아버지와 자주 다투었던 은상으로선 그게 최선책일 것 같았다. 아버지는 은상이나 동생들에게 '이런 여자가 있는데 데려오면 어떻겠니?'라든지 '이런 여자가 있다는데 너희들도 한 번 만나볼래?'라고 물어보지 않았다. 은상이는 더 이상 아버지 일에 관여하지 않기로 했다. 그래서 그는 서울로 나와 공장에서 생활했다.

그러던 중에 은상이는 공장살이를 뿌리치고 고학을 하며 고등학교를 다녔다. 가끔 영자가 들러서 엄마노릇을 하는 척 돈을 좀 주고 갔으나 은상은 죽은 엄마가 쓰던 가재도구서부터 은상이 형제의 사진 한 장까지 모두 없애버린 영자에게 손톱만큼도 동조하지 않았다. 그냥 어른이니까 어쩔 수 없이 대꾸할 뿐이었다.

아버지에게 판례, 순심, 영자 등 세 명의 여자들이 다녀갔다. 그리고 은상이가 군대에 가 있는 사이에 새어머니 효순이 초등학교 1학년짜리 두수를 데리고 온 것이다. 은상은 자신의 형제들만 해도 3남1녀나 되는데, 더 이상 필요치 않을 것 같았다. 새엄마가 들어오는 것도 내키지 않는 일인데 동생을 데리고 온다고 하니 은상에게는 새로 데리고 온 동생 두수가 탐탁지 않았다.

효순은 독실한 크리스천이었다. 처녀 때 연탄가스를 마시고 죽었다 살아났는데 건강이 너무나 나쁜 나머지 독실한 신앙생활로 건강을 찾을 수 있었다. 그 이후로 효순은 은상이의 집으로 올 때 은상이 아버지에게 자유로운 신앙생활을 전재조건으로 내세웠고 약속을 받아냈다. 교회에 가는 것은 효순의 유일한 낙이었고 돌파구였다. 차츰 은상의 가족은 두수네 모자의 출현으로 안정이 되어갔다. 효순은 은상의 형제에 대하여 오로지 사랑으로 대했다. 영숙이가 스무 살에 시집을 갈 때에도 진심으로 잘 살아주기를 기도하면서 결혼 예물과 혼수를 직접 다니며 장만해주었고, 결혼식에 먹을 음식마저도 동네 아주머니를 불러다 집에서 직접 만들어주었다. 그런 효순에게 감동을 받은 은상이 형제들은 모두들 잘 따랐고 효순을 엄마라 부르는데 이의를 달지 않았다.

그렇게 평화로운 가정을 이끌고 살아오는 과정에서도 아버지와 효순의 갈등은 언제든 종교로부터 비롯되었다. 모를 내는 날이나 벼를 베는 날에도 교회를 가는 효순을 보고 아버지는 못마땅하게 여겨왔고, 결혼 초기의 약속은 언제 잊어먹었는지 아버지는 효순이 아예 교회에 가지 못하도록 성경책을 감추기도 하고 불태우기도 했다.

3.

 은상의 아버지가 외삼촌에게 매를 맞은 그날도 싸움은 효순이 교회에 가는 것으로부터 시작되었다. 오랜 유교 생활에서 비롯된 은상이 아버지의 습성은 효순이 교회에 가는 것을 묵인하면서도 마음속에 앙금으로 가라앉아 있었던 것이다. 그래서 은상의 아버지는 술김에 교회에 가서 불을 지르려고 했다. 이를 목격한 효순 근처에 살고 있는 외삼촌에게 전화를 걸었고, 은상의 아버지와 외삼촌 간의 실랑이 끝에 부상이 있었던 것이다. 이에 아버지는 은상이에게 전화를 걸었고 은상이는 '외삼촌을 죽여버리겠다.'며 이를 부득부득 갈고 내려갔으나 그의 아버지가 데리고 온 동생 두수에게 하는 행동을 보고 떠나가는 효순의 모자를 말릴 수가 없었다.

 효순이 집에서 떠나가자 집안은 풍비박산이 날 지경이었다. 농사일은 모두 피폐해지고 안마당에도 풀이 돋았다. 찬거리는커녕 빨래조차 깨끗할 날이 없었다. 그런데도 은상은 효순을 찾고 싶지 않았다. 사람이 소중한 줄 모르는 아버지가 미웠던 것이다. 벌써 효순이 집을 나간 지 한 달이 지났다. 두수는 두수대로 멀리 구미에서 엄마가 어찌 살고 계시는지 궁금해서 견딜 수가 없었다.

 은상은 새엄마 효순이가 잘 살아주시길 진심으로 기도했다. 하루는 은상이가 너무나 궁금해서 아내를 시켜 이문동에 사는 큰이모에게 전화를 걸었다.

"왜 전화했어. 너, 엄마 데려다 밥 시키려고 그러지. 성질 나쁜 니 시애비 떠맡기려고 그러지. 이젠 안 해."

옆에서 듣고 있던 은상이가 전화를 빼앗아서 대꾸했다.

"무슨 말씀을 그렇게 하세요. 며느리한테 무슨 말씀을 그리하세요."

화를 참고 은상이 따져 물었다.

"며느리는 무슨 며느리! 이제 남남이야 이 새끼야, 너희 집처럼 막돼먹은 집에 이제 내 동생 안 보내 이 새끼야!"

이모는 약이 오를 대로 올라서 젊은 우리 부부에게 막말을 해댔다.

"이모님, 그러지 마세요. 그게 어른으로서 할 말이에요. 새엄마가 우리 집에 안 오실 수 있어요. 그래도 그렇게 하시는 건 아니지요? 저한테 욕하는 건 들을 수 있지만 애어미한테 그러시면 안 되는 거예요."

은상은 조목조목 따져 물었다.

"안 되긴 뭐가 안 돼, 이 새끼야. 이젠 다시 전화도 하지 말고 끊어!"

이모는 전화를 끊었다. 은상은 화가 나서 참을 수가 없었다. 아내 앞이라 욕지거리를 해댈 수는 없지만, 소주병을 벌컥벌컥 들이켰다.

그리고 두수의 학교로 전화를 걸었다.

"저, 금호공고 기숙사지요? 저 2학년 8반 박두수 형인데요. 전화 좀 바꿀 수 있을까요?"

얼마 후 두수가 전화를 받았다.

"두수야! 이번 일요일에 올라와라. 엄마가 어디서 무얼 하시는지, 어떻게 사시는지 가보자. 그리고 이혼을 하실 거면 당장 이혼을 하자. 이렇게 그냥 뜨뜻미지근하게 살 수는 없잖니?"

은상은 이제 더 이상 효순과의 인연은 끝이라고 생각했다. 순간 그간의 고마움이 물밀 듯 밀려오면서 그간의 일들이 주마등처럼 지나갔다. 은상의 두 눈에서 눈물이 주르륵 흘러내렸다.

"알았어, 형…."

수화기 속에 들리는 두수의 목소리는 파리 빨아먹은 밥처럼 힘이 없어보였다.

"그래, 우리가 함께 살지 못하더라도 형 동생하면서 살자. 선후배도 그렇게 사는데 우린 함께 10년이나 살았으니 다른 사람보다 훨씬 친하게 지낼 수 있잖니?"

은상은 두수에게 애써 의미를 부여하려 했다.

"그래, 살다 보면 별 일이 다 많지? 10월 26일 토요일 오전 10시까지 와. 엄마가 서장대학교 구내식당에서 일하신다니까 가보게."

"알았어, 형…."

수화기 속에 두수의 목소리는 점점 잦아들었다.

은상에게 효순은 정말 고마우신 분이다. 은상이의 두 아이들에

백일잔치나 돌잔치를 차릴 때면 매번 시골에서 버스를 몇 번씩 갈아타면서 피마자잎사귀, 망초묵나물, 할미밀빵, 다래순 등 말린 나물에다, 고추장된장 퍼가지고, 김치 해가지고, 식혜 끓이고, 떡하고, 참기름 짜고, 옷까지 사들고 버스 승객들에게 '내려달라 올려 달라'며 부끄러움도 잊은 채 부탁에 부탁을 해서 바리바리 싸오시는 새어머니였다. 한 번은 은상이 부부가 딸아이를 시골에 데려다 놓았는데 얼마나 잘 먹였는지 한 달 만에 갔더니 알아보지도 못하게 키워주었던 효순이다.

10월 26일. 두수가 은상이가 운영하는 작은 슈퍼마켓으로 찾아왔다. 그 슈퍼마켓은 은상이 오랫동안 박스공장에 노동자로 살다가 모처럼 마련한 가게였다. 은상은 천성이 부지런하고 싹싹해서 동네 사람들로부터 사랑을 받았다. 새벽이면 일찍 큰 시장에서 물건을 떼 온 후 골목골목을 모두 청소하면서 밝은 목소리로 인사를 했다. 그래서 마침내 경쟁관계에 있던 길 건너 아파트 2층에 있는 대형 슈퍼마켓의 문을 닫게 할 정도로 장사가 잘 되었다. 그런데 은상이는 효순이 집을 나가신 후론 통 신이 나지 않았다. 이달 들어 벌써 문을 닫은 지가 여드레나 된다. 학생신분으로 공부도 해야 하는데 도무지 일을 하고 싶은 의욕이 없어 매일 같이 술타령이다.

"어서 와라. 먼 길 오느라고 수고했다. 배고프지? 밥은?"

은상은 우선 막내 동생 두수의 밥부터 챙겼다.

"올라오면서 기차에서 김밥 좀 먹었어."

두수는 큰형인 은상과 눈을 마주치려 하지 않았다. 그만큼 두수도 마음의 상처를 받았던 것이다. 여덟 살에 은상의 집으로 와서 정이 깊이 들었으니 헤어진다는 말은 생각조차 하기 싫은 두수였지만 어른들의 일이니 어찌할 도리가 없었다. 특별히 둘째 형인 무상이가 두수에게 보내준 사랑은 특별했다. 그래서 두수는 누구보다도 무상을 잘 따랐던 터였다.

"그럼 어서 타!"

슈퍼를 운영하는 은상은 물건을 사거나 배달할 때 쓰려고 산 타우너를 가게 앞에 댔다.

그리고 둘은 신촌의 서장대학교로 찾아갔다.

둘은 서장대학교 정문에 도착했다. 은상은 핸들레버를 돌려 타우너 운전대 쪽의 옆유리를 내렸다.

"어떻게 오셨나요?"

경비가 물었다.

"저, 학생 구내식당이 어디지요? 어머니가 거기 있어서요."

어머니란 말을 하고난 은상은 두수를 보며 어색해서 웃었다. 순간 속에서 어머니를 집으로 모시고 가야겠다는 욕구가 솟구쳤다.

경비가 가르쳐준 대로 주차장에 차를 대고 물어물어 학생구내식당을 찾아갔다. 은상이 먼저 앞서서 가고 두수가 뒤따라서 구내식당으로 향했다. 점심때가 조금 지난 시간이라 작은 키의 새어머니는 쪼그리고 앉아 철수세미로 큰 양은다라를 닦고 있었다.

은상은 식당 배식구 안으로 들여다보며 한 여자에게 말했다.

"저, 김효순 여사님 좀 불러주세요."

은상은 남들이 효순을 여사님으로 부르기를 바라며 정중하고도 간곡한 어조로 부탁했다. 그러나 그녀는 효순이 설거지를 하고 있는 쪽으로 두어 발자국 옮기더니 외쳤다.

"할머니, 손님 왔어요!"

순간 두수의 눈에서 눈물이 핑 돌았다. 쉰여덟밖에 안 된 엄마가 할머니로 불리다니…. 두수를 본 은상의 눈에서도 눈물이 솟구쳤다.

그토록 보고 싶은 새엄마 효순이 파란 고무앞치마를 두르고 저만치서 오고 있었다. 10년은 못 본 듯 그리운 얼굴이다. 아뿔싸, 이게 어찌된 일인가? 새어머니 효순은 얼마나 마음고생이 심하였으면 한 달 반 만에 할머니가 되어 있었다. 머리엔 염색기가 다 빠져 하얗게 변해있었고 화장기가 없는 얼굴에는 주름살이 가득했다.

우리를 본 효순이 먼저 두수를 껴안았다.

"엄마, 왜 이런데서 이러고 있어요?"

두수가 먼저 엄마를 원망서린 눈으로 쳐다보며 말했다.

은상은 가슴이 메어지는 것 같다. 농촌에서 사셨지만 교회 집사로 그렇게도 여자답고 꾸미기를 좋아하던 효순이 완전 할머니가 되어 있음에 가슴이 아렸다.

"잠은 어디서 주무세요? 사시는 데로 가요."

은상도 효순을 보며 원망하는 듯한 얼굴로 말했다.
"그래 가자. 여기서 조금 걸어가면 돼."
효순이 앞장서서 걸었다.
"차 가지고 왔어요. 제 차 타고 가세요. 엄마."
내가 주차장 쪽으로 가려 하자 새어머니가 말을 이었다.
"큰아이야. 걸어가자. 그곳에는 길이 좁아서 주차할 곳이 마땅치 않아."

그러면서 효순은 앞장을 서서 걸어 내려갔다. 효순의 거처는 서장대학교 후문 쪽으로 가야했다. 이리 한 번 꼬부라지는 듯싶으면 또다시 저리 꺾어 돌고, 오랫동안 서울살이를 한 은상이도 이런 길은 처음인 듯했다. 골목을 15분 정도 걸어가자 드디어 막다른 골목이 나왔다. 효순은 하늘색 칠이 군데군데 벗겨져 녹이 벌겋게 슨 철대문을 밀고 먼저 들어가고 우리 둘은 따라 들어갔다.

"어서 들 들어와. 날이 쌀쌀하네."

50Cm나 될까 말까한 효순이 쪽마루 밑에 신을 가지런히 벗어놓으며 한쪽으로 된 창호가 발린 여닫이문을 열고 들어갔다. 마루 아래에는 연탄 두 장을 넣을 수 있는 화덕이 작은 구멍 안에 들어있었다.

이어 두수가 효순을 따라 방으로 들어가고 은상이도 큰 키를 구부리며 쪽문으로 들어갔다. 방은 한 평 반 정도의 크기였고 다리를 접는 밥상 위에 깔고 잘 요도 없이 베개 한 개와 이불한 채가 다였다. 부엌이 없어 밥을 해먹을 수도 없는 문간방이었다. 이를 본 두수가 먼저 소리 없이 울었다.
"어머니, 왜 이러고 살고 있어요?"
은상이가 소리 질렀다.
"큰외삼촌, 그 씨발놈무새끼! 이모, 그 씨발년은 뭐하고 이런데다 엄마를 데려다 놓았대요. 이혼하라고 부추길 때는 언제고 이런데 살게 내버려둔대요. 사람을 부추겼으면 최소한 집을 한 채 얻어주든지 그도 못할 거먼 제집에라도 데리고 있어야지, 이런 법이 어디 있대요. 방도 코딱지만 하고 부엌도 없고! 왜 이러고 살아요. 엄마! 엉엉…."
은상이가 큰 소리로 울었다. 두수도 따라 울었다.
"그만, 그만 울어라, 에미가 죽었니?"
같이 울던 효순이 눈물을 거두며 은상이와 두수를 감싸 안았다.
"어머니, 어서 집으로 가요. 가셔서 정말 살기 싫으시면, 정말 아버지가 용서가 안 되시면 정식으로 이혼소송을 걸고 우리 땅을 나눠가지고 나오세요. 이게 뭐에요. 어머니가 이 정도밖에 안 돼요. 어머니는 우리 집에 오셔서 충분히 일하셨고 너무나 고생을 많이 하셨어요. 그러니 이혼하신다면 그 땅이 다 나를 낳으신 엄마가 일구신 땅이지만 새어머니 반 나누어드릴게요. 이혼하셔서 재산 가지고 나오세요. 이렇게 쪽방에서 살면서 식당에서 설거지하지 마시고 이혼 위자료 받으셔서 식당 주인으로 사세요. 어머니가 우리 집에서 안 사신다고 해도 이렇게 사시도록 내버려둘 수는 없어요."

　은상은 진심으로 효순을 사랑했다. 은상이 자신뿐만 아니라 무상이와 영숙이 영상이까지 모두 결혼식을 준비해주신 고마우신 새어머니였다. 그래서 그렇게 살고 있는 효순이 너무나 안타까웠다. 그래서 은상의 집에서 나오도록 부추긴 큰외삼촌과 둘째외삼촌, 이모가 너무나 미웠다. 셋째외삼촌을 뺀 세 사람은 모두 말뿐이고 제대로 된 애프터 캐어나 올바른 판단을 내리지지 못하는 사람들이었다.

　"엄마, 가자. 응, 형들이랑 살자. 아버지는 미워도 형들은 좋잖아. 누나는 좋잖아. 우리 형들이랑 살자, 엄마!"

　어린 두수가 울면서 효순의 옷자락을 당겼다.

　4.

　은상은 응암동의 청암교회 강당에서 열리는 강연회에 참석해 강연을 듣고 있었다. 진동으로 해놓은 전화벨이 울렸다. 시골에서 아버지와 새어머니를 모시고 농사를 지으며 살고 있는 동생 무상이의 전화였다. 은상는 바로 전화를 끊었다. 그랬더니 전화벨이 자꾸만 울렸다. 몇 번 끊기를 되풀이하다가 전화를 받은 은상은 "지금 강연회 중이야. 이따가 걸게"라며 내 말만 하고 끊었다.

　그랬더니 진동이 울리며 문자가 왔다.

"엄마가 교통사고로 돌아가셨어."

은상은 그 자리에서 일어나 큰 소리로 울고 말았다.

"엉 엉, 우리 엄마가 교통사고로 지금 돌아가셨대요. 엉 엉…."

은상은 강당에 주저앉아 손바닥으로 땅을 치며 통곡했다. 사람들이 내게로 몰려왔다. 그중 한 사람이 나를 부축해서 밖으로 데리고 나갔다.

효순은 추수감사절 날 교회에 식사봉사를 가기 위해 감자 깎고 계란 몇 개 담아 머리에 이고 도로를 건너다가 그만 달리는 택시에 치어 그 자리에서 죽게 된 것이다.

10년 전 효순은 위암에 걸렸었다. 그때 은상은 새엄마가 진심으로 건강하게 살아주기를 기도했다. 그래서 아픈 효순 앞에서 성경책을 읽어주고 목사님이 와서 설교해주신 성경말씀을 필기했다가 다시 새엄마에게 들려주기도 했다.

그런 새엄마 효순이 교통사고로 돌아가시게 된 것은 매우 가슴 아픈 일이었다. 은상은 형제들과 상의해서 효순을 선산 양지바른 곳에 묻어드렸다.

5.

은상이를 낳은 친엄마 복연은 가난했지만 늘 이웃을 사랑하는 정말 천사 같은 사람이었다. 은상이네 집 사립문에는 장사꾼에서부터 거지, 상이군인까지 전국에서 사람들이 넘나들었다. 체장사, 키장사, 광주리장사, 양은그릇장사 등의 그릇장수를 비롯하여 동동구루무장사, 참빗장사, 박물장사, 실바늘장사 삼베장사, 라디오장사, 전축장사 등의 생활용품 장사꾼과 어리굴젓장사, 새우젓장사, 황석어젓장사, 왜간장장사, 굴장사, 오징어장사 등의 식료품장사, 그리고 고물장사, 뻥튀기장사, 엿장사 등의 잡화까지 장사꾼들 사이에서는 은상이네 집에 하룻밤 묵어가는 집으로 소문이 나 있었다. 은상이 엄마 복연은 아무리 가난해도 그들이 내 집에 들어오는 손님인 이상 잠을 재우고 대접을 해보내야 마땅하다고 생각했다. 식량이 부족한 여름이면 보리개떡을 내놓거나 감자를 쪄주고, 무밥을 해서 그들을 먹이기도 했다. 그런 복연은 장사꾼들이 가지고 다니는 물건에 대하여 밥 주고 재워주었으니 그냥 달라는 법은 없었다. 가난해 쌀이나 보리 등의 주식은 쌀항아리에 남아있을 리 만무했으니 늘 팥이나 콩으로 물건 값을 쳐주었고, 가끔은 가을에 받으러 오라기도 했다.

하루는 강원도 인제에 산다는 고물장사 셋이 저물녘에 찾아들었다.

"저, 강원도에서 고물 캐러 온 사람들인데 하룻밤 좀 쉬었다 갔으면 좋겠드래요."

그중 한 사람의 등에는 짚으로 짠 망태기에 곡괭이와 야전삽이 보였다. 다른 두 사람은 군인 따블백을 메고 있었다.

"드릴 게 없어서…."

잠시 속말로 얼버무리던 복연은 이내 손짓을 하며 그들을 마루에 앉혔다.

"잠시 기다리세요."

복연은 고춧가루가 몇 개 묻을까 말까 한 허연 총각김치와 풋고추 몇 개, 된장 한 종지, 그리고 물 한 사발과 아이들 주먹만 한 감자 한 소쿠리 쪄들고 부엌에서 나왔다.

"어이쿠, 고맙드래요."

그들은 강원도 사투리로 고마움을 표하고 마루에서 잠이 들었다.

이튿날 새벽, 새소리에 잠을 깬 그들은 습관적으로 마당을 누비며 탐지기를 들이댔다. 외양간 앞을 지나다 말고 그들 중 한 사람이 소리쳤다.

"여기, 뭐 있다."

그들은 조반도 먹기 전에 그곳을 캐기 시작했고 그곳에는 엄청난 양의 탄약과 박격포탄 등의 탄약이 묻혀 있었는데 우리는 그들과 반을 나누어 그 어렵고 힘들던 여름에 엄마 복연이 이웃들에게 베푼 사랑 덕택으로 쌀밥을 입에 넣으며 행복할 수 있었다.

그렇게 천사처럼 살던 복연이 간경화증에 걸린 건 은상이가 중학교 2학년 때였다. 복연은 은상이를 어떻게든 공부시켜보려 했다. 그래서 은상의 사촌형인 연상의 교복을 물려 입혀 은상을 중학교를 보냈다. 그런데 늘 공납금이 없어 은상은 학교에서 공납금 때문에 청소를 하거나 교무실로 불려가야 했다.

소작농으로 말뚝 박을 땅 한 평 없던 은상이네는 늘 장려소를 매야 했고 장려쌀을 들여다 먹었다. 남의 소, 남의 쌀을 미리 가져다 먹으려면 그만큼 이자가 비싸서 은상의 부모님들은 날품팔이에 젊은 나날을 보내야만 했다.

 복연은 근 몇 달 동안 삼밭의 지붕을 벗기고 다시 씌우는 일에 다녔다. 그날은 동네 일이 다 끝나고 멀리 김화까지 타이탄 트럭의 뒤 화물칸에 탄 채 삼밭 일을 가게 되었다. 3월초라 봄이라고는 하지만 새벽 7시에 70리길을 트럭 뒤에 타고 비포장도를 타고 달려간다는 것은 이만저만 고생스러운 일이 아니었다. 온몸이 얼어붙는 것 같고 통통대고 튀며 달리는 시골길에서 몸을 가눈다는 것조차 어려운 일인데 복연은 아침을 먹는 둥 마는 둥 했지만 깍두기 쪼가리가 가슴께 걸렸는지 체기가 있었다.

 트럭에서 내리자마자 그곳 여자들이 나와 돼지비계가 둥둥 뜨는 멀건 국을 퍼주며 주먹밥을 주었다. 나름 멀리서 오는 일꾼들을 배려한 조반이었다. 복연은 먹을까 말까 망설였다. 왜냐하면 집에서 한 술 떠먹고 나온 것이 걸린 느낌인데 또 먹으면 아예 체할 것 같았다. 그렇지만 하루 종일 고된 일을 하면서 밥을 안 먹으면 일을 할 수 없을 것 같았다. 그래서 넘어가지 않는 것을 꾹 참고 국물에 주먹밥을 말아 들이켰다. 그렇게 몸을 가누지 못하고 하루 종일 죽다시피 일을 하고 돌아온 복연은 몸져누웠다.

 바늘로 손끝 발끝을 따 사관을 터주었지만 소용이 없었다. 동네 구멍가게에서 활명수를 사다 마셨다. 그것도 소용이 없었다.

며칠을 참았다가 일동의 제중의원에 갔다. 제중의원 원장은 서울로 가라고 했다. 은상의 아버지는 서울에 사는 큰댁 사촌형인 완상 부부와 의논한 후 한 대학병원에 입원시켰다. 완상의 집 근처에 있어 드나들며 간호하기 좋다는 것이 이유였다.

대학병원에서는 난감을 표했다. 간경화가 많이 진행되었다고 했다. 복연에게는 자신도 모르는 사이에 간염이 찾아왔고 이를 방치해 큰 병을 얻었던 것이다. 그렇게 몇 개월 돈을 없앤 후 복연은 집으로 돌아와 운명하고 말았고 은상과 그 형제들의 고된 날들이 시작되었던 것이다.

6.

2014년 봄, 은상은 울산 관광을 하고 있었다. 평소 둘도 없이 지내던 문모근 시인이 초대를 해 모처럼 울산 대왕암을 본 후 반구대암각화를 구경하기 위해 먼저 전시관을 들러보고 있었다.

드르륵 드르륵, 진동 상태의 휴대폰이 주머니 속에서 울렸다.

"여보세요."

"오빠 나야, 아버지가 돌아가셨어! 어쩌면 좋아!"

여동생의 다급한 전화였다.

"왜에에엥…, 엉엉? 어쩌다가?"

마침 휴일이라 관람객들이 꽤 있었는데 은상은 울상이 되어 전화를 받았다.

"화수회 총무네 집이 초계국수집이잖아. 거기서 국수를 잡숫다가 밖으로 뛰어나가셔서 토하러 가시나보다 생각하고 남의 집 앞에 토해놓으시면 안 될 것 같아서 휴지랑 쓰레기통을 찾아가지고 나갔더니 벌써 숨이 멎으셨어."

전화를 끊은 은상은 한참을 주저앉아 울었다. 그리고 초대해준 문 시인에게 이만저만한 이유로 올라가야겠다며 모든 일정을 취소하고 문 시인의 차가 주차된 쪽으로 이동하는 중에 또, 드르륵 드르륵 휴대폰이 울렸다.

"여보세요."

"오빠, 아버지가 살아나셨어? 숨을 쉬셔! 119구조대가 와서 흉부압박법을 했는데 숨을 쉬셔!"

은상은 또다시 주저앉아 울었다.

"하나님, 부처님 감사합니다. 정말 감사합니다."

은상은 여동생 영숙에게 자초지종을 물어보니 아버지가 틀니를 끼지 않고 나오신 채로 국수를 잡숫다가 기도가 막혔던 것인데 119구조대가 와서 맥박이 돌아왔다고 했다. 문 시인은 은상을 데리고 울산 KTX 터미널로 향했다. 반구대암각화가 있는 곳에서 울산 KTX 터미널은 1시간가량 가야 했다. 터미널에 도착하니 금방 차가 떠나고 서울행은 1시간을 더 기다려야 한다고 했다.

또다시 전화가 울렸다. 119구급차를 타고 의정부의 큰병원으로 모시고 가는 중이라고 했다. 은상은 평온을 찾으며 울산에서 서울행 KTX를 탔다.

이번에는 바로 손아래 동생 무상이한테 온 전화가 울렸다.

"형, 아버지가 숨은 쉬시는데 뇌사상태일 가능성이 높대, 저온 치료를 해서 돌아올 가능성이 0.4%정도 된다는데 3일에 2천만 원이 든대."

은상은 잠시 말을 잃었다. 그리고 이내 말을 이었다.

"무상아. 우리 그냥 아버지 돌아가시게 하자. 83세면 사실만치 사셨고 그 치료를 한다고 해도 의식이 돌아올 확률이 0.4%밖에 안 된다고 하잖아."

그러자 대뜸 무상이가 화를 내면서 말을 끊고 나왔다.

"형, 무슨 소리를 그렇게 해! 돈이 그렇게 중요해? 그까짓 2천만 원은 없어도 살잖아. 형제가 다섯이나 되는데 그까짓 2천만 원 때문에 치료를 포기해? 자식으로서 할 수 있는 것은 다 해봐야지!"

무상의 말에 맏이인 은상은 속으로는 '혼자 사시고 계시니 크게 영화가 없는 터라 돌아가셔도 큰 회한이 남을 것 같지 않다.'는 생각이지만 동생들의 의견을 무시할 수도, 그로 인해 집안싸움이 날 수도 있는 터라 뭐라 대꾸할 수가 없었다.

"그래, 그럼 그렇게 해."

7.

울산으로부터 KTX를 타고 올라온 은상은 집에 들러 승용차를 몰고 의정부의 한 병원으로 향했다. 병원에 도착하니 형제들은 물론 중풍기가 있는 작은아버지와 사촌들까지 모두와 있었다. 그리고 외사촌, 이종사촌, 그리고 많은 지인들과 친척들이 모두 다녀갔다. 삼일이 지나도 은상의 아버지는 차도가 없었다. 요양병원으로 모시고 가라고 했다. 은상은 반대했다. 뇌사상태의 아버지를 요양병원에 모시고 가면 호흡기를 빼지 않는 한 2년도 좋고 5년도 좋고 그들에게 봉급을 주는 행위였기 때문이다. 은상은 고향의 집과 가까운 병원으로 모시고 간다고 했다. 고향의 한 병원으로 모시고 간 지 한 달이 넘도록 차도는 없었고 점점 맥박이 빨라지고 아버지는 죽음 앞을 헤매고 있었다.

은상은 담당의사를 찾아갔다.

"어쩌시려고요?"

은상이 화가 난 목소리로 따지듯 물었다.

"뭘 어쩝니까?"

담당의사는 은상이 무슨 말을 하려는지 아는 눈치였지만 시치미를 떼며 물었다.

"안 돌아가시면 저렇게 몇 년이고 여기 살아야 하는 겁니까?"

은상의 목소리는 이미 톤이 올라갈 대로 올라간 채 상기되어 있었다.

"안 돌아가신 걸 호흡기라도 빼서 우리에게 살인을 하라는 말씀입니까?"

담당의사는 이미 다 경험한 말인 듯 담담히 대답했다.

"그럼 너희들은 저런 살아나지 못하는 환자에게 계속 돈을 벌겠다는 거야? 에이 씨팔!"

은상이 책상을 들었다 놓으며 말했다.

"그럼 어떻게 하시려고요?"

은상의 기에 눌린 담당의사가 물었다.

"집으로 모시고 가야겠소!"

은상은 완강했다.

"…."

담당의사는 대답이 없었다.

"집으로 모시고 가겠단 말이에요 내 말 안 들려요!"

은상이 독기 어린 눈으로 쳐다보며 재차 말했다.

"그렇게 하세요. 그럼 언제 모시고 갈 거예요?"

포기한 듯 담당의사가 말했다.

"음력으로 8월 24일이 우리 어머니 제삿날이니 그날인 양력 10월 3일에 모시고 가겠어요."

은상이 좀 누그러진 말투로 대답했다.

"네, 그거 참 의미 있는 일이네요. 그렇게 합시다. 집으로 모시고 가는 앰불런스 비용은 내셔야 합니다."

담당 의사는 끝까지 이익을 챙기려 했다.

"아 참 이 양반, 그까짓 돈 몇 푼 안 낼까봐 그래요? 정말 좆같네 씨팔!"

욕찌거리를 퍼 부으며 의사를 만나고 나온 은상은 동생들을 불렀다. 그리고 아버지가 사시던 집으로 모시고 가기로 했다.

앰불런스는 포천 시내를 빠져나와 신북, 화현, 일동을 거쳐 이동면 연곡리 711번지로 들어서니 저녁 7시가 되었다. 아버지 방은 이미 깨끗이 치워져 있었다. 앰뷸런스 기사와 대동한 사람이 아버지를 방에 내려놓고 호흡기를 뺀 채 돌아갔다. 은상의 형제들과 손자들은 할아버지의 죽음을 맞기 위해 할아버지를 보며 둘러앉았다. 그런데 할아버지는 곧바로 숨이 멎지 않았다. 앰뷸런스가 돌아간 세 시간이 지나도 할아버지는 숨을 잘 쉬고 있었다.

"얘들아. 할아버지가 금방 돌아가시지 않을 것 같다. 밥 해먹고 기다리자."

은상이 말했다.

은상의 아내가 밥을 지었다. 은상의 형제들은 번갈아 밥을 먹으며 아버지를 지켰다. 시계는 밤 열한시를 가리키고 있었다.

"야, 술상 봐와라. 아버지가 우리들이 화목한 걸 보시고 싶어 하는 것 같다."

은상이는 아버지 옆에 술상을 보도록 시켰다. 그리고 은상과 무상, 영숙, 양상, 두수의 부부들이 둘러앉았다.

은상은 아버지가 평소에 부시던 하모니카를 찾아 입에 물었다.

"넓고 넓은 바닷가에 오막살이 집 한 채 고기 잡는 아버지와 철모르는 딸 있네. 내 사랑아 내사랑아 나의 사랑 크레멘타인, 늙은 아비 혼자 두고 영영 어디 갔느냐…."

은상의 하모니카 소리에 모두 합창을 했다.

"내가 건배하마. 일제강점기에 태어나셔서 보릿고개를 견디며 죽도록 힘들었던 가난을 물리치고 우리를 이만큼 길러내신 장한 아버지께 건배! 그러면 너희들은 이렇게 하는 거야. 아들 김기림 아버지 김기림 건배, 남편 김기림 건배!"
 그러면서 큰아들인 은상이 선창했다.
 "아들 김기림 건배, 아버지 김기림 건배, 남편 김기림 건배!"
 "아들 김기림 건배, 아버지 김기림 건배, 남편 김기림 건배!"
 모두들 비장한 목소리로 건배를 외쳤다.
 시간이 열두 시가 넘었다. 애초 은상이 엄마의 제삿날과 같은 날 제사를 모시려던 계획은 틀어졌다. 은상은 생각했다.
 '이건 아버지가 무슨 뜻이 있으셨는지 몰라….'
 그리고 생각했다. 새어머니 효순이 머리에 떠올랐다.
 은상은 아버지께 다가가 울면서 말했다.
 "아버지 정말 사랑해요. 너무너무 사랑해요. 그리고 수고 많이 하셨어요. 그렇게도 어려운데 손에서 책을 놓지 않으며 공부하는 모범을 보여주시고, 야학을 가르치며 희생하는 모범을 보여주시고, 열심히 사는 모범을 보여주신 아버지 감사해요. 새 어머니도 제사 잘 모실게요. 걱정하지 마세요. 아버지가 저를 업고 장마에 저수지가 터져서 논이 떠내려가던 모습을 안타까워하던 생각이 나요. 장좌골 밭에서 어린 제가 손가락을 베어 피가 철철 흐르던 손가락을 쥐고 있던 생각도 나고요. 화전을 하며 무를 심었는데 비가 와서 차가 빠져 도로 내렸다 실어서 다 망가져 못 팔아먹고 우시던 아버지도 생각나요. 봉수리고개에서 버스와 버스가 맞부딪쳐 아버지가 크게 다쳐 병원에 입원하셨던 생각도 나고요. 가뭄에 모를 내려고 밤새 뒷둥지를 오르내리던 생각이며 홍채아버지가 우리 지게를 가지고 와 발을 재어보며 아버지가 벼를 한 짐 훔쳐갔다고 해서 낫으로 죽이려고 했던 생각도 나요. 아버지는 열여덟 살의 나이에 노무병으로 전쟁터에서 포탄을 나르며 싸우셨다면서요. 6.25때 할아버지가 공산군에게 총살당하셔서 아버지를 여의고도 이렇게 훌륭히 사시다니요. 정말 대단한 인생을 사셨어요."

은상은 아버지의 인생에 대하여 하나하나 짚어드리며 아버지에게 말을 이어갔다. 아버지는 은상의 말을 들으며 편안하게 아주 편안하게 숨을 거뒀다.

은상은 아버지의 장례식만큼은 꼭 전통방식으로 치르고 싶었다. 그래서 형제들의 상복도 모두 삼베옷으로 맞춰 입었다.

아버지 산소에 새어머니 김효순과 아버지 김기림, 그리고 생모 황복연을 같이 합장하기로 했다. 그랬더니 작은아버지와 큰어머니, 그리고 몇몇 집안 어른들은 펄쩍 뛰었다.

"안 되긴 뭐가 안 돼요. 새어머니는 우리 집에 오셔서 25년 사시고, 어머니는 우리 집에 오셔서 15년 사셨는데 새어머니 공이 엄마의 공만큼 안 된다는 거예요?"

은상은 우겨댔다. 그동안 새어머니 효순이 은상의 형제들에게 보여준 사랑은 정말 고귀하고 위대한 사랑이었다. 그걸 아는 은상은 두수와의 인연을 생각해서라도 따로 모실 수는 없었다. 만일 따로따로 모신다면 두수는 떨어져나가는 수밖에 없는 것이다. 그래서 은상은 집안 어른들의 뜻고 맞지 않지만 우겨서라도 합장을 하고 싶은 것이었다.

동네 사람들은 합장을 하기 위해 38년 전에 돌아가신 생모의 유골과 10년 전에 돌아가신 새어머니의 유골을 개장했다. 그리고 은상은 생모 복연의 유골을 집으로 모셔오라 했다.

"어머니, 어머니가 만들어놓으신 터전에서 우리 형제들 잘 먹고 잘 살고 있어요. 이 논, 이 집터는 죽을 때까지 팔지도 나누지도 않을 거예요. 이 땅은 어머니 몫이니까요. 어머니의 세월이고 어머니의 역사니까요."

은상은 38년 만에 보는 어머니의 유골을 쓰다듬으며 통곡했다. 그리고 마당가에 놓고 정중히 절을 올렸다. 그리고 생모의 유골과 함께 새어머니의 유골은 포터 차량에 나란히 실려 장지로 운구되었다.

아버지의 상여가 꾸며졌다. 울긋불긋한 상여가 꾸며지자 초상집은 잔칫집 분위기로 돌아섰다. 은상의 주장으로 상여를 꾸며 집에서부터 장지까지 10리길을 아버지를 상여로 모시고 가기로 했다. 너무도 오랜만에 보는 광경이라 문상객들도 상제의 친구들도 모두 좋아했다. 은상도 그렇게 좋을 수가 없었다. 장례는 아버지가 참전용사였기에 아버지의 관에는 대형 태극기가 덮여졌다. 상여는 마을회관을 돌아 마을 곳곳을 들렀다. 오남매의 친구들이 번갈아가며 상여를 메었다. 선소리꾼의 낭랑한 선소리가 아버지가 평생 떠나지 않고 사시던 마을을 돌아 면 소재지를 훑어

나갔다.

  은상은 형제와 자식, 조카들에게 상여꾼이나 회닫이를 할 때 돈을 달라면 달라는 대로 주라며 충분히 돈을 풀었다.

  선산에 도착하니 벌써 관정은 다 파져 있었고 어머니의 유골까지 도착해 있었다.

  달고질을 할 때 은상이는 뛰어들어 한바탕 춤을 추었다.

  상제는 안 된다며 '누가 제 부모 죽은 무덤에 들어와 춤을 추느냐' 비아냥댔지만 은상이는 사랑하는 아버지, 그리도 그리웠던 어머니, 너무나 감사한 새어머니를 한 군데 모신다는 것만으로도 신이 났다. 춤을 추지 않고는 배길 수가 없었다.

  "에헤이 달고….

  회닫이꾼들 사이에 은상의 베옷이 맑은 가을하늘을 쓸어내렸다.

- 이 글을 생모 황복연 여사와 새어머니 김효숙 여사님께 바칩니다.

나, 여기 있소

나, 여기 있소
- 서울 은평구 북한산 아래 있는 '여기소(女妓沼)' 설화

"북한산성을 축조하는데 기술자들이 모자라서 일이 진척되지 않는다고 합니다. 제 나이가 벌써 서른둘입니다. 그래서 제가 가서 일도 돕고 돈도 벌어 장가를 들까 하옵니다. 아버님!"

집으로 퇴근해 돌아온 날 밤, 어성은 부모님 앞에 무릎을 꿇고 앉아 북한산성 축조현장으로 떠나겠다고 말씀드렸다.

"그래, 네가 장가를 든다고? 그거 듣던 중 반가운 소리로구나."

나날이 나이가 들어가던 어성을 바라보던 어머니가 안색이 화사해지며 말했다.

"그래 언제 그곳으로 떠나려 하느냐?"

아버지가 아들 어성에게 물었다.

"네, 아버님! 작업할 때 입을 옷가지나 좀 챙기면 따로 준비할 게 없습니다. 내일이라도 당장 떠나려고 합니다."

어성이 쇠뿔도 단김에 빼라던 말을 머릿속으로 그리며 단호하게 말했다.

"북한산성을 쌓는 일이라면, 큰 바위를 옮기는 일일 텐데, 너

의 허약한 몸으로 그런 일을 할 수 있겠니. 지금이라도 마음을 돌리거라. 이 어미는 반대다."

처음 어성의 말에 멋모르고 찬성했던 어머니는 행여 어성이 몸을 다칠까 걱정이 되어 아버지의 눈치를 보며 작은 목소리로 말했다.

"우리 아들이 늘 어리광만 부려 아직 어린 줄 알았는데, 네가 이런 큰일을 스스로 결정하다니 대견하구나. 네 나이가 벌써 서른 살이 넘었으니, 장가를 갈 때가 훨씬 넘긴 했지. 그러려무나. 숙종 임금께서 나라의 안위와 백성의 행복을 최우선으로 하는 분이시니, 아마도 노무자들의 건강과 안전을 위해서도 잘 준비하셨을 게다. 그럼 어서 자고 내일 아침에 일찍 떠나거라. 북한리까지 걸어가려면 아마도 이틀은 꼬박 걸어가야 할 게다. 너무 빨리 가려 하지 말고 쉬엄쉬엄 가려무나."

그러나 어성의 아버지는 어성이 본인의 일을 스스로 판단할 수 있는 성인으로 대하며 말했다.

부모님께 하직 인사를 하고 괴나리봇짐을 등에 메고 말을 타고 평양을 떠난 어성은 철원에서 하루를 유하고 저녁때가 되어서야 파발역에 도착해 또다시 은평여관 해실(亥室)을 잡아 하루를 유했다.

초여름 더위가 한창인 5월 스무아흐렛날, 파발역 근처 여관에서 하룻밤을 지낸 어성은 일찍 눈을 떴다. 그리고 창밖을 내다보왔다. 가까이 있는 연못에는 둥그런 채반 같은 가시연 연잎이 하름하름 호수를 채우고 있었고, 멀리 엷은 안개에 싸인 백운대와 원효봉, 사모바위 등이 한눈에 들어왔다.

"참으로 멋진 산이로다. 저기 저 사모바위 옆에 진흥왕의 순수비가 있다지. 저 산이 백제, 고구려, 신라가 순서대로 차지했던 그 역사적인 산이로구나. 우리 조선이 이렇게 통일이 돼서 저 압록강까지 한 민족이 같이 살고 있다니 정말 태평성대로다. 만일 저 산이 없다면 한양은 외세에게 금방 함락될 수도 있을 거야. 그러니 숙종대왕께서 성을 쌓으시려는 것일 거야. 내 이 청춘을 바쳐 성을 쌓아야지. 나는 죽어 없어지겠지만 내가 쌓은 성벽은 천년만년 만만세 이어갈 거야. 야, 생각만 해도 가슴이 벅차오른다."

북한산 앞에 도착한 어성이 혼잣말로 말했다. 서른둘의 거중기 기술자 이어성이 북한산성 축조공사에 참여하러 온 것은 물론 돈을 벌어 장가를 들고 싶은 속내도 있지만, 국책사업인 북한산성을 내 손으로 쌓아 자손만대 물려주고 싶은 웅대한 뜻도 있었다.

파발 역참에서 조반을 먹은 어성은 서둘러 북한리의 산성축조 현장을 찾았다. 북한산성 축조현장은 누구에게 묻지 않아도 멀리서도 성을 쌓고 있는 모습이 보였다.

"저, 말씀 좀 물읍시다. 여기서 거중기 기술자를 모집한다고 해서 왔는데요. 어디로 가야 하오?"

한창 돌을 다듬고 있는 석수장이에게 어성이 물었다.

"에이, 여기는 현장이고요. 저기 저 파발 역참 근처 아래 건물들이 있는 마을이 하나 보이지요? 거기가 숙소와 식당, 관리사무소가 있는 마을이에요. 그리로 가보시지요."

하얀 돌가루를 온몸에 뒤집어쓰고 땀으로 범벅을 한 석공이 손짓하며 가르쳐주었다.

"에이, 애써 올라왔구먼, 아, 아래다가 방을 붙여두면 좋잖아. 나도 하급 관리 출신이긴 하지만, 하급 관리들 일하는 게 매 이 모양이란 말이야."

어성이 투덜대며 마을로 내려오는 길목에 아침에 창으로 바라본 작은 그 연못은 더욱 아름답게 보였다.

*

숙종 임금은 영의정 밀양 박수림, 좌의정 안동 김순구, 우의정 전주 이원수와 병조판서 안산 김기면, 이조판서 경주 최원경, 호조판서 인동 장수일, 예조판서 안동 권감, 공조판서 장수 황달수, 형조판서 문화 류형기 등 최고의 관리들을 모아놓고 조정회의를 진행했다.

"병판대감! 그 삼각산 지도 좀 가져다 펼쳐보시오."

"네, 전하. 여기가 백운대이고, 여기는 보현봉, 여기는 문수봉, 여기는 나월봉, 여기는 원효봉이옵니다."

병조판서 김기면이 지도를 가져다 펼치며 대답했다.

"아니 아니! 그렇게 말고 지역 이름으로 말하라"

"네, 전하. 여기부터 여기가 북한리이고, 여기부터 여기는 구이리, 여기부터 여기는 정릉리, 여기부터 여기는 수유리이며, 여기부터 여기는 우이리이옵니다."

병조판서 김기면이 다시 지역 이름으로 고쳐 아뢰었다.

"그래. 경들은 들으시오. 내 이번에 북한리에서부터 우이리까지 산성을 쌓으려 하는데, 경들의 의견은 어떠시오."

숙종은 전에도 여러 선왕들이 산성을 쌓으려다 내신들의 반대에 부딪혀 성을 쌓으려던 계획이 여러 차라 부결된 적이 있던 터라 내심 걱정스런 눈빛으로 조정들을 바라보았다.

"전하. 그 넓은 지역에 도성을 쌓으려면, 우선 수많은 바윗돌과 엄청난 인력이 필요하온데, 그로부터 소요되는 경비가 천문학적인 비용이 들 것으로 사료되옵나이다. 하오니 통촉하여주시옵소서!"

이조판서 최원경이 먼저 나서며 말했다.

"지난 몇 년 동안 가뭄에 나라에 기근이 들어 백성들의 삶이 피폐한 줄로 아옵니다. 하오니 성의 축조를 시작해도 십 년 후에나 했으면 하옵니다."

예조판서 권감이 백성들의 안위를 생각하며 반대하고 나왔다.

"이판대감! 예판대감! 내 경비가 들고 바윗돌이 많이 드는 걸 몰라서 이런 계획을 낸 줄 아시오! 그리고 짐도 나라에 기근이

들어 백성들이 힘들다는 것은 알고 있소. 그러나 우리에겐 비축미가 있고, 나랏일이라는 게 언제나 기근이 들었다고 하고 민심이 흉흉하다고 하지, 좋은 때가 언제 있단 말이오. 짐이 왕위에 오른 지 어느새 삼십 년이 넘어섰소. 내 판단으로는 지금이 태평성대인 줄 알고 있소. 평소에는 관심이 없다가 이럴 때만 나라의 경비니, 백성의 안위니 하며 나서지 좀 마시오."

"네, 전하."

이조판서 최원경이 허리를 굽히며 대답했다.

"소인의 생각이 짧았나이다. 죽여주시옵소서, 전하."

형조판서 권감이 머리를 조아리며 말했다.

"경들은 들으시오. 일찍이 백제 시대의 개로왕께서 한강 북쪽에 성을 쌓아 고구려와 마주했고, 신라 진흥왕 때는 이 북한산성에서 고구려와 피 튀기는 전투가 있었지만, 신라가 막아내고 순수비를 세웠지 않소! 그러니 성이란 것은 나라의 방패요 울타리요. 만일 한양에 방패가 없어 오랑캐가 쳐들어온다면 나라의 안위가 경각에 달렸으니 내 수십 년 생각다 못해 산성을 축조하려는 병판대감과 의논하여 안건을 낸 거요. 그러니 이를 반대하는 사람은 앞으로 나라가 외세의 침략을 받아 멸망해도 괜찮다는 사람으로 알겠소!"

마흔다섯 살의 노련한 숙종 임금이 대신들의 분위기를 제압하며 말을 이었다.

"지당하신 말씀이옵니다."

영의정 박수림이 숙종의 편을 들며 나섰다.

"지당하고 말고요. 당연히 진즉에 쌓았어야 할 우리 조선의 숙원사업이었습니다. 늦은 감은 있지만, 이제라도 성을 축조해야 한다고 신은 생각합니다."

좌의정 최성규도 맞장구쳤다.

"반대하는 대신은 손을 들라!"

숙종이 목소리를 낮게 깔고 말했다. 높은 곳에 앉아 근엄하게 내려다보고 있는 숙종 앞에 반대하며 나서는 사람은 없었다.

"내 다시 묻겠노라. 이판대감! 형판대감도 반대하지 않는 거지요?"

숙종이 이조판서 최원경과 형조판서 권감을 뚫어져라 바라보며 물었다.

"네 전하. 다른 대신들께서 모두 찬성하는데 제가 어찌 반대를 위한 반대를 하겠나이까? 전하의 뜻대로 하소서!"

이조판서 최원경이 다시금 복종의 말을 전했다.

"전하의 뜻이 맞는 것 같사옵니다. 저는 전하의 뜻에 따르겠사옵니다."

형조판서 권감이 자신을 내리깎으며 말했다.

"그럼 북한산성 축조 계획은 실행에 들어감을 알리노라."

숙종의 엄명이 떨어졌다.

"예. 전하. 지당하신 말씀이옵니다."

"지당하시옵니다."

"지당하신 말씀이옵니다."

"밖에 김 내관 있는가?"

숙종은 내관을 찾았다.

"네, 전하. 말씀하시옵소서!"

김 내관이 문밖에서 가느다란 목소리로 대답하였다.

"병판대감을 들라 하라!"

숙종은 병조판서를 불렀다.

"제, 전하. 알겠사옵니다."

한참 후 김 내관은 병조판서 김기면을 데리고 창덕궁의 왕의 집무실인 선정전 앞에 나타났다.

"전하! 병판대감 대령하였사옵나이다."

김 내관이 아뢰었다.

"들라 하라."

숙종이 대답했다.

"전하. 부르셨사옵니까?"

김 내관이 선정전의 문을 열자 병조판서 김기면이 성큰성큼 다가와 머리를 조아렸다.

"병판대감! 내 일찍이 조정회의에서 북한산성을 쌓겠다고 하지 않았소. 이 지도를 보시오. 여기부터 여기까지, 그리고 여기부터 여기까지, 그리고 여기는 여기서부터 여기까지 성을 쌓는 것이 좋다고 생각하는데 경의 생각은 어떠시오. 바윗돌은 몇 개가 들며, 어디서 공수할 건지, 인력은 몇 사람이 들며 몇 년 동안 축조할 건지에 대해 '북한산성 축조 종합계획서'를 내시오. 오늘이 10월 8일이오. 앞으로 석 달간 말미를 드릴 테니, 내년 정월 첫 조정회의 때 가져오시오. 부족한 부분은 그때 차차로 협의합시다."

왕위 32년 차 숙종 임금의 말에서는 노련함과 꼼꼼함이 배어 나왔다.

"네, 전하. 병조에 속한 참판과 신하들과 협의하여 '북한산성 축조 종합계획서'를 내년 1월 첫 조정회의 때 내겠나이다."

숙종 32년 1704년 계미 음력 정월 초여드렛날, 궁궐에서는 첫 조정회의가 있었다. 여러 대신들의 사모관대와 의관을 갖추고 입궐했다.

"전하. 세배드리옵니다. 만수무강하소서!"

영의정 박수림의 선창에 따라 일제히 세배를 올렸다.

"만수무강하소서!"

"만수무강하소서! 전하!"

대신들이 세배하며 이구동성으로 말했다.

"고맙소. 대신들. 대신들께서도 가정이 화목하고 건강하시길 진심으로 바라마지 않겠소."

"황공하옵니다. 전하!"

"전하, 황공하옵니다."

여기저기서 숙종보다 나이가 많은 대신들까지 진심으로 인사를 했다.

"그럼, 조정회의를 시작하겠소. 내 일찍이 북한산성 축조 계획에 대해 대신들과 협의한 내용이 있지 않소. 오늘은 그걸 가지고 이야기해봅시다."

숙종이 대신들을 인자하게 바라보며 말했다.

"네, 전하!"

모두들 한목소리로 대답했다.

"병조판서 김 대감께서 나와서 설명하시오."

숙종의 말에 병조판서 김기면이 미리 준비된 한지로 된 큰 괘도를 펼치며 설명했다.

"우리 조정에서 축조하려고 하는 산성은 여기부터 여기까지, 그리고 여기부터 여기까지, 그리고 여기부터 여기까지. 총 네 군데입니다. 북한산은 바위산이라 산성의 재료는 북한산에서 직접 채취하여 쪼개고 다듬으면 될 것 같사옵니다. 공사 기간은 겨울을 빼놓고 삼 년으로 산정하였습니다. 따라서 실질적으로 일할 수 있는 날은 휴일을 뺀 나머지 일 년에 이백오십 날을 일한다고 치면 될 것 같습니다. 따라서 병력은 한 구간당 일일 일천 명으로 삼 년 동안 축조한다고 볼 때 칠만오천 명이 소요됩니다. 그러니 아프거나 가정사가 있는 사람을 제외한다면 십만 명은 소요될 것으로 사료됩니다. 그래서 이들에게 하루에 상평통보 열 량의 일당을 줄 때 백만 냥, 게다가 우마차며 말이며, 기술자들의 경비와 식사비, 체류비 등으로 볼 때 천만 냥의 비용이 산출

됩니다."

병조판서 김기면이 병조참판, 관리 등과 지난 몇 달간 꼼꼼히 준비한 계획서를 설명하였다.

"하하하. 과연 병판대감이시오. 그러니 내가 김 대감에게 그런 중책을 맡긴 거 아니오."

숙종은 크게 기뻐하였다.

"여러 대신들의 생각은 어떠시오? 김기면 병판대감의 '북한산성 축조계획서'에 대해 모두 한마디씩 말해보시오."

숙종이 물었다.

"참으로 좋은 계획이옵니다."

"좋고 말고요. 최고의 기획서입니다."

다들 한마디씩 찬성의 뜻을 펼쳤다.

"내 일찍이 김 병판의 능력을 알고 있었지만 이리 꼼꼼하신 분인 줄은 몰랐소. 정말 수고하셨소. 올해는 특별히 3월에 윤달이 들었구료. 윤달이 든 윤년에는 무엇을 해도 좋은 해이니, 이리 진행합시다. 이판대감, 이를 알리는 방을 만들어 전국 내려보내 붙이도록 하시오."

숙종이 기뻐하며 이조판서에게 하명하였다.

"네, 분부토록 거행하겠나이다."

> 조정에서 알립니다.
>
> 지금 조정에서는 북한산성을 축조하고 있는 바, 거중기를 잘 만드는 기술자나, 잘 운용하는 기술자를 모집하니 선착순으로 참여 바랍니다.
>
> 기술자의 임금은 일일 삼십 냥으로 정합니다.
>
> 알리는 사람
>
> 대 조선국 병조판서 김기면
> 이조판서 최원경

그리하여 바로 전국에 방이 나붙고 드디어 입춘이 지나, 전국에서 동원된 병력들이 참여하여 윤삼월 1일 북한산성 축조가 시작되었다.

숙종 34년 1706년, 북한산성을 축조하기 시작한 지 두 해가 지났다. 다시 삼월이 되어 궁궐에서는 조정회의가 열렸다.

"경들은 들으시오. 벌써 북한산성을 축조한 지 두 해가 지났소. 그런데 아직 진척은 반도 안 된 것 같소? 무엇이 문제란 말이오?"

숙종이 대노하며 물었다.

"돌을 채취하여 깨고 다듬고, 운반하는데도 시간이 걸리지만 무거운 돌을 쌓는데 시간이 많이 걸리는 줄 아옵니다. 거중기가 한 공사장에 하나씩밖에 없어 공사의 진척이 매우 느리옵니다."

병조판서 김기면이 죄인처럼 대답했다.

"어허. 그러면 거중기 기술자를 백방으로 찾아봐야지. 이러다간 공사가 늦어지는 것은 물론, 노무자들이 지쳐 병이 들고 건설비용도 엄청나게 들 것이오. 어서 거중기를 만드는 기술자나 운용하는 기술자를 방을 붙여 찾아보시오. 노임에 관해서도 기술자니까 일반 노무자에 비해 세 배를 준다고 하시오. 그러면 빨리 모일 게 아니오. 이판대감!"

숙종이 목소리를 높여 이조판서 최원경을 바라보며 보며 명령했다.

"알겠사옵니다 전하."

*

평양 장안. 기생집 골목, 한 기생집 '옥련'에 호리호리하게 생긴 평양성의 관리 이어성이 나타났다.

"나리 오시옵니까? 어서 오십시오. 나리!"

기생 장연이가 쪼르르 달려나와 코맹맹이 소리로 팔짱을 끼며 방으로 들어갔다.

"그래, 잘 있었느냐! 내 가을철에는 공무가 바빠 자주 오지 못했느니라."

어성의 말은 그러했지만, 사실은 성(城)지기라는 공무원이 그리 큰 직책도 녹봉이 많은 것도 아니라 기생인 연이를 사랑하지만, 자주 올 수 없는 처지였다. 그런데 그날은 이어성에게 공돈이 생긴 것이다. 이어성은 손재주가 좋아 무엇을 잘 만드는데, 특히 우마차라든지, 인력거, 가마 등을 만드는 솜씨가 뛰어났다. 원래 거중기를 만드는 기술자였는데 거중기라는 것이 성을 쌓을 때만 필요하지, 실생활에서는 그렇게 필요한 것이 아니라서, 그는 평소 좋은 손재주로 우마차, 인력거, 가마 등을 만들어 평양장에 내다 팔며 용돈벌이를 하고 있었다.

"그런데 이리 발길이 뜸하시면 소녀는 어찌하라고 그러십니까. 미워, 미워!"

기방에 들자 연이는 어성의 팔을 두어 번 때리더니 살포시 안겨들었다. 평소에 연이는 어성을 사랑하고 있었지만, 어성은 주머니 사정 때문에 기방에 자주 올 수 없는 처지였다.

"나리, 주안상 올릴까요?"

연이가 어성의 눈치를 보며 말했다.

"그래. 너무 비싼 안주 말고 대강 가져오너라."

어성은 속으로 주머니 속에 든 돈을 헤아리며 머뭇거리듯 말했다.

"알겠사옵니다. 나리. 걱정 마십시오."

이윽고 연이가 몸종과 함께 크나큰 주안상을 받쳐 들고 들어왔다. 주안상에는 고기며 과일이며 산해진미가 가득 진열되어 있었다.

"아니, 이렇게 실한 주안상은 내가 시킨 바 없다. 물리거라."

어성이 깜짝 놀라며 주안상을 밀어댔다. 어성의 주머니 사정을 잘 아는 연이가 자기 돈을 주고 차려온 것이었다.

"나리, 엊그제 나리의 생신이었던 걸 잘 알고 있습니다. 오늘은 제가 한 잔 내려고요."

연이가 어성의 생일을 빌미로 한턱 낸 것이다.

한편, 평양에도 거중기 기술자를 찾는 방이 붙었다.

"여보게 어성이. 빨리 나와 보게."

어성의 동료 성지기인 준명이 어성의 팔을 끌며 성 밖으로 데리고 나왔다.

"아, 뭔데 이리 호들갑이야. 자네는 늘 이런 식이란 말이지."

어성은 동료 준명의 성격을 나무라며 못 이긴 듯 끌려 나왔다.

"저기 저것 좀 보게. 자네 같은 사람을 찾는 걸세. 어서 지원해보게. 아, 이 성지기야. 하루에 열다섯 냥밖에 더 받나. 그러니 술값도 모자라고, 집에 가져다줄 돈도, 결혼자금도 없어 쩔쩔매지 않나? 그러니 저기 한 번 가보게. 저런 공사에는 자네가 적격이야."

준명이 어성의 팔을 들어 방을 가르치며 설명했다.

"에이 이 사람아. 나 같은 약골이 무슨 성을 쌓는 데를 간다고 그래. 관심 없네. 나는 약해서 받아주지도 않을 거야."

어성은 속으로는 관심이 있었지만, 자기가 한 말처럼 자신이 약골이라 성을 쌓는 공사장에 간다는 것이 더럭 겁이 났다.

그리고 며칠을 생각했다.

"내가 저 북한산성 축조 공사장에 가서 일 년만 일하면 기생집 '옥련'에서 연이를 빼내다 내 각시로 살 수 있을 텐데…."
어성은 문득 그런 생각이 들었다.

며칠 동안 고민에 고민을 거듭한 어성이 기방 '옥련'을 찾았다.
"저어…, 연이 있나요?"
기방 '옥련'의 뜰 안에 들어선 어성이 어눌한 말투로 물었다.
"연이야, 니 서방 왔다. 어서 나와봐!"
옥련에서는 어느새 어성이 연이의 서방으로 불렸다.
"나리, 왜 이리 오랜만이세요. 안색이 이게 뭐야. 어디 아파요? 어서 들어가요."
연이가 어성의 팔을 끌고 자기의 기방으로 들어갔다.
"잠시만 기다려요, 나리!"
연이가 서 있는 어성을 두고 돌아서며 주안상을 가지고 오려고 나가려 했다.
"잠깐만!"
어성이 연이의 치맛자락 뒤쪽을 잡으며 말했다.
"왜요. 아이 망측하게. 점잖으신 분이 오늘은 왜 이러실까?"
연이가 어성을 흘겨보며 나무라듯 말했다.
"지금부터 내 말 잘 들어요, 연이 씨!"
어성이 정색하며 말했다.
"무, 무슨 일 있어요?"

연이가 눈을 휘둥그렇게 뜨며 물었다.

"연이 씨, 나 사랑하나요?"

어성이 단도직입적으로 물었다.

"그럼요. 제가 나리를 얼마나 사랑하는지 나리는 제 맘 모르실 거예요."

연이가 애원하듯 대답했다.

"그럼 물어볼게요. 나랑 혼인할 수 있소?"

어성이 비장한 듯 물었다.

"그야…, 그렇지만…."

연이가 말끝을 흐렸다.

"그럼 우리 혼인합시다."

어성이 잘라 말했다.

"그렇게 하면 저도 좋겠지만, 여기 '옥련'에 내야 하는 내 몸값이 삼천 냥이나 돼요. 그 돈을 내실 수가 있겠어요?"

연이가 가난한 어성의 주머니 사정을 잘 알기에 의심스러운 눈초리로 바라보며 물었다.

"내가 평양성에 근무하는 건 알지요? 난 어려서부터 만들기를 좋아해서 거중기며 가마며, 마차며 못 만드는 게 없어요. 이번에 조정에서 한양의 북한산성을 쌓는데 나 같은 기술자를 찾는데요. 하루에 삼십 냥을 준다고 하니까 연이의 몸값 삼천 냥은 내가 서너 달이면 벌 수가 있소. 대신 공사가 끝나려면 일 년 정도 걸린다고 하니, 일 년만 일하고 내 연이에게 다시 돌아오리다.

그때까지 기다려줄 수 있겠소?"

어성이 애원하듯 말했다.

"사랑하옵니다. 나리. 잘 다녀오세요. 제가 따라가 밥을 해드리고 싶지만, 저에게 걸린 몸값이 비싸서 여기서 나갈 수가 없답니다. 부디 몸조심하시고 돌아오실 날만 기다리고 있겠어요. 저도 이제 나이가 차서 이 지긋지긋한 기생 노릇 그만하고 얼른 가정을 꾸리고 싶어요. 서방님!"

연이는 눈물을 주르륵 흘리며 안겨들었다.

"그럼 연이의 뜻을 알았으니, 내 연이만 생각하며 열심히 일해서 돈 벌어다가 연이를 이곳에서 꺼내, 혼인을 치를 거요. 그때까지만 기다려주오, 연이!"

어성이 품에 안겨 있는 연이의 귓가에 속삭였다.

"알겠사옵니다. 서방님! 부디 몸조심하시고 꼭 건강하게 돌아오셔야 합니다. 흑흑흑…."

*

북한산성 축조관리사무소에 도착한 어성이 사무실로 들어갔다.

"저는 평양에서 온 사람입니다. 여기서 거중기 기술자를 모집한다고 해서요."

어성이 주눅이 든 표정으로 물었다.

"아, 그러세요. 제가 북한산성 절도사 이건설이오. 거중기 기술자라고요. 잘 오셨소. 당신 같은 사람이 지금 우리가 꼭 필요로 하는 분이요."

북한산성 총책임자라는 사람이 반겨주었다.

"전에는 무슨 일을 하셨소."

그리고 이 절도사는 이어성에게 이것저것 물었다.

"네. 평양성에서 근무하고 있었습니다."

어성이 기에 눌리지 않으려고 당당히 말했다.

"어허, 평양성이라면 그 평안감사가 관리한다던 그 성 말이오? 그 성은 한양의 창덕궁과 같이 귀한 성이라 일반 사람은 들어가기 힘든 직책 아니오. 그렇다면 거기서 직급은 무엇이었소?"

이 절도사가 되물었다.

"말은 성지기라 불리지만, 그래도 정9품 세마였습니다."

어성이 어깨를 으쓱이며 대답했다.

"그렇다면 그곳에서도 관리였으니, 이곳에서도 중간관리자인 종8품 직장의 직책을 드릴 것이오. 그러니 노무자들도 관리하고 새 거중기도 틈틈이 만들어 주시고, 네 군데의 공사 현장에 있는 거중기 운용을 점검해 주시오. 당신을 특별히 채용하는 것이오."

특채라는 이 절도사의 말에 어성은 눈이 휘둥그래졌다.

"알겠습니다. 나으리. 최선을 다해 조정이 하는 일에 힘을 보태겠습니다."

어성은 진심에서 우러나오는 큰소리로 대답했다.

어성이 공사현장에 투입되었다.

"잠시, 잠시! 잠시 작업을 멈추시오. 여기 이 분이 새롭게 중간관리자로 오신 이어성 직장이오. 이분은 일찍이 평양성에서 세마로 있었고, 거중기에 관한 한 조선에서 최고의 기술을 가지고 있소. 이제 이분은 정8품 직장이 되셨소, 이분의 말을 잘 따라야 우리가 하고 있는 북한산성 축조공사를 빠른 시일 내에 마칠 수 있을 것이오. 북한산성 축조공사가 벌써 2년이 넘었는데 아직 반도 진척을 이루지 못했소. 그래서 조정에서 이런 분들을 특채하신 거요. 이분의 말은 곧 상왕의 말이자 내 말이오, 만일 이 분의 말을 잘 따르지 않으면 내 이를 좌시하지 않겠소, 여러분 잘 알겠소?"

"예. 알겠습니다, 나리!"

모두들 그렇게 대답했지만 한 사람이 고까운 눈으로 이를 바라보고 있었다.

"웃기고 있네. 내가 중간관리자지, 저까짓 애송이 놈이 무얼 안다고 그래?"

지금까지 중간관리자로 있던 윤운출 직장은 속으로 화가 치밀어 올랐다. 자기가 노무자들 사이에서는 대장노릇을 하고 있었는데, 새로운 중간관리자가 온 것이 못마땅했던 것이다.

그러나 이어성 직장의 지시에 따라 공사가 순조롭게 진행되었다. 착하고 선한 어성을 사람들은 잘 따랐다. 이 직장이 중간관리자가 돼 공사의 진척을 보이던 어느 가을날 숙종께서 공사 현장을 순시하러 나온다고 했다.

"내 이놈을 그냥 두지 않겠다."

운출은 모의를 꾸몄다. 숙종 임금이 순시를 나온다던 전날 밤, 달이 밝은 그날 밤, 몰래 산에 올라가 거중기의 도르래 부속 하나를 빼놓았다.

이튿날, 아무것도 모르는 이어성은 전날과 같이 공사를 진행하였다.

"어서 거중기에 바윗돌을 올려라."

어성이 지시하였다. 석공들이 미리 잘라놓은 바위였다. 여덟 명의 장정들이 목도로 메어온 바윗돌이 거중기에 올려졌다.

"어서 거중기를 들어 올려라."

어성의 지시에 따라 거중기를 돌리는 장정들이 열심히 밧줄을 잡아당겼다.

"뚝! 우르르르!"

순간 거중기가 기울면서 높이 올려졌던 바위가 미리 쌓아놓은 성벽을 강타했다.

"성벽이 무너져 내린다. 모두 비켜라."

"바위가 구른다. 모두 비켜 모두 비켜!"

여러 사람들이 소리쳤다.

우르르릉, 쾅. 툭 투두둑….

사람들의 목소리가 들리기가 무섭게 성벽이 무너져내렸다.

"으악!"

"으윽…."

"으어억…."

여기저기서 사람들의 비명이 들려왔다.

"사람들이 죽었다."

"어이쿠 저를 어째. 창자가 다 터졌네. 쯧쯧!"

그 사고로 네 사람이 목숨을 잃고 일곱 사람이 크게 다쳤다. 이어성은 기계점검 부실의 책임을 물어 감옥에 갇혔다.

"개새끼? 감히 내 자리를 넘봐!"

윤운출은 속으로 쾌재를 불렀다.

*

날이 나날이 추워졌다. 때는 시월 하순, 곧 겨울이 되면 북한 산성 축조공사가 끝나 어성이 돌아오련만, 연이는 어성이 보고 싶어서 미칠 것만 같았다. 그동안 매월 편지는 서로 주고받았지만 이젠 직접 만나러 가지 않으면 보고 싶어서 견딜 수 없을 것만 같았다. 그런 연이는 어성을 만나러 가기 위한 모의를 꾸몄다.

"가월 언니! 있잖아. 나 어성 나리가 보고 싶어 죽겠어. 한 번만 만나고 오면 안 될까?"

연이가 고참 기생인 가월에게 아양을 떨며 애원했다.

"그건 안 돼 이것아. 평양 장안으로 가는 외출이라면 내 어떻게든 해보겠지만, 적어도 열흘은 비워야 할 텐데, 무슨 거짓말로 쥔장 단춘 언니를 속이니? 그리고 너 그거 몰라? 밖에는 우리가 도망갈까 봐 장정들이 골목골목 보초를 서고 있는 거?"

가월이 펄쩍 뛰며 연이를 저지했다.

"그래서 말인데, 언니! 내가 외동딸이잖아. 아버지 환갑이라며 다녀온다고 하면 안 될까?"

연이가 꾀를 내어 말했다.

"그래, 그럼 그렇게 단춘 언니에게 말해보자. 그런데 너 닷새 안에 안 돌아오면 그땐 죽는다."

가월이 주먹을 쥐어 보이며 연이에게 말했다.

"언니, 쥔장 언니! 연이의 아버지가 며칠 후 환갑이라고 하는데요. 고향에 좀 다녀오라고 하면 안 될까요?"

가월이 두 손에 깍지를 끼어 아래로 비비 꼬며 말했다.

"그래? 그렇다면 보내줘야지? 그런데 연이네 집이 어디지?"

단춘은 별 의심 없이 되물었다.

"경기도 영평!"

가월은 연이의 고향이 이곳에서 가까운 개성인 걸 알지만, 한양 쪽으로 보내주어야 하고, 다녀오려면 며칠이 걸리는 거리의 지명을 말해야 시간을 벌어줄 수 있기 때문에 영평이라 둘러댔다.

"영평이면, 개성 지나서 철원을 지나야 나오는 곳이 아니니?"

기생생활을 오래 해 전국 한량들을 다 만나본 단춘이라, 전국의 지명을 꿰뚫고 있던 터였다.

"네. 언니!"

가월이 단춘의 허락이 떨어지기를 기대하며 다소곳이 대답했다.

"그럼, 한 이레만 갔다 오라고 해. 그런데 그 애 노잣돈이나 있니? 옜다. 삼백 냥! 이거면 아버지 옷감으로 비단 좀 끊고 소고기 좀 살 수 있을 거야!"

과연 배포가 큰 단춘이었다. 아마도 단춘은 연이의 고향이 영평이 아니란 것을 알고 있었을 것이다. 그리고 연이의 나이가 차서 이제 그녀를 놓아주어야 할 때도, 그 곁에 어성이란 좋은 총각이 있다는 것도 알고 있었다. 그래서 요즘 연이가 어성을 그리워하며 밥도 잘 먹지 않는다는 것도 알고 있었다. 그렇지만 단춘은 내색하지 않고 연이를 보내주기로 작심한 것이다.

그런 단춘에게 가월이 무릎을 꿇으며 울었다.

"언니, 정말 고마워요. 언니가 이렇게 마음이 크신 사람인 줄 몰랐어요?"

단춘에게 삼백 냥의 돈을 받아든 가월은 신이 나서 연이의 방 쪽으로 뛰어갔다.

"연이야! 연이야! 어디 갔어, 연이야. 빨리 와봐."

연이의 방 앞에 도착한 가월이 숨넘어갈 듯 연이를 불러댔다.

"아니, 무슨 일 났어요, 언니? 왜 그렇게 숨차게 불러요."

연이가 고개를 갸우뚱하며 물었다.

"애, 연이야 이거 봐라, 글쎄, 우리 대빵 단춘 언니가 니네 아버지 환갑에 다녀오라고 삼백 냥이나 주시는구나."

가월이 새로 제작돼 반짝거리는 상평통보 꾸러미를 짤랑거리며 자랑했다. 순간 연이는 눈물이 핑 돌았다. 연이가 열여덟 살에 이 집 '옥련'에 들어와 벌써 십 년이 되었다. 그동안 사내라면 산전수전 다 겪으며 살아온 그녀지만, 이젠 한 곳으로 마음을 정해 정착하고 싶은 연이였던 터에, 퀸장 대빵 언니가 용돈을 삼백 냥이나 주는 터에 감동했던 것이다.

"으어엉…. 흑흑흑…."

삼백 냥을 받아든 연이가 주저앉으며 울었다.

연이는 가마꾼을 시켜 평양에서부터 개성을 지나 장단을 거쳐 영평으로 이어지는 길목 여관에서 하루 묵었다가, 연천나루에서 가마꾼들과 함께 배를 타고 김포나루에 도착해, 다시 가마를 타고 은평을 거처 북한리 파발 역참에 도착했다.

연이는 가마꾼 두 명의 이틀 치 품삯을 주어 돌려보내고 북한산성 공사현장을 찾았다.

"어기영차 어기어차, 어가, 어가, 조심하라구. 저저, 발조심, 발조심. 그러다 미끄러지면 큰일 나요."

여기저기서 목도꾼 여섯 명, 네 명, 여덟 명 등 여러 팀이 큰 바위를 나르고 있었고, 한켠에는 바위를 쪼개느라 정의 머리를 때리는 해머 소리가 쩡쩡 산을 울렸다. 목도꾼들의 발걸음에 따라 산등성이는 먼지가 뽀얗게 일어나고 있었고, 군데군데 쌓여진 산성이 우람한 형태를 갖추고 있었다.

"여보게, 저기 좀 봐! 저기 선녀 같은 여인이 이리로 오고 있지 않나?"

"어디 어디? 우와. 정말 되게 예쁘다."

"아니, 어쩐 일로 저런 예쁜 여인이 여기를 오는 걸까?"

"으흡, 그 참 침 넘어가게 생겼다. 누구 아낙인지 저런 여인네랑 한번 살아보면 소원이 없겠네."

금실로 국화 문양의 수가 놓인 감색 저고리와 치맛단에 붓꽃 수가 놓인 옥색 치마를 차려입고 긴 칠보 옥비녀를 꿴 쪽진머리에 하얀 명주 쓰개치마를 살짝 어깨에 두른 연이의 모습이 인부들에게는 선녀처럼 보였다. 공사장의 남정네들은 하던 일을 멈추고 일제히 연이가 걸어 올라오는 쪽을 바라보고 있었다.

"이놈들, 뭐 하는 거야. 하라는 일은 안 하고?"

중간관리자인 윤운출 직장은 인부들을 야단치다가 말고 자기도 모르는 사이에 아리따운 연이의 모습에 그만 넋을 잃고 바라보고 있었다.

"우와. 예쁘다. 정말 예뻐! 그런데 누구실까? 저리 아리따운 아낙이 이 산의 공사판까지 오시는 이유는 무얼까?"

운출은 자기도 모르는 사이에 중얼거렸다.

"저, 나으리. 말씀 좀 물을게요. 여기 이어성 나리라고 있나요. 거중기 기술자신데요."

운출은 순간 가슴이 덜컥 내려앉았다. 자기의 음모로 사람을 죽이고 감옥에 갇힌 이어성을 찾아온 여인이었기 때문이다.

"아, 이어성 직장이요. 그 사람 참 훌륭한 사람이지요. 지금 조정에 볼일이 있어서 출장을 갔습니다. 저를 따라오십시오. 제가 오늘 숙소를 잡아드릴 테니, 하루 유하시면 내일은 이 직장이 오실 겁니다. 저를 따라오시지요."

서른넷에 아직 장가를 들지 못한 운출은 침을 꿀꺽 삼키며 속에도 없는 말로 이어성을 칭찬하며 또다시 계략을 꾸몄다.

"아, 네. 고맙습니다. 고맙습니다. 정말로 고맙습니다. 이 은혜를 어떻게 갚지요?"

아무것도 모르는 연이는 정말 고마워하며 연신 고개를 숙여 인사를 했다.

"은혜는요 무슨, 은혜랄 게 있나요. 이 정도의 친절 쯤이야 누구나 하는 게 아닐까요. 허허허."

운출이 속마음을 들키지 않으려고 큰 소리로 웃으며 말했다.

"고맙습니다, 나리."

연이가 또다시 인사를 했다.

"이리로 따라오시지요. 제가 안내해드리겠습니다. 너희들 일 열심히 하고 있어야 한다. 내 이 여인을 모셔다드리고 오마."

운출이 연이에게는 친절한 말투로, 인부들에게는 단호한 말투로 말했다. 운출의 속에는 흑심이 가득 들어차 있었다.

"걱정 마시고 다녀오세요. 나으리."

운출의 계략에 이어성이 감옥에 갇힌 줄 모르는 한 인부가 큰 소리로 대답했다.

"저거 저러다가 저 여인, 윤 직장에게 절단나는 거 아니여!"

평소에 운출의 품행을 좋지 않게 보던 한 인부가 속엣말로 중얼거렸다.

"조심, 조심! 조심하세요. 낭자! 자, 이 손을 잡으시지요."

운출이 마사토로 된 산길을 내려가며 손을 내밀었다.

"괜찮사옵니다. 어서 가시지요."

연이가 운출의 손을 못 본 척 산길을 내려갔다.

"어어어, 미끄러져요. 미끄러져!"

운출은 스스로 미끄러지며 연이의 손을 잡으며 넘어졌다. 연이는 눈 깜작할 사이에 온몸에 먼지가 묻으며 뒹굴었다.

"그러게 진즉에 제 손을 잡으시라고 했잖아요, 낭자!"

운출은 자기 손을 안 잡아서 연이가 넘어진 것처럼 연이를 나무랐다.

"죄송합니다. 나리"

연이는 자기의 부주의로 윤 직장까지 넘어진 줄 알고 미안해하면서 말했다.

"에이, 나 오늘 재수 옴 붙었네. 직장 체면에 이게 뭐람."

운출은 연이를 나무라듯 하며 자기의 옷을 털었다.

"이리 좀 돌아보시오. 낭자. 에이, 이 고운 옷에 흙먼지 다 묻었네."

운출이 연이의 옷을 털어주며 슬쩍슬쩍 엉덩이며 어깨를 만졌다. 순간 몸에서 불뚝 솟아오르는 남근의 티를 감추려고 운출은 허리띠를 고쳐매며 바지춤에 바람을 넣어 부풀렸다.
'오늘 내가 너를 가만두지 않으리라.'
운출이 속으로 중얼거렸다.

연이와 운출은 다시 오솔길을 걸어 작은 연못 근처에 있는 파발 역참에 도착했다.
"여기서 잠시 기다리시오. 낭자!"
운출이 눈을 찔끔 감으며 연이에게 말했다.
"네, 나리"
아무것도 모르는 연이가 알겠다는 듯 대답했다.
"주인장, 내 여기 북한산성 축조 관리책임자 윤 직장이오."
운출은 은평여관 주인에게 먼저 가서 자기 위치를 자랑했다.
"그래서요 나리!"
살피듬이 좋은 은평여관 주인 여자가 물었다.
"오늘 멀리서 내 아내가 왔소. 그러니 좋은 방 하나 주시고 쇠떼는 둘을 주시오. 내가 할 일이 많아 늦게 들어와야 할 것 같아서 말이요. 공연히 아내가 자는 데 깨우면 미안하지 않소."
운출이 연이의 방에 잠입하기 위해 열쇠를 두 개 달라고 했다.
"그러시지요, 나리! 여기 있소, 우리 집은 방이 열두 개요. 자실(子室)부터 해실(亥室)까지요. 저기 저 끝방 해실(亥室)로 가시오. 오늘은 평일이라 손님도 없는 데다가, 창을 열면 전망도 좋고 외져서 한적하니 소리도 안 들리고 좋을 거요. 좋은 밤 가지시구랴. 돈은 삼십 냥이오."

은평여관 주인 여자는 야릇한 웃음을 띤 얼굴로 아무런 의심 없이 열쇠 두 개를 주며 말했다.

"어이쿠, 무슨 방값이 그리 비싸오. 여기 있소 서른 냥!"

운출은 방값이 아까워 속이 타면서도 두 개의 열쇠를 받아 쥐고 속으로 쾌재를 불렀다. 그리고 아무 일 없다는 듯 연이에게 돌아왔다.

"낭자! 이리로 오시오. 이 방이 전망 좋고 이 은평여관에서 가장 좋은 방이라오."

운출이 만면에 웃음을 띠며 말했다.

"고맙습니다. 나리. 그런데 방값은…."

연이가 걱정하며 물었다.

"아, 방값은 내일 이어성 직장이 출장에서 돌아오면 갚기로 했소. 걱정하지 마시오."

운출이 너스레를 떨며 거짓말을 했다. 그러나 연이는 어성이라는 이름만 들어도 눈물이 핑 돌았다.

"진심으로 고맙습니다, 나리, 고맙습니다. 나리."

눈물이 고인 연이는 두 번 세 번 연거푸 감사의 인사를 했다.

"그럼 잘 주무시오. 난 이만 바빠서 올라가 봐야 하오."

운출이 말하며 돌아섰다.

"저, 나리, 혹시 존함이라도…."
연이가 안타까운 눈으로 바라보며 말했다.
"이름은 무슨. 연이 있으면 또 만나리다."
운출은 뒤도 돌아보지 않고 그 말을 남기고 떠났다.

그 이튿날 새벽 자시. 운출은 몰래 은평여관으로 숨어들었다. 그리고 미리 가지고 있던 쇠떼로 해실(亥室)의 방문을 조심조심 열었다. 다행인지 불행인지 연이는 잠들어 있었다.
"그 누구냐!"
인기척에 놀란 연이가 소리쳤다.
"이년, 넌 내 꺼야, 이년아!"
운출이 타오르는 욕정을 주체하지 못하고 연이를 덮쳤다. 순간 연이가 만약을 위해 쥐고 자던 은장도로 운출의 허벅지를 찔렀다.
"이런 쌍것이, 감히 나를 찔러."
자기의 허벅지에서 피가 솟구치자, 화가 난 운출은 연이의 입을 막고 은장도를 빼앗아 그녀를 마구 찔러댔다.
"움, 움우움. 우우우움…."
그 아리따운 여인, 그렇게 연이는 그 자리에서 즉사했다.
한참 동안 연이를 난도질하던 운출이 정신을 차렸다.
"내가 지금 뭘 한 거지. 아, 어떻게 하지, 내가 살인을 했네."
운출은 자학했지만, 이미 엎질러진 물이었다.

"어서 날이 밝기 전에 시신을 감춰야지."

운출은 창문으로 연이의 시신을 내던졌다. 그리고 살금살금 밖으로 나가서 연이의 시신을 끌어다가 연못에 돌을 매달아 던졌다. 그리고 뒤도 돌아보지 않고 그곳에서 달아났다.

"마님, 마님, 여기 좀 와보세요. 이상해요. 피가 홍건하고 창문에도 묻어있어요."

날이 밝아 여관의 내실을 청소하던 몸종이 소리쳤다.

"뭐라고. 어디 어디, 어이쿠 이게 웬일이냐. 그 아리따운 아가씨가 죽었나 보다. 어서 포도청에 알려라!"

포도청에서 나온 수백여 명의 포졸들이 그 일대를 샅샅이 뒤졌으나 연이의 시체는 발견되지 않았다.

누명을 벗고 감옥에서 나온 어성은 연이가 운출의 손에 죽었다는 소문에 오열했다.

그리고 수십 년 동안 전국을 돌며 윤운출 잡기에 세월을 보냈다. 그리고 마침내 윤운출의 고향인 황해도 평산에서 은둔하며 농사를 짓고 있던 윤운출을 찾아 죽이고, 그도 자결했다.

윤은출과 이어성이 죽고 난 후, 연못에서는 매일 밤 이상한 여인의 목소리가 들려왔다.

"나 여기 있어요."

사람들은 의아해 주변을 찾아봤지만, 사람의 형상은 눈을 씻고 찾아봐도 볼 수가 없었다.

"나, 여기 있어요."

밤이면 날마다 그 소리가 들렸다. 사람들의 신고로 포도청에서는 그 연못의 물을 모두 뺐다. 그곳에는 하얗게 뼈만 남은 시체가 돌에 묶인 채 발견되었다.

그 이후 그 연못은 흙으로 채워져 폐쇄되었다.

훗날 그곳에는 '여기 있소'에서 유래된 '여기소'라는 팻말이 붙었다.

비운의 운용이

비운의 운용이

1.

"야, 돈 있냐?"

일동 버스터미널 공터에서 운용이는 여느 때처럼 학교에 가는 힘없는 아이를 붙잡고 삥을 뜯고 있었다. 얼굴에는 싸움의 흔적으로 거의 성한 곳이 없었다. 운용이가 껌을 짝짝 씹으며 물었다.

"아니 없는데…."

잔뜩 겁에 질려 어깨를 움츠린 아이가 다리를 후들거리며 대답했다. 순간 운용이는 주머니에서 면도칼을 꺼내 제 팔뚝을 그었다. 핏물이 칼로 그은 선을 따라 가늘게 흘러나왔다.

"퉤, 너 가방 뒤져서 돈 나오면 죽는다."

운용이가 껌을 멀리 뱉고 난 뒤 째려보며 말했다.

"이건 안 된단 말이야. 공납금 낼 거야."

그 아이가 손을 부들부들 떨며 가방의 필통 속에서 고무밴드로 묶인 돌돌 말린 돈을 꺼냈다.

"진즉에 그래야, 내가 팔에 칼을 안 긋지. 씨발놈아. 야, 너 이 돈으로 저기 저 약국에 가서 대일밴드 사와."

운용이는 그 아이에게 빼앗은 돈으로 그 아이를 시켜 대일밴드를 사 오라 했다. 그 아이의 등록금을 빼앗은 운용이는 며칠 동안 집에 들어가지 않았다.

그러나 운용이에게도 철칙이 있었다. 자기가 태어나고 자란 동네의 아이들은 절대 괴롭히지도 돈을 뜯지도 않았다.

2.

"해애당화 피고 지이는 서어엄 마아아을에
처얼새 따라 차아아자아 온 초옹각 서언새애앵님~"

"언니…, 여기 막걸리 한 주전자 더요. 두부김치도 한 접시 더 주고요."

잠시 쪽문이 열리자 젓가락 장단의 노랫소리가 더욱 크게 새어 나오고 김 양은 포주 언니정자를 불렀다.

천백구 야공단 울타리 옆을 흐르는 개울 건너 니나놋집 대구집의 쪽방 다섯 개가 만석이었다. 운용이네 동네는 1대대, 병기대, 화학대, 천백구야공단 수송대 등의 부대에 수천여 명의 군인들이 주둔해 있었고, 정자의 술집 대구집을 비롯하여 영아정, 백조, 평양집 등 10여 개의 니나놋집이 운영되고 있었다. 10여 년 전에는 가수 고복수와 이난영이 오리나무 숲의 찬우물 앞에서 카바레를 운영하기도 했다. 그런 10여 개의 니나놋집은 외박 나온 사병, 퇴근한 부사관과 위관 장교들로 문전성시를 이루고 있었다.

대구집 포주 김정자는 대구 사람으로 포천 이동으로 흘러든 것은 순전히 남편 때문이었다. 정자는 미아리 대구집에서 접대부로 일하다가 손님으로 들어온 남편 최 중사를 만났다. 최 중사는 황해도 사람으로 6·25 때 피란을 나왔던 실향민이었다. 그 후 군에 입대해 포천 이동의 천백구 야공단에 근무하는 군인이었는데 서울 출장 중에 우연히 친구들과 미아리텍사스 골목에 손님으로 술을 마시러 갔다가 정자를 보고 첫눈에 반하게 되었다. 최두관 중사는 휴일만 되면 정자를 만나기 위해 미아리로 향했고 마침내 정자의 마음을 얻게 되었다. 정자 역시 열여덟 살이 이 골목으로 팔려 와 몸 팔고 술 파는 일이 힘에 부칠 나이로 서른 살이 막 넘어섰기 때문에 속으로 누가 나를 데려갔으면 하는 마음이 클 때였다. '봉급도 또박또박 나오겠다, 시집 가면 지긋지긋한 돈을 안 벌어도 괜찮겠다.'싶어 큰 고민 없이 따라나섰다.

두관은 정자를 데리고 자기가 근무하는 이동 군부대 근처로 내려와 민간인 집 건넛방을 얻어 신접살림을 차렸다. 근무한 지 15년이 넘어 영외거주가 허용되었기 때문이다. 그리고 첫딸 순옥이와 둘째 딸 명옥이가 태어났을 때까지만 해도 육군 중사의 박봉으로 그냥저냥 살았다. 아이들이 커가자 어려워 이웃집 농사일을 거들며 가끔씩 모내기나 김매기 등 날품팔이로 살림비용을 충당했다. 원래 씀씀이가 헤프던 최 중사는 봉급을 거의 가져다주지 않았다.

 그러던 사이 셋째 딸 은옥이가 태어났다. 이렇게 살 수는 없었다. 돈이 궁한 정자는 무슨 결정을 내려야 했다. 문득 서울의 술집에서 일하던 생각이 났다. 정자는 지게꾼이라도 해 먹고 살겠다며 모두 서울로 떠난 빈집을 싸게 구입했다. 그리고 자신의 고향을 생각해 '대구집'이란 양철 간판을 내걸었다.

 그리고 자기가 있던 미아리의 대구집 언니 봉숙을 찾아갔다.

 "어매야, 니 정자아이고. 잘 살고 있나, 하마 참말로 반갑데이. 우찌 사노? 어야 앉아바라."

 봉숙이 정자를 반갑게 맞이했다.

 "언니, 나 이동에다 술집을 차렸는데, 퇴물 하나만 줘, 왜 있잖아 나이 많고 인기 없는 아?"

 정자는 다짜고짜 맘에 있던 말부터 꺼내 들었다.

 "아이구매야. 사는 이야기부터 좀 해 바라, 그동안 우찌 살았노? 아이는 몇 메이고?"

 봉숙은 반가운 마음에 호구조사를 하며 정자를 맞이했다. 그러나 정자는 그런 일상적인 이야기에는 관심이 없었다.

 "그런 씨알데기 없는 말 묻지 말고, 잘살았으면 내 언니야를 찾아왔겠노, 지 혼자 잘 처묵고 살지. 얼릉 나 많은 아나 하도. "

 정자가 다그치며 말했다.

 "나 많은 아는 와카는데."

봉숙이가 눈을 동그랗게 뜨며 물었다.

"내도 술집 한 번 해보려고 그런다 언니야."

정자가 엉덩이를 움직여 바싹 다가앉으며 말했다.

"야는 술집은 무슨, 아이 된다. 하지 마라."

대구집 언니가 손을 가로저으며 말렸다.

"와, 와 아이 되노. 언니야는 되고 내는 안 된다카는 게 무슨 말이고?"

정자가 기가 막힌다는 듯 따져 물었다.

"나는 시집을 몬갔고, 니는 시집 가서 아가 셋이나 있지 않노? 아이들한테 영향 받는데이. 엄마가 그런 거 하면 몬쓴데이. 하지 마라."

대구집 여자 봉숙가 친언니처럼 정자를 챙기며 막아섰다.

"언니야, 바라, 애들 셋이랑 내 굶어 죽게 생겼다. 봉급이라고 쥐꼬리맨크로 받는데 부대에서 회식비다 이승복 어린이 돕기 반공 성금이다 뭐다 다 떼고 반도 안 가지고 온다. 내 도시에서 자라 농사일도 잘 몬하고 배운 거라곤 술장사밖에 없데이. 그라지 말고 하나 도, 퇴기든, 찌그레기든, 무녀리든 치마만 두르면 뭐든 좋다. 이렇게 빌게. 하나만 도. 응 언니야."

정자가 손을 싹싹 빌며 매달렸다.

"그래. 그럼 찌그레기 하나 가져가. 대신 이만 원만 도…. 그래바도 내가 그애 사올 땐 오만 원 준 거야."

봉숙이는 속으로 어떻게 저 애를 치우나 걱정하고 있었는데 정자가 데려간다니 잘 됐다 싶었다.

"언니야, 그 아는 내가 봐도 십 년은 있던 것 같다. 무슨 이만 원이고 만 원만 해라 응. 우리 신랑 봉급도 만 원이 안 된다카이. 한 번만 봐도…. 응 언니야."

몸을 비비 꼬며 정자가 대구집 언니 봉숙에게 아양을 떨었다. 정자는 자기를 신랑이 오만 원에 사간 걸 알기 때문에 애초에 돈을 조금 낼 마음은 있었다. 그러나 이만 원씩이나 달라고 하니 빈정이 상했지만, 혹시 술을 팔다가 잠을 자겠다고 요구하는 사람이 생기면 몸 파는 일에 그 아이를 넣어줄 요량이었기 때문에 아가씨 한 명은 꼭 필요한 아이였다.

"그래, 알았다. 니 잘해야 한데이. 신랑이랑 싸우고 이혼하지 싶다. 암마캐도 내 극정이라. 신랑이 하지 말라면 하지 마래이."

봉숙이 진심으로 정자를 걱정하며 말했다.

그렇게 해서 데려온 김 양은 오랫동안 술장사를 해봐서 그런지 손님 접대도 잘하고 장사는 날로 번창했다. 정자와 김 양, 두 사람의 일손으로 몰려드는 손님을 치르기엔 역부족이었다. 김 양만으로는 장사를 해낼 수 없던 정자는 미아리텍사스로 또 발걸음을 옮겼고 기둥서방들에게 애들 셋을 오만 원씩 십오만 원에 사왔다. 여자 종업원 넷을 둔 대구집은 그야말로 문전성시였다. 주말이면 젓가락 장단의 노랫소리가 끊이질 않았고, 외박 나온 군인들은 여자를 사서 숏타임을 하거나 긴밤을 자고 갔다. 그러던 어느 날 신랑이 사병들과 유격훈련을 간 틈을 타 인근 부대에 근무하는 박 중사가 어느 날 목요일에 술을 마시러 왔고, 아가씨가 모두 차는 바람에 정자가 술자리의 시중을 들었다. 박 중사는 정자가 마음에 들었고 잠자리를 요구했다. 정자는 결혼 전에는 자주 손님과 잠자리를 했었지만, 결혼 이후에는 단 한 번도 그런 일이 없었다. 그런데 그가 자신이 예쁘다며 화대를 두 배나 주겠다며 요구해왔다. 마침 남편도 없고, 늘 히마리 없는 남편에 대해 욕구불만이었던 정자였지만 손가락을 꼽아보니 자신의 몸이 꼭 배란기였다. '돈을 두 배로 준다는데 어쩌지.' 속으로 돈이 필요했던 정자에게는 뿌리칠 수 없는 기회이기도 했다. 그래서 정자는 못이기는 척 잠자리에 응했다. 이튿날인 금요일 저녁에 남편이 유격훈련을 마치고 돌아와 잠자리를 요구했다. 정자는 미안하기도 하고 해서 시야기를 하는 셈으로 잠자리에 응했다.

그런데 몇 달이 지나고 정자는 몸에 이상한 증세를 느꼈다. 딸 셋을 낳을 땐 그런 증상이 거의 없었는데 밥 냄새를 맡으면 헛구역질이 나오고, 그렇게 맛있는 술이 죽도록 싫어졌다. 임신을 한 것이다. 그래서 정자는 술자리에 함께하지 않고 김 양, 이 양, 나 양, 유 양 등 네 아가씨들에게만 장사를 시켰다. 정자는 속으로 '이 아이가 박 중사 아이면 어떻게 하지…'라며 큰 걱정을 했다.

그렇게 해서 몇 달 후 운용이가 태어났다. 정자는 이동 제중의원에서 아이를 낳았다. 남편은 자기와 똑같이 닮았다고 좋아했지만, 정자는 단번에 아이가 박 중사의 아이란 걸 알아차릴 수 있었다. 정자의 비밀은 그때부터 시작되었다. 정자는 그 이후 씨앗의 정체를 모를 딸 하나를 더 낳고 애옥이라 이름 지었다.

3.

 돈을 좀 번 정자는 따로 방을 얻고 큰딸 순옥을 시켜 두 동생들은 데리고 나가 살림을 시켰고, 운용이와 어린 애옥이는 술집에서 데리고 키웠다. 원 상사는 만기로 제대를 해서 주로 대구집의 뒷배를 봐주며 싸울아비로 살았다. 어릴 적부터 니나노 소리를 들으며 자란 운용이는 늘 외톨이였다. 날마다 밤이면 섹스하는 소리가 벽으로 들려왔다. 손님으로 방이 다 차면 정자는 어린 운용이에게 애옥이를 데리고 누나네 집에 가서 자라며 어둠으로 내몰았다. 그러나 누나들은 운용이가 오는 것을 반가워하지 않았다. 자기들과 성격이 너무 다른 운용이는 막무가내로 자기네 물건을 빼앗고 음식을 죄다 먹어버리기 때문이었다. 누나네 집에 가서 자라는 엄마의 말에 운용이는 애옥이와 함께 집 옆에 있는 다리 밑에 멍석이 깔린 위에서 기다리다가 잠이 들곤 했다. 정자는 어린 두 아이들마저 내보내고 그 방에다 섹스 손님을 받기 위함이었다.

 "운용아, 저기 다리 위에 있는 성춘이네 가서 엄마가 그러더라면서 '엄마가 외상값 달라'고 그러래요. 기다렸다가 안주면 큰 소리로 '엄마가 누나 값 달래요.'라고 해."

운용이가 초등학교 2학년 무렵 정자는 동네 아저씨에게 외상 값을 받아오라고 시켰다. 운용이는 외상값이 뭔지 알고 있었다. 속으로 '마신 술값을 안 낸 모양이구나.'생각했다. 그런데 '누나 값'은 무슨 돈인지 몰랐다. 아무튼 엄마가 시킨 대로 하면 운용이는 늘 쉽게 외상값을 갚을 수 있었다.

가끔씩 손님들이 주는 동전에 운용이는 맛을 들였다. 학교에서 운용이는 싸움을 자주했다. 걸핏하면 친구를 때리고 돈을 빼앗았다. 가지고 싶은 돈이 부족한 날에는 엄마가 주지 않으면 기생 누나들에게 떼깡을 부려 뜯어내기도 했다. 그럴 때면 정자는 운용이가 두관의 아이가 아니란 생각에 미움이 커져 자주 매질을 했다. 정자는 운용이와 애옥이에게 세 딸들의 옷을 물려 입혔다. 운용이는 자주 누나들의 검정 고무신을 물려 신기기도 했다. 정자는 어쩐지 내 새끼 같은 생각이 안 들어 운용이와 애옥이에게 돈을 쓰고 싶지 않았다. 여자 고무신은 옆에 꽃그림이 찍혀 있었다. 그걸 본 아이들은 운용이에게 운옥이라며 놀리곤 했다. 운용이는 누나들 옷을 물려 입는 게 너무나 싫었지만 어쩔 수가 없었다. 그렇게 차별받은 어린 운용이 마음속에는 울분 같은 게 자라고 있었다. 그렇게 받은 운용이의 차별은 또 다른 문제를 유발했다. 늘 남의 것을 빼앗고 때리는 운용이에게는 친구가 없었다. 무슨 놀이를 해도 끼워주지 않았다. 오징어게임을 해도 소련잡기 게임을 해도, 자치기를 해도 운용이 편이 되고 싶은 친구는 없었다. 그와 한 편을 하게 되면 친구들은 다들 '나 엄마가 빨리 오라고 했어.'라며 파토를 냈고, 그럴 때면 운용이는 그 아이를 죽이고 싶었다.

운용이는 학교에서 문제아였다. 늘 남의 돈을 빼앗거나 물건을 빼앗고, 자주 여자아이들을 울렸다. 가끔씩 옷을 뺏기도 하고, 운동화를 뺏어 신기도 했다. 크레용이나 연필을 뺏는 것은 일상이었다. 그는 늘 짤짜리를 하거나 구멍치기 동전 던지기를 했다. 돈을 따면 제 것이었고 돈을 잃으면 아이들 돈을 뺏는 악의 고리가 순환되었다. 학부모들이 찾아와 선생님에게 항의하면 선생님은 정자가 하는 대구집에 가정방문으로 찾아왔다.

"어이쿠 슨생님이요. 어서 오이소. 우선 출출한데 막걸리 한 잔 하시이소."

정자는 선생님 앞에 술상을 먼저 차려냈고, 선생들은 운용이는 만나지 못한 채 오히려 술을 얻어 마시고 돌아가곤 했다.

"선생님, 밤에 몰래 오세요. 제가 이쁜 아이 넣어드릴게요."

정자는 성에 궁한 시골 학교 총각 선생님의 심리를 이용했다.

"순옥아 이리 와 봐."

장자가 큰딸 순옥이를 불렀다.

"너 엄마 말 잘 들어봐, 저 남자가 운용이 담임 선생인데, 오늘 니가 들어가서 같이 자. 그럼 잘 되면 니가 저 선생한테 시집갈 수도 있어. 아니면 돈 벌면 그만이고."

정자가 귓속말로 큰딸 순옥이에게 칠운이 선생님의 방에 들어

가라고 했다.

"그럼 돈은 내 돈이다."

순옥이는 제 몸보다 돈을 먼저 챙겼다.

"알았다 가스나야. 니가 안 들어가면 엄마가 들어가려고 했어."

평소에도 몇 번이나 성을 팔아봐서 섹스에 맛을 들인 순옥이는 아무 거리낌 없이 방에 들어갔다. 정자 역시 목돈을 벌기 위해 이판사판의 심정으로 성을 팔고 있던 터라 딸아이가 남자의 방에 들어가는 것에 대해 죄책감은 거의 없었다.

막걸리에 딸아이의 성접대까지 받은 칠운의 선생은 학부모들에게 조심시키겠다고 얼버무리며 입을 열 수가 없었다. 그 선생은 다른 학교로 전근을 신청했다. 결국 정자는 칠운이 선생님한테 돈을 뜯어내는 것으로 선생 사위의 꿈을 마무리했다.

4.

정자는 그동안 한 닢 한 닢 개처럼 모아 감춰둔 돈을 천정에서 꺼냈다. 그녀가 모은 돈은 모두 사백만 원이었다. 10만 원씩 모일 때마다 비닐에 싸서 천정에 넣어 두었던 것이다. 그렇게 모은 삼백만 원을 꺼내 가방에 넣은 정자는 친정에 다녀온다면서 대구를 향해 떠났다. 사실 대구는 정자의 고향이긴 했지만, 아무 연고도 없는 고향인 셈이었다. 아버지는 일찍 술병으로 죽고 엄마도 자기들 놔두고 개가한 지 오래되어 어디 사는지 알 없었기 때문이다. 그렇지만 정자는 왠지 대구가 좋았다. 언젠가는 대구로 돌아와 살리라 생각했었다. 초등학교 친구들이 있고, 자기와 억양이 같은 사투리를 쓸 수 있는 동네 대구는 정자의 로망이자 돈을 버는 목적이었다. 대구로 내려간 정자는 고향인 대구 달서구의 한 초등학교 옆 구멍가게가 딸린 독채를 구입했다. 이젠 술 먹고 치근덕대거나 싸우는 사내새끼들도 지긋지긋하고 면사무소에 주기적으로 상납하고 가끔씩 찾아오는 주먹들에게 삥을 뜯기며 조마조마하게 언제까지 성매매 장사를 해야 하는 자신의 환경이 너무나 싫었다. 게다가 마을 이장은 아예 술값을 내지도 갚지도 않으면서 대낮에 들러 자기 술처럼 퍼먹고 자기가 주인인 양 아가씨들을 골라가며 성접대를 받아가곤 했는데 그런저런 일들이 모두 증오스러웠다.

'대구집'에서 장사를 시작한 지도 어느덧 30여 년이 다 돼갔다.
"순옥아, 우리 몰래 대구로 도망가자. 맨날 술만 먹는 니네 아버지도 싫고 맨날 사고만 치는 운용이 새끼도 너무 싫다."
대구에 돌아온 정자가 큰딸 순옥이에게 말했다.
"어, 무슨 말이야? 정말? 정말 이사 가는 거야?"
순옥이가 정말 좋아하며 되물었다.
"그래. 아무한테도 말하지 마. 이리 와 귀 좀 줘봐. 엄마가 대구에다 집을 사놓고 왔어. 구멍가게가 딸린 집이야. 이제 술장사 그만하고 우리 구멍가게 하면서 인간처럼 살자. 제발 좀 인간답게 살자."

"와, 신난다. 나도 정말 이곳이 싫어. 엄마가 그 새끼들한테 들어가서 나보고 씹 팔라고 할 때 난 죽고 싶었어, 엄마. 돈은 다 엄마가 먹으면서…."

"그래, 미안해 순옥아. 엄마는 열여덟 때 때부터 팔려 와서 씹 팔고 술을 따랐어. 엄마도 이 생활이 지긋지긋하고 너희들을 이 구덩이에서 꺼내주고 싶었어. 그래서 돈을 빨리 벌고 싶어서 그랬던 거야. 그래도 잠시 창피한 것보다는 돈이 좋잖아. 개 같이 벌어서 정승처럼 쓰라고 했어. 엄마가 빨리 이사 가려고 너한테도 몹쓸 일을 시킨 거야. 미안해. 넌 그래도 스물다섯 살이잖아. 내가 처음 성을 접할 때보다 훨씬 늦은 나이야. 그까짓 몸은 아무것도 아니야. 돈만 벌면 최고잖아. 우린 이제 부자가 됐어. 난 맨날 사고만 치고 날마다 돈 달라고 지랄하는 저 운용이 새끼 보기 싫어서 살 수가 없어. 스물세 살 명옥이가 또 우리처럼 몸 팔고 그럴까 봐 그것도 걱정되고. 이제 은옥이도 며칠 있으면 고등학교를 졸업하니까 우리 여자들만 몰래 도망가자. 순옥아."

"그럼 운용이 새끼는 정말 안 데리고 가는 거지?"

날마다 사고만 치는 운용이가 너무 싫었던 순옥이의 얼굴에 화색이 돌며 말했다.

"그래, 운용이 새끼도 안 데리고 가고 애옥이 년도 안 데리고 갈 거야. 물론 니 아범도 안 데리고 갈 거야. 우리 여자들 넷만 몰래 떠나자."

정자가 속에 있던 말을 설명했다.

"애옥인 왜 안 데려가?"

순옥이가 의아해하며 물었다.

"응, 그건…."

정자가 잠시 얼버무렸다.

"응, 애옥이는 우리가 자리 잡고 차차 나중에 데리러 오면 되잖아. 지금 고등학교에 다니고 있고, 지금 다 데려가면 니 아버지 밥은 어떻게 하니?"

정자는 정말 애옥이는 데려가고 싶지 않았다. 순옥이, 명옥이, 은옥이 세 딸들이 언젠가 씨가 다르다는 것을 알게 되면 불화의 소지가 있을 것 같아 생긴 마음이었다.

"알았어, 엄마. 그럼 나중에 애옥이는 꼭 데리러 오는 거다."

과연 큰딸의 마음은 예뻤다. 형제를 챙기려는 마음에 정자는 속으로 뜨끔했다. 그러나 그동안 무능함의 극치였던 최 상사와 씨앗의 근거를 모를 사고뭉치 운용이와 애옥이를 두고 떠나야겠다는 생각을 수도 없이 해왔던 정자였다.

"알았어. 엄마. 나도 이 동네 정말 징글징글해. 군인 새끼들이 껄떡대는데 질렸어. 엄마 그거 알아? 내가 초등학교 2학년 때 군발이 새끼가 나한테 자기 자지 만져주면 돈 준다고 해서 무서워서 만져준 거. 그 씨발노무새끼가 지금도 그 부대에 근무하고 있으면 운용이한테 죽여버리라고 했을 건데…."

순옥이가 화를 내며 거들었다.

"뭐, 진짜로? 근데 왜 엄마한테 말 안 했어?"

정자가 깜짝 놀라며 순옥이한테 물었다.

"그 군발이 새끼가 어른들한테 말하면 우리 집에 와서 불 지른다고 했어. 그래서 무서워서 말 못하고 말 못하고 살아온 거야."

순옥이가 말했다.

"아이쿠 순옥아. 미안하다. 엄마가 장사하느라 니들을 돌보지 못했구나. 미안하다. 미안해."

정자가 울음을 터뜨렸다.

"은옥이도 고등학교를 졸업했고, 이제 몰래 이사 가면 아무도 못 찾을 거야. 여자애들은 군대도 안 가고 민방위도 예비군도 안 받으니까 사고만 안 치면 경찰도 모를 거야."

한참 동안의 울음을 참고 휴지로 눈물 콧물을 닦으며 정자가 말했다. 자기 때문에 그런 환경에서 살아온 딸들에게 진심으로 미안했다. 늘 자신의 몸을 만지며 껄떡대는 동네 영감들도 싫고, 자주 와서 "이혼해라, 나랑 살자."며 치근덕대는 박 상사도 너무 싫었다.

그리하여 어느 날 정자는 순옥이와 명옥이, 은옥이를 데리고 사라졌다. 네 여자들이 떠나자 동네는 아수라장이었다. 이동막걸리 직영점은 막걸리 외상값을 못 받았다고 아우성이었다. 이동 광창상회의 건어물값, 부산상회의 과일값 채솟값 100여만 원도 작정하고 떼어먹은 채, 정자는 세 딸들과 함께 도망을 실행했던 것이다. 당연히 대구집은 해산되었고 아가씨들 넷은 뿔뿔이 흩어졌다.

5.

자기의 여자들이 도망을 가자 육군 군번 32번이라고 늘 자랑하던 퇴역군인 최 상사는 두 아이를 떠맡을 수밖에 없었다. 그들의 외상값은 온전히 최 상사의 연금에서 변제해 주어야만 했다. 네 여자들이 떠나자 중학교에 다니고 있던 운용이와 초등학교를 막 졸업한 애옥이의 학업은 자연스럽게 중단되었다.

그렇게 자란 운용의 팔뚝에는 칼빵이 수없이 새겨졌다. 얼어터지고 스스로 자해한 얼굴은 누가 봐도 완전한 교도소 똘마니를 자처하고 있었다. 한번은 이동에서 운용이의 동창들 술자리에서 싸움이 벌어졌는데, 살기가 오른 운용이는 식당의 주방에 들어가 부엌칼을 가지고 나오더니 상대방 명수의 명치를 가차 없이 찔렀다. 공교롭게도 부엌칼은 현역을 갔다 온 명수의 옷 속에 있는 군인수첩 위를 찔러 칼이 부러지고 말았다. 다행히도 명수는 크게 다치지 않았지만, 칼만 보면 몸이 덜덜 떨리고 한참 동안 아무 일도 할 수 없는 트라우마가 생겼다.

"이 개새끼 언젠가는 죽여버릴 거야."

명수는 생각만 해도 치가 떨렸다. 언젠가는 운용이를 꼭 죽이고 말겠다며 이를 부득부득 갈았다. 때마침 수첩이 주머니에 들어있어서 망정이지 하마터면 이 세상을 하직할 뻔했지 않았는가?

그 일로 해서 운용이는 살인미수로 1년의 징역을 살았다. 그런 소문은 인근 일동과 이동에 모두 퍼졌다. 모두들 그를 슬슬 피했고 아무도 그를 상대해주지 않았다. 한 번 교도소에 다녀온 운용이는 그 이후 쉴새 없이 교도소를 드나들었다. 소년 시절의 운용이는 주로 일동 이동의 터미널 근처에서 놀며 삥을 뜯었는데, 청년 이후엔 서울로 자리를 옮겼다. 성인이 된 그는 경마장을 다니고 있었고, 도리짓고땡 판을 전전했기 때문에 늘 돈이 모자랐다. 경마장이나 도리짓고땡 판이나 가면 모두 자기 돈처럼 보였지만, 늘 돈을 잃고 돌아서야 했다.

6.

"돈 내놓으라고 씨발 영감아!"

운용은 매달 아버지의 연금이 나오는 날이면 꼬박꼬박 내려와 돈을 내놓으라며 아버지를 윽박질렀다.

"이 돈은 애옥이랑 먹고 살아야지, 네래 가져가면 어떻게 하간?"

최 상사는 애옥이를 자기의 딸로 생각하고 진심으로 애옥이를 챙기려 했지만, 운용이는 달랐다. 늘 싸움질하고 남들 돈을 자주 뺏는 운용이가 꼴도 보기 싫었다. 처음에는 아버지 두관이 그래도 군인 출신임으로 깡다구도 있고 힘도 있어서 맞싸움질을 했다.

그러나 날이 갈수록 기운은 떨어져 가고 운용이의 행패는 심해졌다.

"아이구구구. 나 죽는다. 애비 죽는다 애비 죽어. 새끼가 애비를 팬다."

우당탕퉁탕 소리가 자주 담을 넘었고, 이웃들은 부모자식 간의 싸움을 말리거나 개입했다가는 혹시 칼이라도 맞을까 싶어 모르는 체 넘어가곤 했다.

어느 날 운용이는 작정하고 아버지 집에 찾아갔다.

"연금통장 어디 있어? 씨발 영감아. 연금통장 내놔!"

살기 어린 운용이가 주먹을 을러메며 다그쳤다.

"야 이, 종간나 새끼야. 돈을 뜯어가는 것도 모자라 이젠 통장을 통째로 뺏어가려 하간?"

최 상사는 말로 반항했다.

"빨리 통장 내놓으란 말이야. 씨발 영감아!"

운용이가 아버지의 허리를 깔고 앉아 윗목에 있던 나무 빗자루로 머리를 가격했다. 머리에서 피가 터졌다.

"아이구구 나 죽는다 나 죽어!"

최 상사가 소리쳤지만 아무도 달려와 주는 이웃은 없었다.

"죽여라 죽여."

최 상사가 사생결단을 덤벼들었다.

"죽이라면 못 죽일 줄 알아 씨발놈아."

운용이는 부엌칼을 집어 들고 아버지를 위협했다.

"놔라 놔, 줄게 어서 내려놔 그 칼!"

최 상사는 정말로 운용이가 자기를 찌를 수 있다는 생각이 들었다.

"잠깐 기다려. 이 나쁜 노무새끼야."

최 상사는 벽장에서 정자의 반짇고리함을 꺼냈다.

"여기 있으무, 종간나 새끼. 가져가 처먹고 다신 오지 마라우!"

결국 최 상사는 연금통장을 빼앗기고 말았다.

연금이 없어지자 애옥은 공장에 취직한다며 어디론가 가버려 소식이 끊겼다. 평소에 술장사의 뒷배를 봐주며 싸울아비 노릇을 하던 최 상사를 농촌 사람들은 좋아하지 않았다. 밭의 김을 매거나 모를 내는 등 농사를 지을 줄도 모르고 오로지 술장사의 뒷배만 봐온 그에겐 친구가 없었다. 혼자서 막걸리를 한 잔씩 홀짝거리는 것이 여든 넘은 최 상사의 유일한 낙이었다.

긴 겨울이 지나고 여름이 다 되도록 최 상사는 밖에 나오지 않았다. 이웃들은 작은딸 애옥이가 와서 그를 데려갔거니 했다. 대문간에 수북이 쌓인 고지서와 편지들을 보고 이장은 의아해했고 몇몇 청년 회원들과 함께 대문을 뜯고 최 상사의 집에 들어가 보았다.

방문을 열자 사람 썩는 냄새가 진동했다. 그는 언제 죽었는지 모르게 죽어 있었고, 방 한쪽 구석에는 제초제 라쏘 병이 자빠져 뒹굴고 있었다.

7.

경찰들이 동네를 돌며 집집마다 탐문수사를 벌였다.

"혹시 운용이 못 봤습니까?"

그러나 운용이에 대해 아는 사람은 아무도 없었다.

"혹시 운용이 내려온 거 아시나요?"

그와 친한 친구도 없을 뿐만 아니라, 이웃들도 그와 말을 섞으려 하지 않았기 때문이었다. 일동과 이동 시내에는 경찰들이 쫙 깔려, 지나는 차량마다 트렁크까지 열라며 검문 검색을 하고 있었다. 운용이는 서울에서 사람을 죽이고 도주하였는데 범죄심리학 상 예상 도주로가 가장 비중이 높은 곳이 범죄자가 지형지물을 잘 아는 곳이었고, 어려서부터 지형지물을 잘 아는 포천 일동면과 이동면이 그 주된 대상이었다. 경찰들은 운용이가 택시나 승용차를 이용해 서울에서부터 의정부에서 포천을 경유하는 43번 국도나 퇴계원에서 내촌을 경유하는 38번 지방도를 이용해 그의 고향 이동으로 들어올 것을 예상하고 지나는 차량을 한 대 한 대 철저히 검문 검색을 강화하고 있었다.

그러나 운용의 계산은 달랐다. 아무리 생각해도 포천이나 내촌의 도로를 통해 고향에 내려간다는 것은 위험천만한 일이라 계산되었다. 그렇게 생각한 그는 우선 상봉동 시외버스터미널 근처에서 택시를 타고 강원도 화천으로 가자고 했다. 밖에는 벌써 며칠째 늦장의 굵은 비가 내리고 있었다.

"아저씨 뉴스 좀 들어보세요. 요즘 비가 많이 와서 홍수가 난

곳이 많다고 하는데 걱정이에요."

운용이는 혹시나 자신을 수배를 내린 뉴스가 나올까 걱정하고 있었다. 라디오를 트니 뉴스가 막 끝나고 김동완 기상캐스터가 나와 날씨를 예보하고 있었다.

"이 늦은 밤에 화천에는 왜 가시는 거에요."

아무 생각 없이 기사가 물었다.

"화천이 고향인데, 우리 집이 좀 지대가 낮아서요. 아버지만 혼자 사시는데 걱정이 돼서…."

운용은 말꼬리를 흐리면서도 자신이 이런 말을 할 줄은 꿈에도 몰랐다. 자기가 연금통장을 빼앗아 오고 난 후 아버지가 농약을 먹고 자살했다는 소문을 들었는지라 쓴웃음을 지으며 '돼지긴, 그래도 살지, 지랄했다고 돼져.'라며 혼잣말을 했다.

"손님, 뭐라고 하셨나요."

기사가 못 들었다며 되물었다.

"아니에요. 비가 돼지게도 많이 온다고요."

택시 기사가 틀어놓은 라디오는 10시 뉴스를 넘기고 고민정 아나운서가 진행하는 '밤 잊은 그대에게' 프로그램을 시작했다.

"띠링 띠링 띠링~. 밤을 잊은 그대에게…, 시청자 여러분 안녕하셨습니까? 송승환입니다. 이 시간에도 전국에 많은 장맛비가 내리고 있습니다. 고지대에 사시는 분들은 산사태에 유의하시고 저지대에 사시는 분들은 침수에 대비하시기 바랍니다."

"손님이 효자시네요. 장맛비가 걱정돼서 아버지를 찾아가시고…. 그런 아들을 두신 아버님은 행복하시겠습니다."

장맛비에 대비하라는 송승환 진행자의 말에 이 늦은 시각에도 자녀들의 도움 없이 늙은 나이에 혼자 운전으로 벌어먹고 살아야 하는 운전기사는 감정이 북받쳐 오르는 모양이었다.

"아, 예. 효자는 요 무슨…."

운용이는 자신을 효자로 불러주는 택시 기사의 말에 왠지 가슴이 찔려 머리를 긁었다.

"여기 내려주세요. 기사님~. 여기 10만 원입니다. 처음에 8만 원에 가자고 했잖아요. 2만원은 가지세요. 돌아가실 길도 멀으시니…."

운용이는 자신의 신분이 들통날까 싶어 후한 인심을 썼다. 평소 같으면 '잠깐 화장실에 다녀온다'하고 도망을 가고도 남을 위인이었다.

운용이는 화천 시내에서 내린 또다시 택시를 잡아탔다.

"기사님 이동 도평리로 가주세요. 도평리 이동막걸리 공장 앞에 세워주세요. 술 한잔하다 보니 늦어버렸네요."

운용은 일부러 혀가 꼬인 소리로 말했다. 그리고 잠이 든 철입을 닫았다. 도평리 시내로 들어가는 것보다는, 우선 상황이 어떤지 염탐해야 했기 때문이었다. 택시는 다목리를 지나 사창리를 거쳐 카라멜고개를 통해 도평리 한일탁주 양조장 앞에서 정차했다.

"여기 있습니다. 5만 원요."

거리로 따지면 3만 원만 주어도 충분할 거리였지만, 운용은 신분을 감추기 위해 후한 인심을 썼다.

9.

택시에서 내리자 비는 여전히 세차게 내리고 있었다. 우산을 운용은 막걸리 공장 뒤쪽으로 몸을 숨겼고 다시 도평리 개울을 따라 더듬더듬 걸어 내려갔다. 장맛비가 내려서 그런지 물은 엄청나게 불어 있었고 칠흑 같은 어둠 속에서도 황톳물이 내려가고 있음이 느껴졌다. 몸이 기우뚱하고 헛딛는 바람에 우산을 놓쳤다. 우산은 한탄강 상류의 큰물 위로 날아갔다. 비는 여전히 너무 많이 내리고 있고, 제방이 여기저기 떨어져 나가 도저히 더 이상 앞으로 나아갈 수 없었다. 멀리서 경찰차의 경광등 불빛이 보였다. 가슴이 덜컹했다. 아무리 여름이라지만, 벌써 한 시간째 비를 맞고 헤매고 있자니 운용은 온몸이 오돌오돌 떨리고 너무나 추웠다. 그래서 어느 집 처마 밑에서 한동안 쪼그리고 앉아 있었다. 그렇지만 추운 것은 어찌할 수가 없었다. 우선 비바람이라도 막힌 곳으로 들어가고 싶었다. 가만히 쪽문의 손잡이를 당겨보았다. 문은 잠겨 있지 않았다. 살그머니 문을 열고 안으로 들어갔다. 손으로 더듬더듬 만지니 불 때는 아궁이가 있고 부뚜막 위에는 크고 작은 가마솥이 걸려 있었다. 그러다 무엇을 잘못 만져서 그만 떨어뜨리고 말았다.

"쨍그랑…."

떨어진 것은 초저녁에 부부가 막걸리 한 병을 같이 나눠 먹고 내놓았던 김치 안주의 스텐접시였다.

"여보, 여보. 부엌에 뭐가 들어왔나 봐요. 고양이인가 한 번 나가봐요."

아직 잠에 깊이 들지 않았던 여자가 말했다.

명수가 잠을 깨서 팬티 바람으로 나와 불을 켰다. 순간 운용은 쪽문 밖으로 뛰어나갔다.

"뭐야, 사람이야. 도둑이야 도둑!"

명수는 오른손에 부엌칼을 들고 왼손에 플래시를 쥔 채 제방 난간에 위태롭게 선 운용을 비추었다.

"저 개새끼, 운용이잖아."

순간 명수는 자신의 눈을 의심했다. 10년 전 자기를 칼로 찔렀던 운용이가 제 앞에 제발로 와서 서 있는 것이다.

"너 일루 와봐. 개새끼야, 이번엔 나한테 죽어 봐!"

명수는 부엌칼을 마구 휘두르며 운용을 몰아붙였다. 미쳐 가방의 칼을 꺼내지 못한 운용은 개울로 뛰어들었다. 그리고 운용은 이내 급류에 휩쓸렸다.

명수는 즉시 119에 신고했다.

"아, 여보세요. 여기 도평리 000번지인데요. 우리 집에 강도가 들어서 쫓았는데 물로 뛰어들어서 급류에 휩쓸렸어요."

곧 명수의 집에 경찰들이 들이닥쳤다. 경찰들은 밤새 수색을 진행하였으나 시체를 찾지 못했다.

이튿날 포천경찰서 이동 파출소에 수사본부가 꾸려졌다. 명수 부부도 9시까지 파출소로 나오라는 전갈을 받았다. 잔뜩 얼어있는 얼굴로 명수가 아내 화자와 함께 파출소의 문을 열었다.

"범인은 서울에서 무고한 시민을 살해하고 고향으로 피신한 전과 23범의 최운용입니다. 최운용과는 평소 아는 사이였습니까?"

이 순경은 자초지종 없이 명수를 공범으로 몰 듯 험악한 목소리로 물었다.

"네, 중학교 동창이었는데, 그 애는 학교를 다니다가 자퇴를 했습니다."

"그렇군요. 그것 말고는 다른 원한 같은 것은 없습니까? 최운용은 하도 전과가 많아서 피해를 준 사람이 너무나 많습니다만."

"네, 중학교 다닐 때 삥을 여러 번 뜯겼습니다. 매도 맞았고요. 그리고…."

"그리고 또 뭡니까? 아는 사실이 있으면 모두 얘기해주세요."

"한 십 년 전쯤 김화 3사단에서 동원예비군 훈련을 받고 돌아온 날 우연히 이동의 한 식당에서 술자리를 같이 하게 되었는데 내가 자기를 째려본다고 기분 나쁘다며 그 새끼가 칼로 저를 찌른 일이 있습니다."

"아, 그때 그 당사자가 바로 본인입니까? 우리 경찰들은 최운용이 하도 사고를 많이 쳐서 그 이야기도 모두 알고 있습니다. 그래서 또 김명수 씨의 집을 침입한 것이군요."

또 다른 순경이 옆에서 넘겨짚었다.

"아, 아니에요. 그 이후 한 번도 연락한 적도 만난 적도 없어요. 침입을 한 게 아니라 숨으려고 들어왔는데 우연히 우리 집에 들어온 것 같아요."

명수의 최근 일정과 전화기 통화 내용 등, 알리바이는 최운용의 죽음과 관계 없는 것으로 판명되었다.

"곧 여섯 12가 되겠습니다. K.B.S. 뜻 뚜뚜 뚜…. 정오 뉴스를 말씀드리겠습니다. 어제 무고한 시민을 죽이고 잠적했던 범인 최운용이 장마에 휩쓸려 변사체로 발견되었다고 경찰수사본부가 발표하였습니다."

사건 현장에 나가 있는 김철민 기자를 불러보겠습니다.

"아, 여기는 포천시 이동면 파출소 앞 다리의 한탄강 상류입니다. 보시다시피 강물은 세차게 흘러가고 있습니다. 도평리에서 강물로 뛰어든 최운용은 급류를 이기지 못하고 급사한 것을 추측됩니다. 목격자의 말에 따르면 그가 추위에 견디지 못하고 민가로 숨어들었다가 목격자에게 발견되자 잡힐까 싶어 도평리 000번지의 강물로 뛰어들었다고 합니다. 범인은 아마도 금방 익사하여 약 2km를 떠내려왔던 것을 보입니다. 이동파출소 앞의 장암교 다리 가장 우측 난간에 걸린 것을 수색 중인 한 전경이 발견하여 보고하였습니다."

* 그렇게 해서 최운용의 36년의 짧은 인생은 따스한 밥 한 끼, 따스한 위로 한마디 받아보지 못하고 끝이 났다. 이는 전방 군사지역에서 생겨난 한 가족의 모순된 이야기를 소설화한 것이다. 어린이는 누구나 사랑받아야 함에도 사랑받지 못하고 유년 시절을 보내다가, 젊은 시절에 살인까지 저지르고 떠난 최운용, 그 잘못은 정말 누구에 있을까? 그의 명복을 빈다.

함흥차사 박순

함흥차사 박순

"전하. 아뢰옵기 황공하오나 이번에 보낸 차사도 죽어서 돌아왔사옵나이다." 이조판서가 태종에게 보고했다.

"어허, 그래요? 그럼 최O철 부사에 이어 이O삼 부윤도 죽어서 돌아왔단 말이오?" 태종 이방원이 물었다.

"네, 전하. 그런 줄 아옵니다." 이조판서가 대답했다.

"아니, 그 두 사람은 장차 우리 조정의 일을 걸머질 유능한 인재들이 아니오?" 이방원이 정말 안타까운 표정으로 이조판서에게 물었다.

"그렇사옵니다. 송구하옵니다. 전하!" 이조판서 역시 안타까운 표정을 지으며 대답했다.

이조판서의 대답에 태종 이방원은 숙고에 들어갔다. 아무리 생각해봐도 옥새를 가지고 고향인 함흥으로 돌아간 아버지이자 상왕인 이성계가 쉽게 돌아올 것 같지 않다. 순간 이방원은 기발한 아이디어가 떠올랐다. 그동안 사사건건 반대해온 사람들을 숙청하는데 아버지의 손을 빌리는 것이다. 그럼 손에 피도 안 묻히고 손쉽게 정적들을 제거할 수 있을 것 같았다. 얼마나 기가 막힌 방법인가?

"이판 대감! 아시다시피 아버지께서 쉽게 돌아오실 양반이 아니오. 그렇다고 해서 내가 직접 함흥에 모시러 간다고 한들 그분께서 내 말을 들어주실 것도 아니고…. 우리 조정의 일이야 급한 일이 한두 가지가 아닐 테지만 시간이 필요한 일이오. 그래서 말인데요. 앞으로 우리가 조정을 이끌어가자면, 정말 우군만 필요하니 모리배나 간신배, 역모를 꾀할 가능성이 있는 사람 열 명을 꼽아보시오." 숙고를 거듭하던 이방원이 오른팔이라 생각하고 있는 이조판서에게 말했다.

"음…, 제 생각으로는 아직도 고려를 잊지 못하고 고려의 방식대로 가자고 하는 사람, 상왕과 형왕을 이어 전하에 이르기까지 줄을 잘 서온 사람, 언제든 입장을 바꿔 우리의 등에 비수를 꽂을 수 있는 사람, 성질이 너무 강해 남과 어울리지 못하는 사람, 역모를 꾀해 나라를 뒤집으려는 속셈이 있는 사람 등을 차사로 선발해 보내시면 좋을 것으로 사료되옵니다. 전하!" 이조판서가 그동안 자신의 일을 사사건건 방해하던 사람들을 머릿속에 떠올리며 대답했다.

"오호라. 그렇군요. 그거 정말 좋은 발상이오. 나라를 위해 동량이 되지 못할 나무라면 애초에 싹을 베어버리는 것도 한 방법이오. 게다가 우리가 피를 묻히지 않고 그런 사람들을 제거할 수 있다면 얼마나 좋은 일이오. 그렇다면 대체 그런 사람이 누구란 말이오." 중년의 이방원이 만면에 희색을 띠며 물었다.

"음, 제가 생각하기론 아직도 고려의 정서에서 헤어나지 못하는 김○구 방어사와 최○철 관찰사, 상왕과 형왕을 이어 전하에 이르기까지 주변 사람들을 이용해 줄을 서며 대대로 가문의 영광만을 꾀하려는 참판 류○룡, 감사 조○희, 그리고 언제든 입장을 바꾸며 조삼모사식으로 행동해온 참찬 박○윤, 제조 송○학, 성질이 고약해 여러 사람의 일을 그르치기 쉬운 지사 양○기, 사간 이○삼과 역모를 꾀할 가능성이 있는 제조 연○수, 사성 황○봉…, 등 10명을 꼽을 수 있을 것 같사옵니다." 이조판서가 그동안 자기의 숙적이라 생각해온 사람들을 하나하나 이유를 대 열거하며 아뢰었다.

"아니, 참판 류○룡과 사간 이○삼, 사성 황○봉도 그런 사람이었소. 짐은 그걸 몰랐구려. 나머지 사람들은 짐이 생각해도 그 사람들은 그동안 나라나 조정보다는 자신들의 안위를 위해 행동해온 사람들인 것 같소. 함흥차사의 선발은 이판대감이 알아서 해주시오. 다만 이 일은 극비에 붙여야 하오. 만일 우리의 생각이 들통나는 날이면, 오히려 상왕께서 군사를 일으킬 일이오. 그러니 차사로 가는 사람에겐 1계급 특진과 녹읍, 산소 자리까지 보장한다고 보상을 내 거시오. 짐이 장차 상왕이 돌아오실 때까지 열 명이건 스무 명이건 차사를 보낼 것이니 바로 시행하도록 하오." 이방원은 이참에 아버지의 손으로 정적들을 제거하고 권력을 공고히 다지고 싶었다.

*

"밖에 누구 없느냐?" 그로부터 몇 달 후 태종이 심기 불편한 얼굴로 사람을 불렀다.

"네, 전하. 불러계시옵니까?" 상선이 어전의 문을 열고 들어와 대답했다.

"이번에 간 차사도 못 돌아왔다는 말인가?" 태종이 상선을 바라보며 물었다.

"네, 전하. 송구하오나 그렇사옵니다." 상선이 자신이 무슨 큰 죄를 저지른 것처럼 안절부절못하며 대답했다.

"아니, 벌써 몇 명째인가? 아버지라 죽일 수도 없고…." 화가 머리끝까지 오른 이방원이 일어서서 어전에 있던 종이 뭉치를 내던지며 말했다.

"아홉 사람이나 죽었나이다. 그렇지만 아무리 그래도 그런 불경스러운 말씀을 입에 올리시면 아니 되옵니다. 전하. 상왕이지 않습니까, 전하?" 상선이 태종의 말을 제지하며 나섰다.

"상왕은 무슨, 고려를 무너뜨린 역적이자, 국쇄를 가지고 도망친 도적이지. 아버지만 아니었다면 벌써 어떻게 되었을 것이다." 벌써 아홉 사람의 차사가 목숨을 잃었다. 아무리 정적을 제거하는 일이라 하긴 해도 태종은 지금 자기가 하고 있는 일이 잘하는 일인지 스스로를 의심할 수밖에 없었다. 이방원은 무슨 대책을 강구해야지 이럴 수는 없었다. 생각해보면 아직 큰 죄를 짓지 않은 무고한 사람들이 아닌가? 의심만으로 사람을 죽인다는 것은, 어리석은 일이라 생각했다. 고심 끝에 이방원이 말했다.

"조정회의를 할 것이니 대신들을 모두 모이시라 이르라." 대신들이 속속 어전으로 들어와 도열했다.

"벌써 아홉 명의 차사가 목숨을 잃었소. 이를 어찌한단 말이오? 국새가 없으니 우리가 무엇을 결정해도 비공식적인 일이 되오. 벌써 공석이 된 자리가 무수히 많소. 국새가 있어야 교지를 내릴 것이 아니오. 게다가 군역과 균전 등에 관한 허락해야 할 문서가 산더미요. 무슨 대책이 없겠소?" 태종이 심기 불편한 얼굴로 좌중을 돌아보며 물었다.

"제가 다녀오겠나이다." 대신들 뒤쪽 자리에서 노기(老氣) 띤 목소리가 들렸다. 순간 조정의 대신들이 '아니 누가?'라 수군대며 두리번거렸다.

"제가 다녀오겠나이다 전하. 아니, 천륜을 어겨도 유분수고, 나랏일을 망쳐도 이만저만이지? 여기서 그쯤 하면 상왕께서도 모른 척 넘어가면 될 일이지. 무슨 그런 고집불통 같은 일이 있단 말입니까? 전하. 저는 상왕과 어려서부터 동무로 자랐사옵니다. 하오니 제가 가보겠사옵니다." 판중추부사 박순이 좌중 앞으로 나서서 비분강개해 말했다.

"언행을 삼가시오. 영감! 그래도 상왕이지 않소. 그런데 환갑이 훨씬 넘은 노구로 그 먼 길을 가실 수 있겠소. 걱정돼서 하는 말이오." 이방원은 자기 앞에서 머리끝까지 화가 나 버럭버럭 소리를 지르며 분을 참지 못하고 나서는 박순의 언행에 기분이 언짢긴 했으나, 일말의 희망이 보이는 것 같아 속으로는 고마움이 들었다.

"전하, 제가 보시다시피 노구이오나, 상왕과 형왕, 그리고 전하에 이르기까지 큰 은혜를 입은 몸이옵니다. 이제 죽어도 여한이 없사옵니다. 이래 죽으나 저래 죽으나 죽기는 매한가지이오니 제가 가서 상왕을 모시고 오겠나이다. 전하." 박순이 죽기를 각오한 어조로 말했다.

"고마운 말씀이오. 대감. 그런데 어찌 그런 노구로 함흥을 가신다고 하셨소?" 이방원이 몹시 궁금한 표정으로 박순에게 물었다.

"전하 얼마 전에 이런 일이 있었사옵니다." 박순은 얼마 전 순찰 중에 있었던 일을 소상히 아뢰었다.

하루는 중추부판사 박순이 부하를 데리고 순찰 중이었다. 그런데 사람들이 모여 웅성거리고 있었다. 박순은 말에서 내려 군중 속으로 들어갔다.

"무슨 일인가?" 박순이 나타나자 백성들은 움찔했다.

"3년 전에 지은 새집인데, 며칠 전 태풍에 기왓장이 날아가 비가 새는 바람에 지붕을 뜯었사온데, 아 글쎄 지네 한 마리가 못에 박혀 있는 것이 아닙니까?" 집주인듯한 사람이 설명했다.

"그래서? 자네는 누구인가? 고작 지네 한 마리가 못에 박혀 있는 것이 이렇게 사람들이 모여 웅성거릴 이유가 된단 말인가?" 박순이 물었다.

"저는 이 집의 주인 되는 사람이옵니다, 나으리. 지네가 그냥 못에 박혀 죽어 있었다면 우리가 이리 웅성댈 이유가 없지요. 며칠을 관찰해보니 아 글쎄, 새끼로 보이는 지네가 어미 지네에게 물을 가져다 먹이는 게 아니겠습니까? 집을 지은 지가 벌써 삼 년이니, 최소한 삼 년 동안 새끼 지네가 어미 지네를 봉양한 셈입니다요." 집주인이 흥분하며 대답했다.

"어허, 그것 참 괴이한 일이로다."

그렇게 대답한 박순은 조정에서 상왕과 임금이 서로를 죽이지 못해 눈에 불을 켜고 싸우고 있는 사실에 속이 쓰렸다. '내 이 일을 어떻게 해결해 드린담…. 그래도 한 살이라도 나이가 더 먹은 우리 같은 사람이 지혜를 모아야 나랏일이 잘 풀릴 텐데….' 그렇게 생각한 박순이 죽을지언정 함흥으로 가 웅어리진 매듭의 실마리를 풀어보려 했던 것이다.

"그런 일이 있었사옵니다, 전하. 한낱 미물도 어버이께 물을 떠다 받치는데, 두 분께서 이리 반목하시면 아니 되옵니다. 전하. 조정과 백성들이 모두 힘들어하고 있사옵나이다. 미천한 이 몸이 죽어서라도 두 분이 마음을 푸신다면 백성들은 쌍수를 들고 만세를 부를 줄 아옵니다. 전하." 박순은 상왕과 주상, 부자간에 골

깊은 마음의 상처를 치유해주고 싶었다.

"그리 생각해주시니 정말 고맙소. 내 이 일을 잊지 않으리다 대감." 이방원은 박순의 진심에 감동하여 눈물을 흘렸다. 그리고 이방원은 친히 어전에서 내려와 박순의 손을 꼭 잡으며 말했다.

"내 채비를 단단히 하라 이르겠소. 부디 건강히 돌아오시길 소망하오. 너무 서두르지 마시고 천천히 다녀오시오."

그리하여 박순은 함흥으로 떠났다. 박순은 성질이 온화하여 한 번 맺은 인연은 저버리는 법이 없었다. 그는 원래 이성계의 사람이었다. 어릴 적부터 이성계와 함께 함흥에서 자란 죽마고우로, 1938년(우왕 14년) 고려 우왕은 이성계, 조민수, 최영 등을 시켜 명나라 땅인 요동을 정벌하려 했다. 당시 이성계는 패전을 모르는 명장이었다. 14세기 중엽 당시 중국에서는 명나라가 건국되었는데, 고려는 원나라의 오랜 간섭에서 벗어나고 싶었다. 정세가 혼란한 틈을 타 북으로는 여진족이 출몰하였고, 홍건적이 고려를 침입하기도 했다. 남으로는 왜구가 끊임없이 들어와 우리 백성의 물질을 침탈해갔다. 그때마다 이성계가 군사를 이끌고 나타나 이들을 잠재웠다. 명나라는 원나라에서 빼앗은 요동 지방을 자기네 영토라고 선언했다. 역사적으로 우리 땅이라 생각하고 있던 우왕은 이성계와 조민수, 최영 등을 시켜 요동을 정벌하려 하였다. 우군통도사였던 이성계 장군 밑에서 도평의사사 지인으로 있던 박순은 요동 정벌에 참여했다. 그러나 박순의 생각은 달랐다.

"장군! 왜 요동을 정벌하려 하십니까? 우리가 원나라에게 얼마나 고초를 겪었는지 잘 아시지 않습니까, 장군?" 요동을 정벌하러 위화도에 도착한 선봉 부대 직속 부하인 박순이 이성계에게 말했다.

"뭐라고? 자네가 뭘 안다고 나서느냐? 그 입 다물지 못할까?" 이성계가 박순을 쏘아붙였다.

"아니, 장군! 생각해보십시오. 우리가 지난 수백 년 동안 원나라에게 당한 고초는 치가 떨리는 일이옵니다. 이제 명나라가 일어났으니, 우리는 명나라 편에 서서 나라를 운용해야 할 줄 아옵니다. 그런 상황에 명나라의 요동을 정벌한다는 것은 작은 우리나라가 제 발등을 찍는 격이 될 것으로 사료되옵니다." 박순은 아무리 상관이라 목이 떨어져도 할 말을 하는 사람이었다.

"오호. 듣고 보니 그럴듯한 말일세. 자네 말이 맞아. 내, 다시 생각해봐야겠어." 박순의 말을 곱씹어보던 이성계는 생각이 바뀌었다. 그래서 진영이 다른 조민수 장군을 찾아갔다.

"조민수 장군! 부하들의 사기가 어떠시오?" 이성계는 평소에 최영 장군보다 가깝게 지내던 조민수 장군을 찾아가 의중을 떠보며 물었다.

"어서 오시오. 이성계 장군! 보시다시피 우리는 사기가 충천하오." 조민수가 대답했다.

"어허, 그런 사기 말고요. 조 장군에 대한 충성도가 어떠하냔 말이오?" 이성계가 조민수의 눈치를 살피며 물었다.

"우리 부하들이야 내가 섶을 지고 불로 뛰어들라 해도 할 사람들이지요. 그렇게 보이지 않소 이 장군?" 조민수가 자랑하듯 말했다.

"조 장군, 주변을 좀 물려주시오. 내 긴히 할 말이 있소." 이성계가 낮은 목소리로 말했다.

"여봐라. 모두 밖에 나가 입구를 지키도록 하라." 조민수가 모두를 보낸 뒤 말했다.

"대체 무슨 일이시오, 이 장군!" 조민수가 궁금해하자 이성계는 박순의 말을 조목조목 설명했다.

"그러니 나와 함께 회군하여 우왕을 몰아내고 권력을 잡읍시다." 이성계가 조민수의 오른손을 두 손으로 움켜쥐었다.

"알겠소, 장군! 그런데 최영 장군은 어찌하려 하시오?" 조민수가 물었다.

"최영 장군은 조 장군이 조금 더 가까운 듯하니 조 장군께서 의중을 떠보시는 게 좋을 것 같소. 그래야 만일 거부당하면, 아무것도 모르는 척하고 있던 내가 그를 제압할 것이 아니오." 이성계가 조민수에게 중요한 일을 떠맡겼다.

"그거 좋은 일이오. 그럼 내가 최영 장군께 회군에 대한 의중을 물어보리다." 그길로 조민수는 최영의 진영으로 갔다.

"이거 순전히 내 생각인데 말이오 장군. 우리 이쯤에서 회군하는 게 어떻겠소. 싸움이 무서워 그러는 게 아니라, 지금껏 원나라에 수많은 고초를 당했으니 명나라와 친해야 하는데 명나라의 땅 요동을 정벌한다는 것은 모순이 있는 것 같아서요." 최영에게 조민수가 조심스럽게 물었다.

"아니, 뭐요? 그럼 주상전하의 말을 거역하자는 것이오?" 최영이 버럭 소리를 질렀다.

"우리가 언제까지 문신들의 시중을 들며 변방에서만 있을 거요. 우리도 문신을 누르고 권력을 한 번 잡아봐야 하지 않겠소?" 조민수가 최영을 회유하려 들었다.

"황금을 보기를 돌같이 하라고 했잖소. 장군이 나라만 잘 지키면 되지 무슨 권력이 필요하오? 나는 그런 일 못하겠소. 내, 이 일을 조정에 전하여 당신을 처벌하겠소." 최영이 불같이 화를 내며 문을 박차고 나갔다. 조민수는 이 사실을 이성계에게 알렸다. 이성계는 조민수와 합세하여 최영을 감금하고 위화도에서 회군을 결정하였다.

그리하여 이성계는 조민수를 회유하고 최영을 숙청하여 명나라 요동을 공격하지 않고 조정으로 돌아간다는 편지를 써서 박순이 이를 우왕에게 전했다. 그리고 이성계는 위화도에서 회군하여 우왕을 폐위시키고, 훗날 고려가 멸망하고 조선을 건국하였는데, 박순은 조선 건국에 큰 공을 세웠다. 그리하여 박순은 조선의 개국공신이 되어 상장군에 임명되었다. 상장군은 당시 군 최고의 계급이었다. 상장군이 된 박순은 새로 세운 나라 조선이 잘 안착할 수 있도록 이성계를 근거리에서 도우며 백성의 안위를 지키려 애썼다. 그리고 그 공로로 태종대에서 중추부판사[1]의 직책을 맞고 있던 것이다.

　1392년 58세란 늦은 나이에 조선을 건국한 태조 이성계에게는 여러 명의 아들이 있었다. 첫 번째 부인인 한 씨 소생으로 여섯 명의 아들과 두 번째 부인 강 씨 소생으로 두 명의 아들이 그들이었다. 태조는 환갑을 바라보는 나이였으므로 얼른 세자를 책봉해 나라를 물려주고 싶었다. 그런데 이성계는 첫 부인인 한 씨 부인의 소생들은 이미 다 성장하였는데, 두 번째 부인인 강 씨 부인의 소생 중 막내아들인 어린 방석을 세자로 책봉했다. 이는 이성계를 도와 조선을 건국하는데 큰 공을 세운 정도전의 적극적인 지지를 받았기 때문이다.

　이는 나라를 흔드는 큰 불씨가 되었다. 장자의 원칙을 무시하고, 조선 건국에 기여한 바도 없는 가장 어린 아들, 그것도 두 번째 부인의 아들이 세자로 책봉되자 건국에 공이 컸던 첫 번째 부인 아들들의 반발이 컸던 것이다. 그중 권력에 욕심이 있었던 다섯 번째 아들 이방원의 반발은 필연적인 것이었다. 이에 1938년 이방원은 정도전을 제거하기 위해 형제들과 정변을 일으켜 세자로 책봉된 방석과 그의 형인 방번을 유배시킨 뒤 살해하였다.

　사랑하던 자식 둘을 갑자기 잃은 이성계는 큰 슬픔에 빠져 한 씨 소생 둘째 아들 방과에게 왕위를 물려주고 상왕으로 물러난다. 그가 정종이다. 정종은 한양에서 도읍을 개경으로 옮겼는데,

---

1) 중추부판사 : 지금의 정무장관에 해당하는 직책

이때 1400년 넷째 아들 방간이 다시 난을 일으켜 골육상쟁의 난이 되는데 이를 왕자의 난이라 한다. 이 모든 핵심에는 다섯째 아들인 이방원이 개입되어 있었고, 이에 분노한 이성계는 옥새를 가지고 고향인 함흥으로 떠나버린 것이다.

태조 이성계가 함흥으로 떠나버리자 태종 이방원은 상황이 난처해졌다. 모든 일이 꼬이고 대신들에게 정통성마저 위협받고 있었다. 이렇게 가다가는 어렵게 취한 왕위마저 흔들릴 수 있다는 위기감에 태종은 하루빨리 상왕을 돌아오게 해야만 했는데, 가는 사람마다 죽임을 당했고 마침내 이성계의 죽마고우 박순이 죽음의 길을 떠나게 된 것이다.

노구(老軀)의 몸을 이끌고 함흥으로 가는 박순의 노정(路程)은 쉽지 않았다. 때는 가을이 막 시작되는 시기로 강원도 함경도의 날씨는 찬 바람이 살을 파고드는 날씨였다. 함흥행 첫날, 파발 역참에 도착한 박순은 역관을 찾았다. 파발 역참의 역관은 조정에서 연락이 있었다며 한 필과 신하 한 사람을 붙여주었다.

그런데 함께 가던 말이 길을 떠난 지 사흘 만에 원산에 이르자 새끼를 낳았다. 처음에 파발 역참을 떠날 때는 어미 말의 배가 그리 부르지 않았는데, 새끼를 낳게 된 것이다. 역참에서 하도 중대한 일로 떠나는 일행이라 힘 좋은 말을 내주려다가 착오가 생긴 모양이었다. 박순은 난처했다.

"이것 참 괴이할 일이로다. 이를 어떤 담⋯. 경사긴 경사인데⋯. 저 새끼를 떼어두고 가자니, 새끼는 아비 잃고 방황하는 임금의 마음이 될 게 아니냐? 우리 여기서 며칠 더 유하면서 저 망아지가 따라올 기력이 오를 때까지 기다렸다가, 그 후에 길을 가자꾸나?" 박순은 데리고 온 부하에게 어미와 새끼를 잘 돌봐주라 이르고, 주막에서 유하며 '어떻게 해야 상왕의 마음을 돌릴 수 있을까?' 궁리했다.

"망아지가 제법 잘 뛰노는구나. 어미 곁에만 있다면 큰 일은 없을 것 같다. 이제 길을 떠나자꾸나." 주막에서 사흘을 보낸 박순이 신하에게 말했다.

"네, 영감! 알겠사옵니다. 이랴, 가자." 부하는 봇짐을 싣고 길을 재촉하여 다시 사흘 만에 함흥에 이르렀다. 멀리 행궁이 보였다.

"여보게. 망아지를 여기 이 버드나무에 묶어두게." 박순이 부하에게 일렀다.

"네. 나으리. 아니 무슨 일로 새끼를 떼어두고 가시려 합니까? 행궁이 저기 보이니 조금만 데리고 가시면 될 일을요." 부하가 의아해하며 물었다.

"어허, 무엄하도다. 시키면 시키는 대로 거행하지 않고서…. 감히 어느 안전이라고 말대꾸를 하는 것이냐. 네 이놈!" 박순이 부하를 호되게 꾸짖었다.

박순이 새끼를 매어둔 채 행궁을 향하자 망아지가 어미의 뒷모습을 보며 울부짖었다. 어미 말도 자꾸만 뒤를 돌아다보며 앞으로 가려하지 않았다. 망아지 울음소리에 행궁 안에 있던 이성계는 밖을 내다볼 수밖에 없었다. 그런데 저기 멀리서 어릴 적 친구 박순이 말을 타고 부하와 함께 오고 있지 않은가? '오호라, 저기 저 말을 타고 오는 사람이 박순 영감이로구나. 늙은이가 추운 날 여기까지 오다니. 방원이란 놈이 똥끝이 타는 게야. 내 친구까지 차출해 이 먼 길을 보내다니….' 이성계는 박순을 첫눈에 알아보았지만, 속으로는 못 본 척 행궁의 안채로 들어가 신하에게 일렀다.

"여봐라. 저기 말을 타고 오는 사람도 방원이가 보낸 차사니라. 음식과 주안을 마련해주고 돌려보내도록 하라. 나를 찾으면, 사냥을 떠나서 며칠 동안 돌아오지 않을 거라 이르라. 알겠느냐?" 아무리 친구라도 방원만 생각하면 꼴도 보기 싫었던 이성계가 신하에게 다짐하며 말했다.

"알겠사옵니다. 폐하!" 이성계의 불같은 성격을 잘 알고 있는 신하가 머리를 조아리며 대답했다.

"이리 오너라. 으흠, 으흠! 이리 오너라!" 곧 행궁에 도착한 박순이 큰 소리로 사람을 불렀다. 행궁에는 행궁을 지키는 수십 명의 장수도 보였다.

"어서 오십시오, 나리. 어디서 온 뉘시옵니까?" 행궁에서 신하가 나와 관등성명을 요구했다.

"음, 나는 한양에서 온 판중추부사 박순이다. 임금의 명을 받들어 상왕을 모셔 가려고 이곳까지 왔느니라. 박순이 수염을 한 번 쓰다듬으며 위엄있는 저음으로 말했다.

"그런데 이 일을 어쩌지요, 대감 나으리! 상왕께서는 지금 사냥을 떠나시고 행궁에는 아니 계시옵나이다." 행궁 신하가 뭔가 속이는 듯한 석연치 않은 어투로 대답했다.

박순은 속으로 '내가 아무리 상왕의 친구라 할지라도 순순히 만나주었다가는 상왕께서 함흥에 거처하고 계신 명분을 잃을 수도 있겠지? 상왕께서는 아무래도 왕께서 직접 와서 데려가길 바라는지도 몰라. 어허, 그렇다면 이거 낭패일세. 내가 아무리 좋은 말을 한다 한들 안 가겠다고 하실 게 뻔하잖아. 벌써부터 나를 만나주지 않고 따돌리시는 걸 보면 보통 일은 아닐세. 낭패로다. 낭패야.' 그렇게 생각하며 행궁에서 나오는 신하를 대하고 있었다.

"으흠, 그래? 그러면 내 며칠이고 한 달이고 기다림세. 내 직책이 판중추부사라 특별히 주어진 임무가 있는 것도 아니고, 어명을 받드는 일이나 나라를 위한 일이라면 어디에서 잠을 자든 무엇을 먹든 상관 없는 사람일세. 특별히 바쁜 것 없는 늙은이이니 방을 하나 내어주면 열흘이고 한 달이라도 기다림세." 상왕이 행궁 안에 거하고 있음을 눈치챈 박순은 느긋한 마음으로 대꾸했다. 왜냐하면 그가 타고 온 말이 새끼를 떼어놓자 서로 소리를 지르고 있는데, 행궁 안에 있는 말이 그 소리를 듣고 우는 소리가 들렸기 때문이다.

"알겠습니다, 대감 나으리. 그럼 잠시만 기다리시지요. 처소를 배정해서 모시겠사옵나이다." 행궁 신하는 박순의 눈치를 보며 그리 말하고 행궁 안으로 들어갔다. 시간이 지날수록 새끼를 떼어놓은 말의 우는 소리가 더해졌다. 망아지가 목이 쉬어라 울어대고 있었기 때문이다.

"폐하! 판중추부사께 상왕께서 사냥을 떠나서 며칠 지나야 돌아온다고 말씀드렸사온데, 판중추부사 대감은 열흘이고 한 달이라도 기다리겠다고 하옵니다." 행궁으로 들어간 신하는 상왕에게 이를 소상히 보고했다. '과연 내 친구 박순이로다. 어찌 이 먼 데까지 새끼 딸린 말을 타고 올 수 있단 말인가? 허허.' 상왕은 속으로 혀를 내두르며 중얼거렸다.

"여봐라. 판중추부사 대감을 행궁 안으로 모시도록 하라." 이성계는 더 생각할 여지 없이 박순을 행궁 안으로 들이도록 지시했다.

"알겠사옵니다. 전하. 그리 분부대로 거행하겠나이다." 행궁 신하는 상왕의 분부를 받잡고 밖으로 나왔다.

"안으로 드시지요. 대감." 행궁 신하가 박순을 안으로 모시며 말했다.

"어서 오시오. 박 대감! 이 먼 곳까지 어인 일이시오?" 이성계가 박순의 손을 잡으며 반갑게 맞이했다.

"이 어른은 판중추부사이자 내 어릴 적 동무니라. 어서 주안상을 마련하라." 그동안 한양에서부터 함흥까지 천릿길을 마다치 않고 상왕을 찾아온 인물들은 대부분 이성계와 가까운 인물들이었는데, 권력의 옆에 서고자 갖은 술수를 부렸던 인물들이었다.

그래서 이성계는 그들이 오는 것이 싫었다. 그러니까 이방원이 보낸 차사들은 이방원뿐만 아니라 이성계도 싫어하는 인물들이었던 것이다. 그러나 박순은 한 고을에서 같이 자란 동무라 정말로 반가웠다. 그동안 여러 명의 차사들이 그를 찾아왔지만, 이성계의 눈에는 그들이 기회주의자 같고 싫었기 때문이다. 이윽고 주안상이 마련되었다.

"자, 술 한 잔 받으시오. 아무튼 잘 오셨소, 그동안 마음에 맞는 술친구가 없어 내 심히 외롭던 참이오. 그런데 하나 묻겠소. 망아지를 이곳에 가까이 데려오지 않고 나무에 매어 둔 것은 무슨 까닭이오, 대감?" 이성계가 박순에게 물었다.

"네, 폐하. 상왕께서 계신 곳에 거의 닿았으니, 혹시나 망아지가 날뛰며 상왕의 심기를 흐릴까 염려되어 매두었는데, 어미와 새끼가 차마 서로 헤어지지 못하고 큰 소리로 울어서 외려 상왕의 심기를 흐렸나이다. 송구하옵니다. 하오나 미물이라도 가족 간의 지극한 정을 보자니, 이리 멀리서 혼자 계신 상왕께서는 가족이 얼마나 그리우실지 눈물이 나옵니다." 그렇게 박순은 한참 동안 눈물을 흘리며 오열하였다. 상왕도 박순의 진심에 감동하여 눈물을 줄줄 흘리며 박순의 손을 잡았다.

"자, 그만 우시고 내 술 한 잔 받으시오. 대감!" 이성계가 박순의 울음을 만류하며 술잔을 내밀었다.

"성은이 망극하옵니다. 전하. 제 술도 한 잔 받으시오소서." 한동안 울고 난 두 사람은 다시 술잔을 부딪쳤다.

"내가 한양으로 돌아가지 않은 것은 내 자유요. 아무리 많은 사람들이 나를 데려가려 한다손 치더라도 나는 돌아가지 않을 것이오. 그러니 박 대감은 나랑 술이나 한 잔 하시면서 석 달 열흘 휴양이나 하고 돌아가시오." 이성계의 권유에 박순은 '그러실 테지. 내가 가자고 금방 한양으로 돌아가실 분이 아니야. 맘이 풀어지고 응어리가 녹아야 돌아가실 게야. 내 이를 어떻게 풀어드린담.' 속으로 생각했다. 그리고 '바둑 친구도 해드리고, 술친구도 해드리며 사냥 친구도 해드려서 상왕의 속에 있던 응어리가 어느 정도 풀어지면 말씀을 드려야겠어.'라 생각하며 우선 이성계가 하자는 대로 할 마음으로 고쳐먹었다.

그리하여 이성계와 박순은 어릴 때처럼 또다시 둘도 없는 친구가 되었다. 술도 마시고 장기 바둑도 두며, 가끔 사냥을 나갔다. 애들처럼 고누도 하고, 붓을 들어 각자 시를 지어 읊기도 했다. 어릴 적 공부하던 소학이며 논어 맹자에 관한 이야기도 나누었다. 그런 시간이 오래 지나감에 따라 이성계는 마음이 완전히 풀어져서 가끔 불같이 화내던 것도 온화해졌다.

"박 대감, 오늘은 비가 온다고 하니 부침개를 구워 탁주 내기 바둑이나 한 판 둡시다." 어느 비 내리던 날 이성계는 박순에게 바둑을 두자고 제의했다.

"좋습니다. 마마! 그렇지만 절대로 무르는 법은 없는 겁니다. 약속해 주십시오 마마." 지난 번 바둑을 둘 때 한 수만 무르자는 이성계의 말에 박순이 대패한 기억이 있기 때문이었으나, 이는 박순이 일부러 청을 넣는 척 엄살을 부려서 친구의 우정을 확인해보고 싶었다. 실은 그날도 한 수를 무르면 자신이 지는 바둑임을 알면서도 물러 주었던 것이다.

그리하여 그날도 이성계와 박순은 마주 앉아 바둑을 두고 있었다. 그런데 때마침 천정 대들보에서 어미 쥐가 새끼를 물고 가다가 마루로 떨어뜨려 새끼가 죽게 되었다. 이성계와 박순은 서로의 얼굴과 죽은 쥐새끼를 번갈아 쳐다보면서 말을 잇지 못하고 있었다. 그때 어미 쥐는 두 사람의 기척이 있었음에 바둑판 가까이에까지 와서 죽은 새끼를 물고 달아났다. 그때였다.

"마마! 마마! 엉엉, 어어엉···. 상왕 마마···." 박순이 큰 소리로 '상왕 마마'를 울부짖으며 두고 있던 바둑판에 엎드려 구슬프게 울었다.

"엉엉, 어어엉. 방원아. 미안하구나." 박순이 구슬프게 울자 이성계는 아들 방원의 목숨과 나라의 안위가 경각에 달렸음을 깨달았다.

"박 대감! 이리 와서 나를 보살펴주시니 정말 고맙소! 내 곧 대궐로 돌아갈 것이오. 하니 대감께서도 이만 옥체 보전하시고 한양으로 돌아가시오." 상왕은 말과 쥐의 두 일화로 인해 천륜의 중요함을 깨닫고 대궐로 돌아갈 뜻을 밝혔다.

"폐하. 그럼 저는 이만 한양으로 돌아가겠사옵니다." 박순이 예를 다해 하직 인사를 고했다.

"잘 가시오. 고마웠소, 대감!" 박순이 하직 인사를 하자 이성계는 박순의 끌어안으며 친구의 정을 나누었다.

"박순 대감을 왜 안 죽이는 겁니까? 친구라도 죽여야만 하옵니다." 박순이 타고 온 말과 함흥으로 오는 도중에 낳은 망아지 한 마리, 그리고 부하와 함께 길을 떠나자 신하들이 와서 박순을 죽여야 한다고 청하였다.

"박순은 이미 용흥강(龍興江)을 건넜으리라. 자 이 칼을 받으라. 만약 이미 강을 건넜으면 추격하지 마라. 알겠느냐?" 이성계는 박순이 비록 자기의 친구라 지난 한 달 동안 행복한 시간을 보냈지만 다른 사자들과 같이 박순을 죽여야만 했다. 그것이 방원에 대한 보복이오, 자신의 뜻에 맞는 새 임금을 세우는 일이었기 때문이다.

"이보게. 조금 쉬다 가세. 내가 복통이 너무 심해 갈 수가 없네. 그려." 함흥 행궁을 떠나온 박순은 용흥강 가에 닿았는데 무슨 일인지 배가 뒤틀리고 아파 움직일 수가 없었다. 갑작스럽게 병에 걸려 배 안에 누워 강가를 벗어나지 못하고 있었던 것이다. 그때 복면을 한 자객이 말을 타고 달려와 말에서 내렸다.

"미안하오 대감. 상왕 폐하의 어명이오. 칼을 받으시오." 이성계가 보낸 자객이 박순을 보고 말했다.

"내가 죽어 나라가 안정된다면 죽어도 여한이 없다. 어서 베어라." 박순이 지그시 눈을 감자 자객이 그의 허리를 베었다. 박순은 죽으면서까지 이성계가 있는 쪽으로 머릴 두고 허리에서 쏟아져 나오는 피에도 무언가 중얼거렸다.

"…."

"폐하, 박순의 허리를 베고 돌아왔나이다." 자객이 이성계에게 보고했다.

"그래. 안타까운 일이로다." 이성계는 눈물을 보이며 침통한 표정으로 한동안 말을 잇지 못했다.

"박순이 죽으면서 무어라 하던가?" 이성계가 물었다.

"북쪽으로 행궁을 향하여 고개를 돌리며 말했습니다. '신은 죽습니다. 원하옵건대 부디 전에 하신 말씀을 바꾸지 마소서.'라고 부르짖었습니다." 자객이 대답했다.

"박순은 어렸을 적 나의 좋은 친구다. 나는 지난번에 한 말을 번복하지는 않을 것이다." 이성계가 눈물을 흘리며 말했다.

"모두들 들으라. 나는 한양으로 돌아갈 것이다. 모두들 채비하라." 그리고 이성계는 어가를 돌려 한양의 대궐로 행했다.

"어서 오십시오. 그동안 얼마나 고생이 많으셨습니까? 아바마마!" 태종 이방원이 상왕이자 태조 이성계를 맞아 무릎을 꿇었다.

"그래. 그동안 수고가 많으셨소. 주상! 내 뭉니를 부려 미안하오. 우리 조선이 만만세세 이어가려면, 우선 우리 왕가가 법도와 규율보다 먼저 우애로워야 한다는 것을 내 이번에 절실히 깨달았소. 박순 대감이 내게 그걸 알려주셨구려." 오랜 함흥살이에 외로움과 불편함을 감내해야 했던 이성계가 부쩍 늙고 왜소해진 모습으로 아들 방원에게 말했다.

이성계는 그로부터 6년 뒤인 1406년 5월 24일에 세상을 떠났다.

* 태종 이방원은 함흥차사 박순의 죽음을 듣고 애통해하면서 벼슬의 등급을 더하여 극진히 대하고, 화공에게 명하여 그의 반신을 그리도록 했다.
* 판중추부사 박순의 본관은 음성(陰城)으로 증조부는 공부상서 박재(朴梓)이고, 조부는 전리총랑 박현계(朴玄桂)이며, 아버지는 군사(郡事) 박문길(朴文吉)이다. 1402년(태종 2년)에 함흥차사로 가서 살해되었다. 이 일로 태종은 박순의 공을 기록하고 관직과 토지를 내리는 한편 자손의 등용을 명령하였다. 그의 부음을 듣고 자결한 부인 임 씨(任氏)에게도 묘지를 내렸으며, 고향에 충신·열녀의 정문을 세우도록 하였다. 민정중(閔鼎重)이 시장(諡狀)을 지었다. 박순의 시호는 충민(忠愍)이다.
* 우리는 함흥차사로 가는 사람마다 죽어서 돌아오지 못했다고 하지만, 어떤 문헌에는 아무도 죽은 사람이 없다고도 전한다. 여기서 이조판서와 태종 이방원이 함흥차사를 선발하는 데 정적을 제거하기 위해 선발했다고 하는 것은 오로지 소설적 플롯이며 아무런 근거가 없음을 밝힌다.

- 자료출처 : 이유원(李裕元)의 『임하필기(林下筆記)』

윌리엄 해밀턴 쇼(희곡)
- William Hamilton Shaw

- 이 희곡은 2020년 가을 은평연극협회에 의해 은평예술회관에서 연극으로 이틀 동안 공연되었다.

‖ 희곡 ‖

윌리엄 해밀턴 쇼

- William Hamilton Shaw

나오는 사람들

윌리엄 해밀턴 쇼(29, 주인공)
주아니타(27, 해밀턴 쇼의 아내)
스티븐 쇼(5, 해밀턴 쇼의 장남)
리차드 쇼(3, 해밀턴 쇼의 차남)
밀라니(1, 해밀턴 쇼의 딸)
얼 쇼(63, 해밀턴 쇼의 아버지)
도널드 리건(29, 해밀턴 쇼의 대학원 친구)
프랭크(58, 하버드대 종교철학과 교수)
맥아더 장군(57, 유엔군참모총장)
은평구청장
자유총연맹 회장
해군 참모장
맥그리거 중령(해병대 대대장)
개리 중사
신다회 시인 외 다수

1. 역촌동 은평평화공원

(사람들이 웅성웅성 모여 윌리엄 해밀턴 쇼의 추도식이 진행되고 있다.)

사회자 : 지금부터 윌리엄 해밀턴 쇼의 72주기 추도식을 거행하겠습니다.
국기에 대하여 경례(미국 국가가 후반부가 흘러나온다.)
바로, 다음은 윌리엄 해밀턴 쇼, 서위렴 2세에 대한 묵념을 하시겠습니다. 일동 묵념!

(추모 음악이 흘러나온다.)

사회자 : 바로, 다음은 윌리엄 해밀턴 쇼에 대한 약력을 소개하겠습니다. 윌리엄 해밀턴 쇼는 일제강점기의 한국 선교사 윌리엄 얼 쇼의 외아들로 1922년 6월 5일 평양에서 태어났습니다. 그곳에서 고등학교를 마친 그는 미국 웨슬리언대를 졸업하고 2차 세계대전 중 해군 소위로 노르망디 상륙작전에 참전하여 무공훈장을 수상합니다. 그리고 1947년 한국으로 돌아와 해군사관학교 교관으로 근무하며 한국해안경비대 창설에 기여합니다. 그리고 군에서 제대 후 하버드대에서 박사과정을 밟던 중

6·25전쟁이 터지자 젊은 부인과 세 아이를 뒤로하고 해군으로 한국전쟁에 재입대합니다. 그리고 유창한 한국어로 맥아더 장군을 보좌하며 인천상륙작전에 성공한 뒤 그는 내 조국은 내가 찾겠다며 해병대로 보직을 바꿔 서울 탈환에 나섰다가 인민군 매복조의 습격을 받아 녹번리에서 전사합니다. 윌리엄 해밀턴 쇼 대위님께 경의를 표하며 박수를 보내주시기 바랍니다.

(관객들에게 박수를 유도하여 우레와 같은 박수가 터져나온다.)

사회자 : 다음은 은평구청장께서 추도사를 하시겠습니다.

은평구청장 : (젊은 여성 구청장이 군청색 양복에 하얀 와이셔츠 차림으로 나와 마이크 앞에 선다.) 존경하는 은평구민 여러분, 사랑하는 서울시민 여러분, 자유를 사랑하는 대한민국 국민 여러분, 저는 오늘 매우 엄숙하고 감사한 마음으로 이 자리에 섰습니다. 오늘은 해밀턴 대위의 가족이신 큰며느리 캐롤 캐머런 쇼님, 둘째 아들인 리차드 쇼 님, 손자 스테판 쇼 님과 조카 캐서린 님, 엘리자베스 님, 참전용사이신 제서스 로드리콰이어즈 님께서 오늘 이 자리에 나오셨습니다. 그리고 은평재향군인회 회원님들과 자유총연맹 회원님들께서도 나오셔서 오늘 추도식에 참여해주셨습니다. 윌리엄 해밀턴 쇼 같은 분이 계시지 않으셨다면 오늘날 우리의 자유는 없

을 것입니다.

(구청장이 말끝을 흐리며 장면이 바뀐다.)

사회자 : 다음은 자유총연맹 은평구지회 회장께서 추도사를 하시겠습니다.

자유총연맹 회장 : (헛기침을 두 번 하며 마이크를 두드리다가 준비된 바인더를 들고나와 보고 읽는다.) 아아. 존경하는 은평구민 여러분, 자유를 사랑하는 대한민국 국민 여러분! 윌리엄 해밀턴 쇼가 왜 우리나라, 그것도 은평구 녹번동에서 목숨을 바쳐 공산 괴뢰도당과 맞서 싸우다 죽었겠습니까? 그것은 인류가 추구하는 보편적 가치인 자유 때문입니다. 지금의 세계정세는 전쟁에 휘말려 있습니다. 우크라이나와 러시아의 전쟁이 시작된 지 벌써 10개월로 접어들고 있습니다. 우크라이나의 죄 없는 국민들 5만여 명이 죽거나 다쳤고, 러시아의 군인들이 5만여 명이 죽고 20여 만 명의 부상자가 고통을 호소하고 있습니다. 윌리엄 해밀턴 쇼가 우리의 6.25전장에 뛰어들 때도 러시아가 뒤에 있었고, 지금도 러시아는 다른 나라 땅을 넘보고 있습니다. 게다가 중국의 시진핑은 수십 년 동안 자유진영에서 잘 살아온 대만을 하나의 중국이라는 터무니 없는 주장으로 위협하고 있습니다. 북한의 김일성이 소련제 탱크를 앞세우

고 우리나라가 침략당했을 때 윌리엄 해밀턴 쇼 같은 젊은이가 없었더라면 오늘의 선진국 대한민국은 없었을 것입니다. 지금도 러시아와 중국의 손아귀에 놀아나는 북한처럼 우리는 굶주리고 헐벗으며 자유를 유린당하고 있을 것입니다. 당시 우리나라는 자유진영에서 독일, 덴마크, 스웨덴, 에디오피아, 벨기에, 남아프리카공화국, 터키, 뉴질랜드, 캐나다, 오스트레일리아, 이탈리아, 노르웨이, 인도, 콜럼비아, 룩셈부르크, 그리스, 태국, 필리핀, 프랑스, 영국 등 20개 나라가 전투에 참전해주었고….

(서서히 불이 꺼진다.)

2. 전쟁터, 녹번동 산기슭

(여기저기 주검이 나뒹굴고 있다. 땀과 먼지로 뒤범벅된 윌리엄 해밀턴 쇼가 바위에 걸터앉아서 가슴 주머니에서 지갑을 꺼낸다. 그리고 지갑 속에서 흑백사진 두 장을 꺼낸다. 한 장은 부모님의 결혼사진이고, 한 장은 윌리엄 해밀턴 쇼의 가족사진이다.)

해밀턴 쇼 : (사진 속의 윌리엄 얼 쇼 아버지와 어머니의 얼굴을 만지며) 아버지 어머니 죄송해요. 전장에 가지 말라는

말씀을 거역하고 전쟁에 와서요. 조금만 기다려주세요. 아버지! 제가 당신들의 체취가 묻어나는 평양을 탈환해 드리겠습니다. 공산침략자들을 몰아내고 그곳에 당신의 교회를 다시 세워드리겠습니다. 저도 고향 친구들과 만나 대성산의 진달래꽃을 따러 가겠습니다. 유년의 추억이 서린 대동강 물에 멱을 감겠습니다. 조금만 기다려주십시오.
(두 눈에 눈물이 흐른다. 부모님 사진을 뒤로 포개며 가족사진을 앞으로 쥔다. 사진 속의 아이들의 얼굴을 매만지며 사진에 대고 키스한다.) 여보 주아니타! 사랑하오. 너무나도 보고 싶소. 그러나 내겐 이곳에서 해야 할 일이 남아 있소. 내 고향 사람들에게 웃음을 되찾아주는 일이오. 평화를 되찾아주는 일이오. 그들의 전통과 추억을 계속 유지하며 살 수 있도록 도와주는 일이오. 그것은 곧 나의 일이고 당신의 일이며, 미국의 일이오. 조금 더 기다려줄 수 있겠소 여보!
(또다시 흐느끼다시피 가슴 벅찬 눈물을 흘리며, 비장한 얼굴로) 사랑하는 큰아들 스티븐 쇼! 둘째 아들 리차드 쇼, 그리고 막내딸 밀라니야! 아빠가 전장에서 죽는다고 할지라도 슬퍼하지 말아라. 이 세상의 누구든 한 번은 죽는단다. 아빠는 평양의 고향 사람들이 죽어가고 있는데 한가로이 공부나 하고 있을 순 없었단다. 맥주를 마시며 야구나 즐기고 있을 수는 없었단다. 이해해주렴!"

3. 미국 하버드대학교 교문 앞

(친구 도널드 리건과 함께 하버드대학교 교문을 걸어 나오고 있다.)

해밀턴 쇼 : (흥분한 듯) 야호, 드디어 시험이 끝났다. 야, 리건! 내일 야구 보러 가지 않을래? 뉴욕 자이언트와 LA다저스가 붙는단 말이야. 이번 야구는 어디가 이길 것 같니. 난 원래 뉴욕 자이언트 팬이었는데 요즘은 달라졌어. LA다저스가 너무 좋아졌어. 다저스 단장 브랜치 리키는 온갖 모욕과 핍박, 차별을 참아내며 세계 최초로 흑인선수 재키 로빈슨을 받아들여 백인들의 잔치였던 메이저리그 다이아몬드에 세웠잖아? 그것도 1루수 겸 4번 타자로 말이야.

도널드 리건 : (며칠 간의 시험공부에 지친 모습의 리건은 깜짝 놀라 쇼와 거리를 두면서) 야, 인마! 흑인 보러 가려면 너나 혼자 가라! 세상에는 귀천의 구분이 있는 거야. 백인과 흑인은 달라! 백인은 우월해. 우리 백인들은 이 세상을 지배하기 위해 태어난 거야! 이 신성한 메이저리그에 흑인 선수를 기용한다는 것은 수치야! 흑인들이 할 수 있는 스포츠는 무수히 많아. 복싱도 있고 레슬링도 있고 할 수 있는 운동이 많잖아! 왜 흑인들을 메이저리그 게임에 넣는 거야! 내가 보건데 이제 메이저리

그는 망했어! 이젠 야구 같은 거 다신 안 볼 거야. 미식축구도 있고 농구도 있고 얼마나 재미있는 게 많은데 그따위 야구를 보겠어! 그럴 시간이 있으면 공부나 한 자 더 해 인마!

해밀턴 쇼 : (실망 섞인 표정으로) 그래? 싫으면 그만둬라! 우리 와이프 주아니타랑 봐야지! 인마, 네가 안 보겠다고 하면 함께 야구 보러 갈 사람이 없는 줄 알아? 짜식! 모처럼 시험도 끝나고 해서 머리도 식힐 겸 맥주나 마시면서 야구 좀 보려고 했더니 튕기긴 되게 튕기네! 인마, 피부 색깔이 어떻든 사람은 누구나 소중한 거야. 누구나 성공할 수 있고, 누구나 능력을 인정받아야 하는 거야! 그 피부 색깔 때문에 잘하는 것을 인정하지 않는다면 어떤 게임도 반쪽이 될 수밖에 없는 거야 인마! 싫으면 관둬! 그래, 그럼 월요일에 만나자! 잘 가! (기분 나쁜 표정을 지으며 혼잣말로) 갓댐! 지들이 뭐 세상의 주인인 줄 알아, 흑인들을 노예로 잡아 온 주제에. 세상은 모두 똑같단 말이야. 흑인이건 유색인종이건 모두 행복하게 살 권리가 있는 것이라고. 리건, 너 같은 놈은 하버드에서 공부할 자격이 없어 인마! 우리가 공부하는 이유는 백인만 잘 살려고 하는 게 아니야 인마, 인류 모두가 잘 살기 위해 공부하는 거야 인마!

(버스정류장에서 손을 들어 버스를 탄다.)

4. 해밀턴 쇼의 집 정문

해밀턴 쇼 : (가슴에는 종이봉투에 든 바게트 빵이 보인다.) 스티븐, 리차드! 어디 있니? 아빠 왔다."

(다섯 살인 큰아들 스티븐 쇼와 둘째 아들 리차드 쇼는 멀리서 들리는 아빠의 음성에 팬티차림으로 뛰어나오고, 뒤를 이어 딸아이 밀라니는 엄마 주아니타의 품에 안겨진 채 거실에서 나오고 있다.)

해밀턴 쇼 : (둘째 아들 리차드를 안아 위로 번쩍 던졌다가 되받으며.) 잘 놀았어, 리차드? 엄마 말 잘 들었어?"
리차드 쇼 : (엄마 쪽으로 손을 가리키며) 응, 아빠! 엄마 좀 야단쳐줘! 엄마가 '이놈'했어?"
해밀턴 쇼 : (눈을 둥그렇게 뜨고 바라보며) 그래, 왜 엄마가 혼을 냈을까?

주아니타 : (남편 해밀턴 쇼에게 역성을 들어달라는 표정으로) 글쎄, 콜라를 두 병이나 마셨는데 또 사달라고 하잖아요."
해밀턴 쇼 : (자기의 이빨을 손가락으로 가리키며) 그랬구나! 그러면 안 돼요. 콜라는 가끔 한 번씩 먹는 거야! 날마다

먹으면 이가 '아야!' 해요!"

주아니타 : (해밀턴 쇼의 볼에 가볍게 키스를 하며) 시험 잘 봤어요? 여보!

해밀턴 쇼 : (아내의 가슴에 안겨 있던 딸을 넘겨받아 볼에 살짝 키스를 하면서) 밀라니도 잘 있었어? 뽀!"

해밀턴 쇼 : (상기된 목소리로) 여보, 주아니타! 내일 우리 식구 모두 야구장에 가자! 뉴욕 양키즈와 LA다저스가 맞붙는데."

주아니타 : (비웃는 표정으로) 에이, 그거 어디가 이길지 뻔하네요. 뭐? 난 안 갈래요? 애들 건사하느라 힘들어서 야구가 별로 재미있지도 않고요."

해밀턴 쇼 : (더욱 상기된 표정으로) 여보, 그게 아니야! 난 원래 뉴욕자이언트 팬이었는데 응원하고 싶은 팀이 하나 더 생겼어! 그게 LA다저스야.

주아니타 : (궁금한 표정으로 해밀턴 쇼의 얼굴을 빤히 보며.)당신이 어쩐 일로 LA다저스를 좋아하게 됐어요? 전에는 관심도 없었잖아요?

해밀턴 쇼 : (뒤통수를 긁으며) 그게 말이야! LA 다저스 단장 브랜치가 흑인선수 재키 로빈슨을 4번 타자로 세워 승승장구하고 있잖아. 난 내일 뉴욕 자이언트가 이기든 LA 다저스가 이기든 상관없지만 재키 로빈슨이 너무 보고 싶어요. 여보! 같이 가자, 응!

5. 뉴욕자이언트 홈 야구장 앞, 저녁 6시

(야구장 안에서는 팡파르가 울려 퍼지고 있다.)

암표상 : (해밀턴 쇼 가족에게 다가와 속삭인다.) 손님, 표 구하셨나요. 암표 있어요 암표!

해밀턴 쇼 : (완강한 표정으로) 아뇨, 암표 같은 거 안 사요. 저리 가요.

암표상 : (비아냥대며) 허허, 모르는 이야기 하시네. 좋은 자리는 다 벌써 어제 동났다고요. 맨 꼭대기면 모를까?

주아니타 : 여보, 우리 그냥 암표 삽시다. 애들도 셋이나 있는데 언제 줄 서서 표를 사요.

해밀턴 쇼 : (체념한 듯 암표상에게) 얼마에요?

암표상 : (귓속말로) 앞자리는 100달러, 중간자리는 80달러, 윗자리는 50달러입니다.

해밀턴 쇼 : (큰 소리를 지르려 한다.) 뭐? 세상에 제일 좋은 자리가 30달러면 충분한데, 무슨 100달러씩 해요?

암표상 : (실망한 듯, 돌아서려 하며) 싫으면 관둬요. 저도 물량 딸립니다.

주아니타 : (애원조로) 여보 그냥 암표 사요, 벌써 야구가 많이 진행됐잖아요.

해밀턴 쇼 : (하는 수 없다는 표정으로) 암표 주세요 그럼!

6. 뉴욕자이언트 홈 야구장안

(1회 말까지 각 팀의 공격은 3자 범퇴로 끝나고 2회초 LA다저스의 공격이다. 4번 타자 재키 로빈슨이 타격에 들어섰다.)

관중 1 : (비아냥대는 목소리로) 재키, 사탕수수 밭에나 가라!
관중 2 : 발목에 쇠사슬은 왜 풀어준 거야! 그건 링컨의 실수였어!
관중 3 : 로빈슨 크루소! 아직도 LA다저스는 표류하고 있다.

(여기저기 로빈슨을 비하하는 피켓이 우후죽순처럼 올라온다)

야유하는 관중들 : 우, 우, 우….

(관중들의 시끄러운 효과음)

말라니 : (울음을 터뜨린다, 여자아이의 울음소리 효과음) 앙, 앙!
주아니타 : (힘든 표정으로)여보, 애 좀 받아 봐요! 힘들어 죽겠단 말이에요.
해밀턴 쇼 : (야구에 신난 표정으로 데면데면하며) 뭐라고? 잘 안 들려! 잠깐만 기다려봐! 저거 4번 타자 한 사람 치

는 것만 보고….

장내아나운서 : 투 쓰리 볼카운트! 재키 로빈슨이 갖가지 타법으로 투수를 공략해 벌써 13구째입니다. 파울! 이번에도 재키 로빈슨이 파울성 타구를 걷어냈습니다. 이어서 투수가 14번째 공을 와인드업하고 있습니다. 재키 로빈슨, 쳤습니다. 홈런, 홈런! 홈런입니다. 뉴욕자이언트 구장에서 최초로 흑인타자가 홈런을 쳤습니다. 홈런입다. 호움~~~~런!

해밀턴 쇼 (좋아서 두 팔을 하늘로 든 채 경중경중 뛰며) 와우! 브라보! 브라보!"

(재키 로빈슨이 3루를 돌아 홈을 밟는 순간 라디오에서 중계되는 장내 방송이 들렸다. 그리고 스코어보드에는 아시아의 나라 코리아에서 전쟁이 났다는 자막이 떴다.)

장내아나운서 : (한국에 전쟁 발발, 전광판에 자막이 뜬다) 중계방송을 중단하고 안내의 말씀을 드리겠습니다. 지금 코리아에서 전쟁이 났습니다. 오늘 6월 24일(한국시각으로 6월 25일) 새벽 4시에 북한군이 소련제 탱크를 앞세우고 남한을 쳐들어왔다는 속보를 전해드립니다. 이상 자세한 소식은 정규뉴스를 참작해주시기 바랍니다.

해밀턴 쇼 : (눈을 둥그렇게 뜨고 주아니타를 보며) 이게 무슨

말이야 여보!

주아니타 : (두 손바닥을 펼쳐 보이며) 글쎄요. 저도 무슨 말인지 잘 모르겠어요?

해밀턴 쇼 : (주섬주섬 가져온 물건을 챙기고 큰아들 스티븐 쇼의 손을 잡과 둘째 아들 리차드 쇼를 가슴에 안으며) 여보, 일어서요. 얼른 집에 가자!"

주아니타 : (눈이 휘둥그레지며) 아니 왜요!"

해밀턴 쇼 : (정신 없이 허둥지둥대며) 코리아에서 전쟁이 났다고 하잖아. 내가 이럴 때가 아니지? 어서 집에 가자 여보!

주아니타 : (이해할 수 없는 표정으로) 아니, 코리아에서 전쟁이 나면 난 거지 우리가 왜 집에를 가요? 모처럼 야구 구경을 하러 와서요. 야구가 끝나면 집에 가서 TV 뉴스로 소식을 들어도 되잖아요. 당신이 하도 재키 로빈슨을 두둔해서 LA다저스가 조금 좋아지려는 참인데….

해밀턴 쇼 : (더 이상 야구를 보지 않겠다듯 정신 나간 몽롱한 표정으로) 아니야 여보, 지금 내가 한가하게 앉아서 야구나 보고 있을 수가 없어요. 내가 태어난 조국에서 전쟁이 일어났다고 하잖아."

주아니타 : (하는 수 없이 젖먹이 딸아이를 들쳐업고 해밀턴 쇼의 팔을 끌어당기며) 네, 알았어요. 여보, 집으로 가요. 그럼.

7. 일요일 오전, 해밀턴의 집

(해밀턴 쇼는 방에서 허둥지둥하며 왔다 갔다를 반복한다.)

해밀턴 쇼 : (고민에 빠진 표정으로 독백) 내가 어떻게 해야 하지. (그리고 전화기를 집어든다.)
(다이얼 수화기를 돌리고) 야, 리건! 맥주 한 잔 하자! 지금 나올 수 있냐?

도널드 리건 : (수화기에서 들리는 목소리, 비야냥 조로) 하하하, 그거 봐! 너 LA다저스가 져서 속이 아파서 그러는구나! 야 인마. 흑인 한 명 투입했다고 뉴욕 자이언트를 이길 수는 없지. 그래, 네가 속이 아파서 맥주 한 잔 사달라면 사주마! 그래, 어디서 만날까?

해밀턴 쇼 : 응, 캠브리지 32번가 보들레르 레스토랑으로 나와! 지금이 5시니까 5시 30분까지 나와!"

도널드 리건 : (수화기에서 들리는 목소리) 그래 알았어. 한 30분 걸릴 거야!

해밀턴 쇼 : (다급한 표정으로 아내 주아니타를 보며.) 여보, 나 좀 나갔다 올게."

주아니타 : 주일인데 어디를 나가려고 해요. 애들을 봐줘야지요. 나도 힘이 든단 말이에요. 아이들도 봐주고 청소도 좀 도와줘요. 난 무쇠팔인 줄 알아요?

해밀턴 쇼 : (주아니타에게 데면데면하게 키스를 하며) 그래그래, 알았어요. 미안해요 나 좀 나갔다 올게. 미안해.

8. 캠브리지 32번가

(해밀턴 쇼는 거의 뛰다시피 해 약속 장소인 보들레르 레스토랑에 나와 있다.)

해밀턴 쇼 : (자꾸만 시계를 들여다보며 일어섰다 앉았다를 반복하며) 아, 짜식! 늘 늦는단 말이야! 오기만 해라. 벌주 석 잔이다!
(문이 열릴 때마다 바라보며) 내가 이런 걸 친구로 두고 있다니….

(또다시 문이 열리고 도널드 리건이 두리번거리며 걸어들어오다가 해밀턴 쇼를 발견하자 만면의 웃음을 띠며 손을 들고 들어오고 있다. 해밀턴 쇼는 리건을 못 본 척하며 맥주를 한 잔 들이켠다. 그런 쇼의 테이블 앞에 리건이 앉으며 말을 건넨다.)

도널드 리건 : (웃음 띤 얼굴로) 야 인마! 응원하는 야구팀이 졌다고 휴일인데 불러내서 맥주 사달라는 놈은 처음 보

겠다. 아무튼 나도 심심했던 참인데, 마시자. 마셔! 건배!

해밀턴 쇼 : (얼굴을 돌리며) 너나 혼자 마셔 인마! 나 지금 건배할 기분이 아니거든.

도널드 리건 : (비야냥 조로) 다저스가 야구에 진 게 그렇게 약오르냐? 흑인 놈 하나 넣어 봐야 그게 그거지 인마! 참, 코리아에서 전쟁이 났다더라. 너 거기서 태어났다며? 아하, 그래서 네가 속이 좀 상했구나! 그래 내가 위로주 한 잔 사줄게. 마셔라. 마셔. 원래 전쟁도 하고 그래야 무기도 팔고 경기도 살아나고 그러는 거야 인마.

해밀턴 쇼 : (일없이 성냥개비만 수북하게 부러뜨리며) ….

도널드 리건 : 짜식, 말도 안 하고 술만 마시고 있네! 너 혼자 벌써 세 잔째야. 집에서 쉬고 있는 친구를 불러냈으면 기쁘게는 못해줄 망정 말을 해야 할 것 아니야!

해밀턴 쇼 : 야, 리키(리건의 애칭)야! 나 어떻게 할까? 나 코리아전쟁에 참전할까?

도널드 리건 : (눈을 휘동그랗게 뜨며) 뭐야? 너 미쳤어! 그런 말 하려면 나 집에 갈 거야. 인마! 이거 순 미친놈 아니야. 전쟁에 재미가 들렸거나. 너는 이미 2차 세계 대전에 가서 죽을 뻔했잖아 인마! 노르망디 작전에 갔다가 죽을 뻔하고 살아서 돌아왔다면서? 네 나이가 몇 살인 줄 알아? 스물아홉 살이야 인마, 넌 처자식이 넷이나 있는 몸이야. 그리고 너 같은 늙은 군인은 필요가 없대 인

마! 너 지금 나를 두고 장난하냐? 정신 차리고 박사과정이나 마쳐! 얼른 돈 벌어야 아이들 교육시키고 아내 수고도 덜어줄 거 아니야?
해밀턴 쇼 : (시무룩한 표정으로) 그건 그렇지만….

(해밀턴 쇼는 맥줏값을 지불하고 혼자 카페에서 나와 무작정 거리를 걷는다.)

9. 1950년 여름방학, 해밀턴 쇼의 집

쇼는 7월 한 달 내내 방에서 이리 뒹굴 저리 뒹굴한다. 수염도 깎지 않아 수염이 많이 자라 덥수룩하다. 가끔 책을 들여다보는가 싶다가도 대낮에도 커튼을 친 채 불을 끄고 누워있고, 밤이면 일어나 책상 앞에 앉아 고민한다.

딩동딩동, 현관 벨이 울린다.

주아니타 : (맨발로 나와 맞으며) 아버님 오셨어요.
얼 쇼 : (해밀턴 쇼의 방쪽을 쳐다보며) 그래, 애비 어디 있니? 뭘 그리 고민한다니?
주아니타 : (일그러진 표정으로) 그러게나 말이에요 아버님. 왜

저러는지 모르겠어요. 아버님이 야단 좀 쳐주세요.

얼 쇼 : (방문을 두드리며) 애 윌리엄, 들어가도 되겠니?

해밀턴 쇼 : (덥수룩한 얼굴로 방문을 밀고 나오며) 아버지 오셨어요. 제가 나갈게요.

얼 쇼 : (위 아래를 훑어보며 걱정스런 표정으로) 뭘 그리 고민하는 게냐?

해밀턴 쇼 : 아니에요. 아버지. 지금은 말씀드릴 수가 없어요.

얼 쇼 : (언짢은 표정으로) 뭘 그리 고민한단 말이냐. 그러다 몸 상한다. 애비는 간다.

(아버지 얼 쇼가 가신 뒤 해밀턴 쇼는 거의 금식을 한 채 기도에 매달렸다.)

해밀턴 쇼 : (무릎을 꿇고 두 손을 모은 채) 사랑이 많으신 아버지 하나님! 제가 태어나고 자란 고국 한국에서 전쟁이 났습니다. 제가 참전을 해야 합니까. 하지 말아야 합니까? 부모님과 아내에게 말을 하자니 난리가 날 것 같고 가만히 있자니 울화가 치밉니다. 공산군들이 이미 낙동강까지 쳐들어갔다고 합니다. 제가 가만히 있으면 적화통일이 코앞에 있습니다. 뉴스를 접했을 때 가슴은 요동쳤습니다. 신문과 방송에서는 연일 코리아전쟁에 참전할 병사를 뽑는다는 모병기사가 올라오고 있습니다. 한국사람인 제가 가만히 있어야 하나요? 참전해야 하

나요? 하나님께서 저에게 답을 주세요.

(갑자기 전화기 집어 든다.) 프랭크 교수님! 저 윌리엄 해밀턴 쇼입니다.

프랭크 교수 : 누구, 아…, 해밀턴 쇼 군! 자네가 어쩐 일인가? 방학 중인데….

해밀턴 쇼 : 교수님 긴히 상의드릴 말씀이 있습니다.

프랭크 교수 : 왜 공부가 잘 안 되나? 취직 문제라든지 자네의 장래에 관한 문제라면 만나지 마세. 스스로 결정해야 하는 거야.

해밀턴 쇼 : (다급히) 아닙니다. 교수님, 아주 급한 일입니다.

프랭크 교수 : 급한 일이라니? 방학 중에 급한 일이 무엇이 있겠나? 나도 방학 중에 하던 연구가 있으니 시간이 많이 부족해! 이번 방학에는 아무도 안 만나겠네. 개학하면 만나세. 이만 전화를 끊음세.

해밀턴 쇼 : (뚜뚜뚜…, 소리가 수화기에서 들린다) 교수님! 교수님!

(쇼는 너무 화가 나서 수화기를 내던진다. 수화기는 줄이 끊어져 저만치 날아간다. 해밀턴 쇼는 주섬주섬 옷을 챙겨 입는다. 수염을 깎지 않은 덥수룩한 모습에다 얼굴까지 긴 모습이 마치 예수의 형상 같다.)

10. 하버드대학교 프랭크 교수의 연구실

해밀턴 쇼 : (노크 없이 문을 벌컥 열고 들어오며) 교수님, 안에 계시지요?

여직원 : (깜짝 놀라는 표정으로 움찔하며) 교수님께서 아무도 들여보내지 말라고 하셨습니다.

해밀턴 쇼 : (교수실을 향해 뚜벅뚜벅 걸어가 문을 열며) 프랭크 교수님, 해밀턴 쇼입니다.

프랭크 교수 : (눈을 의심한 듯 바라보며) 아니, 자네! 해밀턴 쇼 군! 무슨 일이 있나? 이리로 와서 앉게!

(해밀턴 쇼는 목석처럼 서 있다.)

프랭크 교수 : (인터폰을 누르며) 여기 커피 한 잔 가져와요.

여직원 : (커피잔을 쟁반에 받쳐 들고 들어오며) 커피 가지고 왔습니다. 교수님!

해밀턴 쇼 : (펄썩하고 바닥에 무릎을 꿇으며) 교수님! 저 어떻게 해야 하지요?

(해밀턴 쇼는 눈물을 흘린다.)

프랭크 교수 : (놀라 자리에서 일어나 해밀턴 쇼 쪽으로 걸어 나

오며) 아니 쇼 군! 왜 이러나? 무슨 일이 있나? 이러지 말고 어서 일어나 이리로 앉게.

해밀턴 쇼 : (프랭크 교수가 쇼의 팔을 부축해 일으키자) 교수님은 저에 대하여 잘 모르시겠지만, 저는 아시아의 작은 나라 코리아에서 태어났습니다. 그곳의 평양에서 태어나 황남초등학교와 평양고등보통학교를 나왔습니다. 그리고 미국으로 건너와 웨슬리언대학교를 나왔지요. 그래서 저의 조국은 둘입니다. 하나는 코리아고 하나는 미국이지요. 저의 고향, 저의 조국이 공산주의자들에 의해 적화되었습니다. 미국과 소련이 회담을 잘못하여 한민족을 둘로 갈라놓은 것이지요. 저는 그런 미국에 대하여 몹시 못마땅하게 생각하고 있었습니다. 그런데 노우스 코리아인 공산주의국가가 자유민주주의 국가인 사우스 코리아마저 공산화시키려고 전쟁을 일으켰습니다. 아무리 미국 국적이라 할지라도 저의 조국에서 일어나는 일을 가만히 강 건너 불처럼 구경만 하며 보고 있을 수는 없습니다. 그런데 내 주변의 부모님과 아내와 친구들은 모두 제가 참전하겠다는 생각을 말했을 때 미쳤다고 말합니다. 조국이 멸망하고 있는데 나의 안위를 위해 가만히 있으면, 그래서 조국이 적화되어 공산주의자들인 소련이나 중국공산당의 손에 넘어간다면 저는 비겁한 사람이 될 것입니다. 어떻게 해야 좋습니까? 교수님!

(해밀턴 쇼는 큰 소리로 울부짖어 눈물 콧물이 범벅된다. 프랭크 교수도 함께 운다.)

프랭크 교수 : (눈물을 닦으며) 그래, 자네의 말이 맞네. 우리가 열심히 공부하는 것은 인류의 정의를 위해서야. 자네가 심판하게. 자네가 가서 공산주의자들의 최후가 어떻게 된다는 것을 심판해주게. 공산주의자들, 학살자들, 게슈타포 같은 사람들, 일본군 같은 못된 자들의 총칼 앞에서 선량한 시민을 구해주게. 내 오른팔 같은 자네가 혹시 전장에서 죽는다고 해도 나는 슬퍼하지 않겠네. 그리고 자네의 거룩한 판단에 경의를 표하네.

해밀턴 쇼 : (눈물을 닦으며) 고맙습니다, 교수님.

프랭크 교수 : 미국이라는 나라는 한 사람의 나라가 아니야. 코리아 민족들도 수십만 명이 와서 살고 있는 나라야. 미국은 세계의 평화를 위해서 존재하여야 하네. 그것이 가정이 있다거나, 박사과정에 있거나, 군대에 갔다 왔다고 해서 걸림돌이 될 수는 없네. 마음 같아선 조금만 더 젊었어도 나도 자네의 조국 코리아를 위하여 참전하고 싶네. 내가 뉴욕타임스에 '젊은이들이여! 코리아의 자유를 지키자.'라고 기고하겠네. 그리고 자네의 결정에 대하여서도 언급하겠네. 난 우리 미국의 젊은이들이 미국뿐만 아니라 세계의 평화를 위해서 목숨을 걸

어야 한다고 생각해왔네. 자, 전장으로 나가시게. 자유의 이름으로 공산주의자들을 심판해주게. 미국 젊은이의 기개를 보여주게. 나는 자네에게 감사하네.

해밀턴 쇼 : 알겠습니다. 교수님, 제가 올바른 판단을 할 수 있도록 조언해주셔서 정말 고맙습니다.

(해밀턴 쇼는 또다시 눈물을 흘리며 프랭크 교수실을 되돌아 나온다.)

11. 해밀턴 쇼의 집

해밀턴 쇼 : (매우 고민스런 표정으로 아내 주아니타를 부른다) 여보!

주아니타 : (고개를 끄떡이며) 네 쇼. 무슨 말을 하려는 지 알겠어요.

해밀턴 쇼 : 당신이 어떻게 생각할른지 모르겠어요. 나는 한국전쟁에 참전을 하기로 했어요. 당신이 부모님을 설득하는 데 도와주었으면 좋겠어요. 나는 내 생각을 믿어주지 않으면 그냥 혼자라도 무조건 입대해서 전장으로 떠날 생각이에요.

주아니타 : 여보. 나는 당신이 판단을 믿어요. 당신은 세 아이에게 부끄럽지 않은 아빠가 될 거예요. 사랑해요. 여보!

해밀턴 쇼 : (주아니타를 꼭 안으며) 고마워요 여보!

해밀턴 쇼 : (수화기 다이얼을 돌리며) 그럼 내가 아버지한테 전화를 걸어볼게

얼 쇼 : 여보세요.

해밀턴 쇼 : 아버지, 저에요.

얼 쇼 : 그래, 무슨 일이냐?

해밀턴 쇼 : 아버지를 찾아뵈려고요.

얼 쇼 : (완강한 표정으로) 올 필요 없다. 니가 전쟁에 나가려는 거 다 알고 있다. 이만 끊는다.

(해밀턴 쇼, 부모님께 편지를 쓴다.)

"존경하고 사랑하는 아버지 어머니!

두 분께서 걱정하시는 것을 잘 알고 있습니다. 그렇지만 한국인들은 자유를 지키려고 분투하고 있습니다.

저는 한국 평양에서 태어났고 평양은 이미 우리 미국의 실수로 공산화된 지 6년이나 되었습니다.

만일 제가 전쟁에 참전하지 않고 전쟁이 끝난 뒤 돌아간다면 한국은 소련과 중공의 변방 국가가 될 수 있습니다.

다시는 한국을 볼 수 없으며 친구들이 나를 비겁자라 할 것입

니다. 저는 제 양심이 허락하지 않습니다.
　불효자를 용서해주세요.

　(해밀턴 쇼는 편지를 남기고 아내와 아이들에게 키스를 한 후 입대하려고 집을 떠난다.)

　(해밀턴 쇼가 떠난 뒤 아버지 얼 쇼 목사 부부가 부랴부랴 해밀턴 쇼의 집에 도착한다.)

얼 쇼 : 해밀턴, 해밀턴!
주아니타 : 벌써 떠났어요, 아버님!
얼 쇼 : (거실에 주저앉으며) 해밀턴! 미안하다. 니 말을 들었어야 하는 건데…. (눈물을 흘린다.)
얼 쇼 : 모두들 오너라 기도하자.(온 가족들을 모아놓고 며느리 주아니타의 손을 잡고 기도한다. 모두들 눈을 감고 기도를 드린다.)
얼 쇼 : 사랑이 많으신 우리 주 예수 아버지 하나님! 우리 주 그리스도의 아들이자 미합중국의 아들, 그리고 자유민주주의의 아들 쇼가 코리아 전장으로 떠난다고 합니다. 아버지 하나님께서 우리의 아들 해밀턴 쇼를 굽어 살피사 그가 옮기는 발걸음과 머리와 가슴과 손발과 그의 모든 것을 주관해주실 것을 믿사옵니다. 이 모든 것은 아버지

하나님, 주님의 뜻인 줄 알고 주님의 뜻대로 행하는 쇼에게 축복을 내려주시옵소서!

가족 모두 : (이구동성으로) 주여!

얼 쇼 : 걷거나 잠자거나 먹거나 굶을지라도 모든 것을 아버지 하나님께서 주관하시고 굽어살펴 주시옵소서! 이 땅에서 공산주의가 발붙일 곳이 없도록 심판하여 주시옵소서! 그리하여 마침내 민주주의가 승리하도록 역사하여 주시옵소서! 중국 공산주의와 소비에트연방 공산주의의 틈바구니에서 코리아가 살아남을 수 있도록 도와주시옵소서! 코리아가 승리하여 자유민주주의 힘으로 마침내 소련과 중국의 공산주의가 몰락하고 자유민주주의를 택할 수 있도록 이 젊은이에게 삼손과 같은 힘을 주시옵소서! 솔로몬과 같은 지혜를 주시옵소서!

가족 모두 : (작은 목소리로) 아~멘!

얼 쇼 : 가는 곳마다 승리의 깃발을 꽂을 수 있게 도와주시옵소서! 그가 전장에서 적을 대할 때 사탄을 물리치는 것과 같이 담대하여 거침이 없도록 힘을 주시옵소서! 2,000년 만에 가나안 땅을 되찾아 행복해진 이스라엘 민족과 같이 5,000년 역사의 코리아 민족들이 전통과 행복을 지킬 수 있도록 용기를 주시옵소서! 이 모든 말씀 주 예수 그리스도의 이름을 받들어 기도드렸사옵나이다.

가족 모두 : (결기에 찬 목소리로) 아~멘!

12. 미국 해군본부

(1950년 8월 16일 달력을 비춘다.)
(해밀턴 쇼가 작은 배낭을 메고 해군본부 모병지원과 사무실을 들른다.)
(그리고 입대지원서를 쓴다.)
(얼마의 시간이 흐른다. 해밀턴 쇼는 손을 부비거나 서성거리며 안절부절한다.)
(방송에서 해밀턴 쇼의 이름이 불려진다.)

방송 : 윌리엄 해밀턴 쇼님 창구 앞으로 오세요.
모병담당 장교 : (여자 해군 중위로 창구에 앉은 채 헛기침을 하며) 귀하의 입대지원서는 반려되었습니다. 29세라는 적지 않은 나이와 한번 전역한 경험을 가지고 있는 귀하의 이력이 전례 없던 일이라 재입대는 안 된다고 판정 받았습니다.
해밀턴 쇼 : (버럭 화를 내며) 전쟁이 났는데 왜 안 된단 말이오. 민주주의를 지키는데 무슨 조건이 필요하단 말이오! 지금 자유민주주의가 망하고 있는 시점이요! 내가 군에 갔다 왔건 안 갔다 왔건, 나이가 많건 적건 그것이 무슨 상관이오! 지금 코리아 전장에서는 한 사람의 병사가 절실히 필요한 시점이요. 나는 코리아에서 태어났고

그곳에서 자랐단 말이오! 지금 그 코리아의 앞날이 경각에 달렸단 말이오!

(해밀턴 쇼가 크게 분노하며 열변을 토할 때쯤 해군참모장의 방이 열리고 모자에 별이 두 개가 달린 제독의 참모장이 나온다.)

참모장 : 무슨 일이오?
모병담당 장교 : (여자 해군 중위가 말한다) 네, 참모장님! 이 분은 2차 세계대전 당시 노르망디 작전에서 전과를 세워 무공훈장을 받은 예비역 중위 윌리엄 해밀턴 쇼인데 한국전쟁에 참전하겠다고 합니다.
해밀턴 쇼 : (여자 해군 중위의 말을 끊으며) 저희 아버지는 코리아의 선교사로 저는 코리아에서 태어나 고등학교까지 코리아에서 마치고 미국으로 건너왔습니다. 그런데 그곳에서 전쟁이 났습니다. 그것도 지금 부산을 제외한 거의 모든 땅이 침략자들에게 밀려서 공산화되고 있습니다. 그래서 저는 전장에 나가려고 합니다.
참모장 : 그래요? 이 말이 사실인가요?
해밀턴 쇼 : (결기 어린 모습으로) 옙. 사실입니다.
참모장 : 어이, 이 사람이 제출한 입대지원서 좀 가져와 봐!
모병담당 장교 : 여기 있습니다. 제너럴 써!

참모장 : (이리저리 서류를 훑어보며) 어이, 해밀턴 쇼 중위! 무슨 증거물 같은 게 있나요?

해밀턴 쇼 : 네, 여기 가지고 왔습니다.

(배낭을 뒤진다.)

해밀턴 쇼 : 이것은 노르망디 작전 성공으로 받은 무공훈장입니다. 그리고 이 사진은 제가 모시던 아이젠하워 장군과 찍은 사진입니다.

참모장 : (화를 내며) 빨리 입대시켜요. 이런 전문가가 우리가 찾던 사람이란 말이오!

13. 일본 오끼나와 미 7함대 기지

(비행기 착륙하는 소리가 들린다.)

해밀턴 쇼 : (차렷 자세로 거수경례를 붙이며) 신고합니다. 윌리엄 해밀턴 쇼 중위입니다.

맥아더 장군 : (흥분이 되어 희색을 띠며) 잘 오셨네! 기다리고 있었네. 해밀턴 중위. 어이, 윌리엄 중위가 도착했으니 서둘러 작전회의를 하세. 모든 지휘관들은 작전 벙커로

들어오라고 해!

맥아더 장군 : (미소를 띠며) 자네가 노르망디 작전에 아이젠하워 장군과 작전을 계획했던 그 해밀턴이란 말인가?

해밀턴 쇼 : 예스, 제너럴 써!

맥아더 장군 : 여러분, 오늘 전입 온 해밀턴 쇼 중위를 소개합니다. 해밀턴 쇼는 아이젠하워 장군과 함께 노르망디 상륙작전에 참전하여 성공리에 작전을 이끌고 무공훈장을 받았던 사람입니다.

(맥아더 장군이 탁상회의를 진행하고 있다. 참석한 사람들 해밀턴 쇼를 보며 다 같이 박수를 친다.)

맥아더 장군 : 이제 결정을 내릴 시기가 왔습니다. 여러분의 의견을 묻겠습니다. 허심탄회하게 말씀해주세요.

해군 중령 1 : 저는 원산 쪽에 항구시설이 좋으니 항공모함을 그곳에 대고 진격해서 북한 전역을 먼저 접수해야 한다고 생각합니다.

해군 중령 2 : 제 의견은 다릅니다. 해주항에서 옹진반도로 상륙해서 평양을 집적 공략해야 합니다.

해군 소령 1 : 아닙니다. 해주항에서 평양을 공격하려면 시간이 많이 걸립니다. 그러니 평양 근처인 남포항에 배를 대고 평양을 집적 공략해야 효과적인 공격으로 적에게 치명적인 상처를 줄 수 있습니다.

해군 소령 2 : 서울은 인천항과 가깝습니다. 인천으로 상륙해서 서울을 탈환하고 교두보를 마련해서 북진통일의 발판으로 삼아야 합니다.

해군 대령 : 무슨 말씀입니까? 지금 부산 함락이 경각에 달렸습니다. 우선 우리의 모든 화력을 부산에 집중해서 적을 막아내고 서울로 진격해야 합니다. 따라서 부산으로 상륙하는 방법이 최선의 방법입니다.

맥아더 장군 : (손바닥을 펴 의견을 막으며) 자, 자. 그만! 자네, 해밀턴 쇼! 자네 생각은 어떤가?

해밀턴 쇼 : 저는 어릴 적부터 평양과 서울을 오갔던 사람입니다. 서울을 탈환하고 침략자들의 보급로를 차단해야만 승산이 있습니다. 그러나 말단 중위가 참모님들이 하고 있는 작전회의에 참여해 제 의견을 피력해도 되는지 모르겠습니다.

맥아더 장군 : 자네는 이미 노르망디 작전에 참여했던 경험자가 아닌가? 게다가 한국에서 태어나고 자란 사람이니 자네가 한국의 실정은 잘 알고 있을 것 같으니 편하게 자네 생각을 말해보게!

해밀턴 쇼 : (굽신거리며) 송구합니다. (다시 어깨를 곧추세우고) 제 생각엔 인천을 치고 올라가야 한다고 생각합니다. 그래야만 수도 서울을 탈환할 수 있고 충청도와 전라도, 경상도까지 내려간 괴뢰군의 보급로를 차단하여 섬멸할 수 있습니다. 우리 해군의 화력을 모두 동원해서

인천을 초토화시키고 해병대를 포함한 지상군을 진격시켜 서울부터 탈환해야 합니다.

맥아더 장군 : (무릎을 치며) 그게 좋겠소! 우린 인천으로 상륙합니다. 이제 더 이상 지체할 시간이 없소.

맥아더 장군 : 한국정부에게 대한민국 육군과 해병대의 참여를 요청하시오.

내레이터 : 이승만 대통령은 백선엽 장군의 동생인 백인협 대령을 추천했다. 백인협 대령은 1950년 8월 제17연대장에서 수도사단장으로 승진했던 사람이었다. 그는 인천상륙작전에 참여하기 위해 스스로 사단장직을 사임하고 제15연대를 지휘했다.

인천상륙작전에 앞선 보름 동안은 첩보의 수집기간이었다. 미국 해군 첩보수집 특공대 조장 임병래 중위는 상륙작전에 앞서 인천상륙작전이 성공할 수 있도록 북괴군의 군사기밀을 탐지해와 혁혁한 공을 세우지만, 인천상륙작전이 개시되기 하루 전인 9월 14일 특공대를 도피시킨 그는 적에게 생포될 경우 고문에 의해 작전 정보가 유출될 것을 염려해 자결하고 말았다.

대한민국 해군참모총장 손원일 제독은 대한민국해군 함정 15척을 이끌며 인천상륙작전에 참가했다. 대한민국 해병대 사령관 신현준 대령은 대한민국 해병대 제1연대를 이끌고 참가했다. 미 육군 제10군단 군단장 에드워드 알몬드 중장은 미국해병대 제1사단과 미국 보병

제7사단을 이끌고 참가했다. 미국해병대 제1사단 올리버 스미스 소장은 선봉부대로 참가했다. 미 육군 제8군단장 해리스 월턴 워커 중장은 낙동강 전선 미국 총사령관으로서 인천상륙작전 시행 후 총반격을 감행하는 의무책임자로 선정되었다.

(드디어 9월 15일 인천상륙작전이 개시되었다. 미7함대와 대한민국 해군에서 쏘아대는 포탄이 빗발치듯 인천항구로 날아들었다. 이틀 동안 밤낮으로 퍼부었다. 엄청난 화력에 적들은 혼비백산했다. 지상군이 투입되었다. 인천상륙작전은 대성공이었다.)

14. 미 해병7사단 7연대

내레이터 : 지상군들은 물밀듯 서울을 향해 진격했다. 해밀턴 쇼는 해군이었음에도 해병대 지상군에 자원했다.
해밀턴 쇼 : (혼잣말로) 내 고향 평양의 자유는 내 손으로 찾고 말 것이다.
내레이터 : 해밀턴 쇼의 부대는 김포반도로 진격하여 큰 전과를 이루었다. 9월 21일 새벽 아직 어둠이 가시지 않은 야음에 진군나팔 소리가 힘차게 들렸다. 진격 명령이 떨

어진 것이다. 해밀턴 쇼가 소속된 미 해병7사단 7연대는 행주산성으로 진격하라는 것이었다.

9월 중순, 서울의 새벽 기온은 살을 에는 듯 매서웠다. 낮에는 땀 흘리며 적군과 싸워야 했고 밤에는 추위와 싸워야 했다. 대부분의 병사들은 여름에 보급된 옷을 입고 있고 아직 야전점퍼 같은 것은 보급되지 않았다. 전장으로 보급되는 식량은 건빵과 비닐봉투에 든 밥이 전투식량이 다였다. 김포반도 전투에서 승리한 해밀턴 쇼의 부대원들은 김포평야를 지나와 행주산성으로 향했다. 신발과 전갱이에 묻은 진흙은 그들의 노고를 말해주고 있었다. M1소총은 무거웠다. 게다가 수류탄 몇 발, 탄알이 장전된 탄창 10개와 완전군장을 메고 진격한다는 일은 아무리 장정들이라도 버거운 짐이었다. 통일화 끈이 끊어진 사람, 총탄을 맞아 철모가 뚫어진 사람, 모포에 총알을 맞아 모포가 누더기가 된 사람도 있었다. 온몸은 땀 냄새로 진동했으며 위장크림이 땀범벅으로 지워져 얼굴은 누가 누구인지를 알아보기 어려웠다. 그래도 건빵과 전투식량을 먹는 병사들의 입에서는 행복감이 묻어났다.

행주산성을 향하여 진군 나팔소리가 울렸다. 여기저기에서 총알이 사선을 그으며 날아오고 날아갔다. 하늘은 포연으로 뿌옇다. 후방에서는 계속해서 곡사포를 쏘아주고 있고 B29폭격기가 쉴 새 없이 북녘을 향해 굉음을 내뿜으며 날고 있다. 마침내 행주산성을 아군의 손 아귀에 넣게 되었다.

해밀턴 쇼의 직책은 연대 작전참모였다. 한국해병대와 미국해병대과 미육군 등 연합군의 병사들의 눈과 귀는 그에게 쏠려있었다. 그렇기에 그는 시시때때로 지도를 펴놓고 진로를 결정해야 했다. 나침반은 그의 오른손과 같았다. 적군들은 산속으로 숨어들었는지 퇴각했는지 모르지만 매우 조용했다.

해밀턴 쇼 : (완전군장으로 걸어가며) 대대장님! 오랜 행군으로 병사들이 많이 지쳐 있습니다. 새벽부터 진격해 벌써 경계를 주시하며 진군해온 지 벌써 다섯 시간째입니다.

맥그리거 중령(해병대 대대장) : 모두 제자리! 십분 간 휴식!

해밀턴 쇼 : 이 산은 수색산입니다. 한국해병대과 미국1사단은 17연대는 수색산을 지나 비단산, 봉산, 앵봉산으로 진격합니다. 그리고 이 산은 안산입니다. 안산은 성산 104고지를 공격하고 있는 한국해병대와 미 해병대 제5연대가 추후에 진격하기로 했습니다. 불광리 근처에 있는 이 산은 북한산자락이고, 그 앞에 있는 산이 신촌 노고산입니다. 이 노고산과 인왕산 자락인 녹번리 산1번지가 우리 부대가 공략해야 할 산입니다. 인왕산은 대부분 바위로 이루어진 산입니다. 따라서 산세가 험하고 골이 깊지 않아 적군들이 숨을만한 곳이 그렇게 많지 않습니다. 괴뢰군들은 대부분 퇴각했고 남은 괴뢰군

들은 5천에서 1만여 명으로 추산하고 있습니다.

맥그리거 중령 : (해밀턴 쇼를 바라보며) 그런가 중위?

해밀턴 쇼 : 우리는 신촌 노고산으로 진격해야 합니다. 신촌리에 있는 노고산은 야산이지만 도처에 괴뢰군들이 숨어 있을 가능성이 많습니다. 노고산을 집중 공략해 신촌 일대를 탈환하고 녹번리로 진격해서 1번 국도인 불광리 길을 확보해야 합니다. 그래야만 북진통일의 교두보를 마련할 수 있습니다. 문산으로 이어지는 불광리 길 1번 국도를 탈환하지 못하면 서울에 남은 빨갱이들을 처단할 방법이 없습니다. 산골고개를 정점으로 도처에 숨어 있는 괴뢰군들의 잔당을 뿌리째 뽑아내는 일이 우리의 임무입니다. 따라서 우리의 진격은 중대별 작전이 아니라 분대별 작전이 되어야 합니다. 한꺼번에 진격하다가는 적의 화기에 몰살당할 수도 있습니다.

맥그리거 중령 : (솔깃한 표정으로) 그거 좋은 생각이네!

해밀턴 쇼 : 불광리와 녹번리, 그리고 홍은리를 감싸고 수색할 수색조를 편성해야 합니다. 그리고 적이 매복해 있을만한 곳을 미리 찾아내고 의심되는 것이 있으면 후방의 곡사포 공격의 지원요청을 해야 합니다. 저의 중대는 정중앙인 녹번리로 진격하겠습니다. 민가에도 적이 숨어 있을 가능성이 많습니다. 시가전의 교전방법을 위한 특별교육을 시행한 후 작전을 수행해야 합니다.

맥그리거 중령 : 해밀턴 쇼 중위의 말이 맞소! 그럼 대대별로 진

영을 다시 편성하시오. 7~8명씩 짜여진 분대를 적극 활용하여 진격합시다.

분대별로 전열을 가다듬으라! 먼저 노고산 공략에 나선다! 노고산을 포위하라. 진격하라!

내레이터 : 미해병 7연대장 맥그리거 중령의 명령이 떨어졌다. 전열은 삼삼오오 나뉘어서 각자 그물망을 치듯 적들을 포위해나갔다. 노고산 전투는 효과적이었다. 7연대에 소속된 수천여 명의 병력들이 낮은 포복으로 약진에 약진을 거듭해나갔다. 적군이 비트를 파고 있을만한 곳은 모두 파헤쳐졌다. 나무들은 화염방사기를 통해 모조리 불살라졌다. 멀리서 보면 마치 불타고 있는 한 척의 배처럼 보였다. 바위가 있는 곳이면 어김없이 수류탄이 투척되었고 곳곳에서 치열한 교전이 이루어졌다. 수적으로 열세에 있던 괴뢰군들이 비명을 지르며 죽어나왔다. 우려했던 백병전은 이루어지지 않았다. 아군 6명이 전사하고 적 200여 명을 사살했으며 76명의 인민군이 투항해 포로가 되었다. 태극기와 성조기, 미 해병 7연대기가 노고산 정상에 꽂혔다. 전우들은 서로를 부둥켜안고 눈물을 흘렸다. 그리고 모두들 만세를 불렀다. 승전보는 미 해병대와 대한민국 국군 최고사령관에게 타전되었다. 승전보를 울리고 먹는 늦은 점심은 사상 최고의 만찬이었다. 눈물 젖은 빵을 먹는 미국 병사들의 눈에서 나온 푸른 눈물이 위장크림 위로 흘러 굳은 빵

위로 떨어졌다. 보리빵은 촉촉이 젖어들었다. 눈물 젖은 빵을 먹는 병사들의 입가에는 행복감이 넘쳐흘렀다. 한편 UN군 정보처에는 서울 서방측을 방어하는 북괴군 25여단 독립 78연대 소속 병력들은 4,000여 명이나 된다는 첩보가 알려졌다. 그에 소속된 장교 및 준사관들은 대부분 중공군에서 복무했던 정예화된 전투경험자들이라는 것이다. 아군은 한국해병대 제1대대를 중앙에, 미 해병대 제5연대 제1대대를 좌측에, 제3대대를 우측에 배치하여 서울 서부지역을 병진 공격하고 있었다. 그러던 중 9월 21일. 한국 해병대 제1대대 제3중대는 과감한 공격을 감행했다. 치열한 백병전 끝에 같은 날 오후 6시 30분에 104고지를 완전히 점령했다. 3일 동안 주야간의 끝없이 벌어졌던 혈전은 1개 중대 대원 중 26명만이 생존하는 처절한 혈전에서 승리했다.

15. 1951월 9월 22일. 녹번리 산자락

내레이터 : (포성이 멎은 백련산 자락에 앉아 건너편에 있는 녹번리의 산자락을 보니 쥐 죽은 듯 고요했다. 아무 물체도 움직이지 않았다. 서울역에서 불광동으로 향하는 1

번 국도의 도로는 개미 새끼 하나 얼씬거리지 않았다. 평화가 찾아온 듯한 착각 속에 빠지게 했다.

해밀턴 쇼 : 가슴 쪽 주머니의 지갑에서 사진을 꺼내 바라본다.

내레이터 : 김포반도와 행주산성, 연이어 노고산 전투에서 승리한 아군의 사기는 충천했다. 부대는 증산리와 응암리를 지나 백련산을 커다란 저항 없이 접수했다. 또다시 작전회의가 개최되었다.

해밀턴 쇼 : (녹번리 1번 국도 건너편에 있는 인왕산 자락을 바라보며) 제가 맡은 부대원들이 이곳을 진격하겠습니다. 연대장님은 후방에서 지원해주시고, 1대대와 3대대는 각각 불광지구와 홍은지구로 진격해주십시오.

개리 중사 : (조금 먼 거리에서 해밀턴 쇼를 바라보며) 중대장님! 조심하십시오. 도처에 괴뢰군들이 매복해있습니다. 후방 경계를 게을리하면 안 되십니다. 위험합니다. 적들이 스스로 물러갈 때까지 조금 시간을 가지고 정찰하시는 것이 어떻겠습니까?

해밀턴 쇼 : 아니다. 개리 중사! 우리 고향 땅 평양을 공산주의로 물들이고 낙동강까지 무참히 짓밟은 침략자들을 그냥 둬선 안 된다. 이참에 평양, 신의주까지 밀어붙여서 통일을 해야 한다. 샅샅이 수색하라! 한 놈도 남기지 말고 무조건 사살하라.

개리 중사 : (주위를 두리번거리며) 지금 적의 동태가 여기저기에서 발견되고 있습니다. 지금은 진지에 숨어 있어야

합니다. 후방으로부터 곡사포의 사격을 지원받아서 우선 적을 퇴치해야 합니다.

해밀턴 쇼 : 아니야, 그럴 시간이 없어! 개리 중사! 적군들이 숨어있을 만한 전방을 향해 아군의 화기가 집중적으로 불을 뿜고 있잖아. 적들의 동태는 보이지 않고 미동도 없어.

(향도를 기점으로 선발대가 도로를 건너고 쇼 중위도 뒤를 따라 도로를 건너던 중이다. 순간 괴뢰군의 소총 소리와 기관총 소리가 정적을 깨며 메아리친다.)

(총소리 효과음, 피웅, 피웅! 다다다다….)

(어디선가 콩 볶는 듯한 총소리가 나고 기관총의 총알이 수없이 날아들었다. 순간 '쿵'하는 소리가 들린다. 후방 민가에 숨어있던 괴뢰군 병사가 나타나 기관총을 난사한다.)

해밀턴 쇼 : 윽!

미군 병사 1 : 해밀턴 쇼 중대장님이 총에 맞았다.

개리 중사 : 쇼 중위님! 쇼 중대장님! 정신을 차리십시오. 돌아가시면 안 됩니다. 의무병! 어디 있나? 의무병! 빨리 응급조치를 취하라! 복부에서 피가 흐르고 있다! 해밀턴 쇼 중위님이 총에 맞았다. 가슴을 관통했다. 빨리 지혈하라. 지혈해야 한다. 피가 너무 많이 흐르고 있다. 들것,

어디 있나? 빨리 들것을 가져와라! 빨리 후송하라!

(해밀턴 쇼의 눈에는 하나님이 보인다. 아주 인자하신 얼굴이다.)

하나님의 환영 : (위에서 내려다보며) 윌리엄 해밀턴 쇼, 정말 잘했다. 너의 결정은 곧 나의 결정이었다. 그것은 내가 바라던 바였나니 너는 곧 나의 아들이니라. 이제 너는 내 곁에서 영생할지어다.

내레이터 : 해밀턴 쇼는 꿈속을 걷는 것 같은 기분이다. 마치 뒷동산에 올라온 듯하다. 아주 오랫동안 걸어온 길을 걸어가는 듯, 어릴 적 함께 놀던 영철이와 수남이의 얼굴이 보인다. 아버지께서 목회를 하시던 언덕 위의 교회도 보인다. 대동강도 보이고 평양고등보통학교의 교정도 보인다. 지그시 눈을 감은 그의 입가에는 행복감이 묻어난 채 눈을 감는다.

개리 중사 : 중대장님 중대장님! 앙, 엉엉, 중대장님이 돌아가셨다.

(개리 중사가 일어나 미친 듯 기관총을 난사한다. 다다다다 다다다다…)
(전투대원도 분노해 발사 지점을 향해 모든 화력을 쏟아붓는

다.)

개리 중사 : 수색하라.
내레이터 : 수색한 결과 두 명의 괴뢰군 시체가 발견되었고 소련
제 기관총 1문과 AK소총 1정이 발견되었다.

16. 역촌동 은평평화공원

(은평평화공원의 윌리엄 해밀턴 쇼 대위의 동상 앞에서 윌리엄 해밀턴 쇼의 추도식이 열리고 있다.)

내레이터 : 동상 앞에는 "한국에서 태어났으니 한국 사람입니다. 내 조국에서 전쟁이 났는데 어떻게 마음 편하게 공부만 하고 있겠어요. 내 조국에 평화가 온 다음에 공부를 해도 늦지 않아요."라고 쓰여 있다.
이 말은 6·25전쟁 당시 외국에서 유학하고 있던 한국 학생의 편지가 아니다. 미국인인 윌리엄 해밀턴 쇼 해군 중위가 1950년 9월 15일 인천상륙작전이 끝난 뒤 당시 해군 중령인 이성호 제5대 해군참모총장에게 한 말이다.
동상의 높이 2.2m(기단 포함 3.5m)로 정복을 입고 차렷

자세 서 있는데 자신이 피를 흘렸던 이 땅을 응시하고 있다. 그의 추모비에는 "사람이 친구를 위하여 목숨을 버리면 이보다 더 큰 사랑이 없나니….(요15:13)"하는 성경말씀이 새겨져 있다. 가끔 비둘기들이 날아와 놀고 철따라 꽃들이 피어나는 은평평화공원, 어린이, 중고생, 주민들의 쉼터가 되고 있는 이곳은 그가 친구들을 위하여 목숨을 바쳐 지켜낸 자유의 땅이다.

전사 당시 29세였던 쇼 중위는 1계급 특진되어 대위로 진급했으며 현재 부모와 함께 서울 마포구 합정동 외국인 묘역에 잠들어 있다.

1956년 대한민국 정부는 그에게 금성을지무공훈장을 추서하였고, 미국 정부는 은성훈장을 추서했다. 같은 해에 해군장교 및 많은 서울 시민들은 그가 전사한 자리에 전사기념비를 세웠으나 이후 서울 도시계획으로 철수되었고, 지금까지는 응암어린이공원에 해군사관학교 제2기생들의 협조로 만든 작은 추모비가 있을 뿐이었다. 그런데 은평평화공원이 건립되고 그가 전사한지 60년 만에 그의 동상이 세워졌으니 늦은 감은 있으나 그의 숭고한 희생에 대한 감사의 뜻을 전하는 것 같아 조금이나마 위안이 된다.

쇼 대위의 아버지 해밀턴 쇼 박사는 평양의 광성보통학교 교사로 근무하다가 목사 직분을 안수받고 영변과 만주 등지에서 선교사로 활동하고 있었다. 6.25전쟁이 발발해 아들인 쇼가 참전하자, 마음의 동요를 느껴 아버지 쇼 박사 역시 주한미군에 자원입대하여 군목으로 활동하였으며 대한민국 육군에 군목제도를 도입하는데 역할을 다하였다. 쇼 대위의 부인 주아니타 여사는 1956년 서울로 돌아와 이화여대 교수를 지냈으며, 큰아들 큰아들 스티븐 쇼는 서울대 법대 초빙교수를 지냈고, 큰손녀는 오산 공군기지에서 장교로 근무한 바 있다. 해밀턴 쇼 대위의 가족은 4대째 우리나라와 인연을 맺어오고 있다.

여성 사회자 : 지금부터 6.25한국전쟁 60주년 기념 은평평화공원 준공식 겸 윌리엄해밀턴쇼 동상 제막식을 시작하겠습니다.

(용모가 훤칠한 사람들과 코가 큰 몇 사람의 이방인들이 흰 목장갑을 낀 채 가위로 오색 테이프를 끊는다.)

여성 사회자 : 다음은 한국 이름 서위렴, 미국이름 윌리엄 해밀턴 대위의 동상 제막식이 거행되겠습니다. 해밀턴 대위의 가족이신 큰며느리 캐롤 캐머런 쇼님, 둘째 아들인 리차드 쇼 님, 손자 스테판 쇼 님과 조카 캐서린 님, 엘리자베스 님, 참전용사이신 제서스 로드리콰이어즈 님는 앞으로 나와 주시기 바랍니다. 그리고 통일부장관님, 해군참모총장님, 국회의원님, 은평구청장님, 은평구

의회 의장님, 은평구재향군인회 회장님도 앞으로 나오셔서 제막식에 참여해주시기 바랍니다.

(사람들은 삼삼오오 이동해서 흰 천막이 가려진 동상 앞에 선다.)

여성 사회자 : 제가 구령을 하면 구령에 때라 동상에 씌워진 천막을 힘차게 당겨주시기 바랍니다. 하나 둘 셋!

(천막을 당기자 제복을 입은 황동색 동상의 이방인이 나타난다.)

여자 주민 1 : 참, 멋지게도 생기셨네.
남자 주민 1 : 우리나라 사람 동상인줄 알았더니 아니잖아.

(사람들의 웅성거리는 소리가 들린다.)

여성 사회자 : 다음은 우리 대한민국의 숭고한 자유를 위해 목숨을 바치신 윌리엄 해밀턴 쇼 대위에 대하여 묵념을 올리겠습니다. 일동 묵념!

(스피커에서 녹음된 나팔소리가 구성지게 울려 퍼진다.)

여성사회자 : 다음은 윌리엄 해밀턴 쇼 대위의 연혁에 대하여 말씀드리겠습니다. 윌리엄 해밀턴 쇼 대위는 1922년 6월 5일 평양에서 당시 선교사였던 윌리엄의 둘째 아들로 태어났습니다. 1922년 6월 평양에서 선교사로 활동하던 윌리엄 얼 쇼의 아들로 태어난 쇼 중위는 평양에서 고등학교까지 마치고 미국으로 건너가 웨슬리언대를 졸업합니다. 그리고 1943년 해군 소위로 임관해 1945년 어뢰정(PT518) 부장으로 노르망디 상륙작전에 참전해서 혁혁한 공을 세우고 미국 정부로부터 무공훈장을 받습니다. 1947년 미 해군에서 전역 그는 한국으로 와 진해 해군사관학교에서 영어와 함정 운용술 교관으로 생도를 가르치며 초창기 우리나라 해군 발전과 한국해안경비대 창설에 기여하며 대한민국 국군 태동기를 이끌어나갔습니다.

그리고 다시 미국으로 돌아가 1950년 하버드대에서 박사과정을 밟던 중 6·25전쟁이 발발하자 그는 한국을 돕기 위해 미 해군 중위로 재입대를 합니다. 그는 부모님에게 '한국인들은 자유를 지키려고 분투하고 있는데 이를 도우려 흔쾌히 가지 않고 전쟁이 끝난 뒤 돌아가려는 것은 양심이 허락하지 않는다'는 내용의 편지를 남기고 한국으로 향했던 것입니다. 이후 연합군의 인천 상륙작전과 서울 탈환 작전에 참가한 그는 1950년 9월 22일 미 해병 7연대의 서울 진격에 앞서 녹번리에서 정찰 임무를 수행하다 인민군의 총탄을 맞고 산화합니다. 가족으로는 미망인 주아니타 여사와 큰아들 스티븐 쇼, 둘째 아들 리차드 쇼, 그리고 딸 밀라니가 있습니다.

여성 주민 2 : (모습 없이 목소리만 들린다) 그랬군요. 우리 은평구 사람들은 그걸 까맣게 모르고 살았네요.

여성 주민 3 : (모습 없이 목소리만 들린다) 정말 고마우신 분이네요. 우리나라 사람도 아니면서 우리나라를 위하여 목숨을 바치다니! 정말 고마우신 분이에요.

여성주민 4 : (모습 없이 목소리만 들린다) 이렇게 훌륭하신 분을 왜 이제야 알아봤데요. 이제라도 그런 훌륭하신 분의 동상이 세워지고 은평평화공원이 준공된다는 것은 정말 잘한 일이네요.

여성사회자 : 다음은 김순진 작가가 지은 「윌리엄 해밀턴 쇼」 추모시를 신다회 시낭송가께서 낭송해주시겠습니다.

신다회 시낭송가 : 윌리엄 해밀턴 쇼 영전에 / 김순진

    대한민국이여 은평이여

    자유여 민주주의여

    고개를 들어 하늘을 보라

    하늘은 맑고 드높다

    거리마다 지천으로 꽃피고

    새들은 노래하나니 너의 뿌리는 무엇인가

몸을 던져 총성과 포화의 먹구름을 걷어내려 했던 미국 청년
그가 있었기에 오늘의 하늘은 저토록 푸르다
오, 그 이름도 거룩하다 윌리엄 해밀턴 쇼
그는 평양에서 선교사의 아들로 태어나
이미 노르망디 작전에 참전한 예비역 중위
고향에서 전쟁이 났는데 내가 참전하지 않는다면
친구들은 나를 비겁자라 할 것이다 라며
그는 자유를 지키기 위해 총을 들었다
하버드대학교 대학원 박사과정에 다니던 스물아홉살 청년인 그는
주위의 만류를 뿌리치고 6.25한국전쟁에 참전한다
해군의 신분으로 인천상륙작전에 참여해 성공을 거두고
함락된 고향 평양을 되찾겠다며 지상군을 자원했던 청년
그가 김포평야를 탈환하고 치열했던 연희동 104고지전투를 거쳐
마침내 녹번리 전투에서 전사했을 때
그의 주머니에는 사랑하는 아내와 세 아이의 사진이 들어있었다
오, 눈물 난다
피로서 지킨 민주주의의 이름 윌리엄 해밀턴 쇼
우리의 주머니에 평화를 채워준 사람

우리의 목에 나부끼는 자유의 넥타이를 걸어준 사람
우리의 지갑에 평생 쓰고도 남을
통행의 자유 이용권을 넣어준 사람
우리는 그를 우러른다
보라 하늘은 맑고 드높나니
그가 우리에게 피로서 지켜낸 하늘
이 세상이 끝난다 해도 그에 대한 감사는
끝나지 않으리
지구가 멸망한다 해도 그가 지켜낸 평화는 끝나지 않으리
고개를 들어 하늘을 보라
윌리엄 해밀턴 쇼가 선물한 저 맑은 은평의 하늘을

참석자들 : (이구동성으로) 저런 고마운 사람이 있나. 정말 고마운 사람이네….

〈작품해설〉

철저한 리얼리즘과 고증을 통한 작가 정신의 구현

김 경 수(소설가 · 고려대 미래교육원 소설창작 강사)

　문학가 김순진은 올라운드 플레이어이다. 네 편의 시집을 낸 시인이며 세 편의 수필집을 낸 수필가이기도 하다. 시사에 위트를 가미한 칼럼집을 냈고, 문인 탐방기를 내는 인터뷰어를 자처했고, 독특하게 가곡작시악보집을 내기도 했다. 특히 소설 분야에서도 장편소설과 단편소설을 이미 발표한 바 있으며, 장편 동화마저 책으로 냈으니 단연 어떤 장르의 글이나 소화해내는 글에 관한 재주꾼이라 할 수 있다. 더구나 실존 인물을 소재로 쓴 희곡 「윌리엄 해밀턴 쇼」는 연극무대에 올려 공연을 한 작품이다.
　이러한 경력을 가진 분이 이번에는 소설작품집을 발표했기에 지금부터는 그를 소설가로 지칭하도록 한다. 그의 소설적 상상은 단순한 기호나 취향에 머무르지 않는다. 역사적 사실을 토대로 팩션을 구사하는 기법이나 본인의 연고지에서 일어났던 실화를 바탕으로 살아오며 포착한 모티브를 놓치지 않고 작품으로 만드는 소구력은 그 자신이 리얼리즘에 충실한 작가로서의 정체성을 잘 드러낸다고 할 수 있다.

더욱이 그의 작품 전반에 흐르는 인류애에 대한 믿음은 시대나 공간을 초월하여 펼쳐진다. 이는 우리 문화에 '정'을 담아내는 것에도 소홀하지 않다. 삼국시대와 조선시대, 한국전쟁과 70년대의 낭만, 그리고 현시점에 이르기까지 김순진 소설가가 펼치는 시대는 거침이 없다. 특히 소설가의 연고지에 대한 애정은 남다르다. 자신이 태어나 정서를 담고 있는 고향인 포천과 현재 사는 은평구 등이 작품 여기저기에 소재로 채택되어 충분한 고증과 디테일한 묘사를 작품에 잘 담고 있기 때문이다.

따라서 그의 작품에는 향토적이며 전원적인 분위기가 물씬 뿜어나오며, 자신이 어릴 때 조우했던 인물을 주인공으로 내세워 더욱 사실감을 전달하는 데 성공했다. 작품에 나오는 키워드들은 그때 그곳에 살아본 사람이 아니면 접해볼 수 없는 것들이다. 그래서 그런지 그의 문학작품은 당시의 상황을 그대로 포착하여 화석으로 만들어 놓은 박물관의 역할을 한다는 생각이 든다. 따라서 소설가가 갖는 소명 의식과 그에 따른 다양한 소재를 발굴하여 형상화하는 데에도 탁월한 기량을 보여준다고 할 수 있다.

김순진 소설가의 소설 세계는 크게 세 가지 유형으로 나누어볼 수 있다. 역사적 배경을 바탕으로 쓴 「나, 여기 있소」와 「대종천의 비밀」 그리고 「함흥차사 박순」이 있다. 또한 유형은 자기 고향과 경험이 바탕이 된 「비운의 운용이」, 「모닥불 피워놓고 마주 앉아서」, 「합장」이 있다. 그 외 「더듬이 주식회사」와 「월리엄 해밀턴 쇼」가 있다. 작품의 소재가 고루 안분되어있음을 알 수 있다.

「더듬이 주식회사」는 무위도식을 하며 막연히 하루하루를 보내는 주인공 성달수가 '벼룩시장'을 통해 일자리를 얻은 조직에서 겪게 되는 비참한 현실을 가감 없이 독자에게 보여주는 작품이다. 경제성장의 피크에 이르는 1980년대부터 2000년대 초반까지 빈부격차가 심해지면 대도시에서는 중산층 이상과 그 이하의 계층으로 소득에 따라 삶이 극단적으로 나뉘게 되었다. 이런 상황에서 '측은지심'이라 할 수 있는 동정과 연민의 감정마저 서민의 주머니에서 뜯어먹는, 소위 조폭들이 운영하는 '앵벌이 조직'을 흔하게 볼 수 있었다. 그 실체를 주인공 성달수를 통해 작가는 드라이하게 묘사하고 있다.

이는 자본주의의 천박한 민낯을 드러내며 하찮은 사람(앵벌이)이 조금 나은 하찮은 사람(서민)의 간을 벼룩만큼 뜯어 먹는다는 웃픈 현실을 보여준다. 특히 자신들은 회사에 종사하며 회사원으로 생각하는 조직원들의 사고나 처음에는 폭력과 협박으로 어쩔 수 없이 앵벌이를 하는 이들이 조금씩 자신들의 일에 정당성을 주며 합리화하는 심리적 변화를 작가는 잘 그려낸다. 특히 '더듬이주식회사'의 지렁이 팀과 벼룩 팀, 나비 팀, 달팽이 팀, 민달팽이 팀 등 다섯 개의 팀으로 구성된 내용은 상상만으로는 설명할 수 없는, 직접 체험하거나 집요한 정보수집이 아니면 묘사하기 힘든 부분이다. 이는 독자들이 그 세계를 조망하며 그들의 수법에 놀라면서도 한편, 인지부조화적인 재미를 맛보는 부분이라 할 수 있다.

탈출을 시도하지만 결국 잡혀서 구타와 협박을 받으며 그 세계에서 벗어나지 못하는 세태는 지금 보이스 피싱의 원조 격이기에 세상이 변해도 착취의 수단은 집요하게 발전한다는 것에 씁쓸함을 안겨준다.

결국 보내지도 않은 선불 100만 원에 볼모로 잡히고 갈취 당하면서도 스스로 그 일을 계속하도록 만드는 심리적인 지배에서 영원히 벗어날 수 없는, 자본주의의 사다리에 오르지 못한 버려진 이들이 아직도 존재하는 것을 고발하고 있다.

「대종천의 비밀」은 김순진 소설가가 10년간 마음속에 담았던 이야기를 쓴 야심작이라고 말한 작품이다. 개울 이름과 간단한 유래를 통해 펼치는 상상의 나래를 디테일하게 서술하는 능력은 그가 소설가로서 펼쳐 보이는 뛰어난 재능이다. 당시로 시간여행을 떠난 듯 신문왕의 곁에서 보고 들으며 기록한 듯한 생생하고 맛깔스러운 대사가 재미를 더한다.

박학다식하게 풀어놓은 역사에 대한 서술이 돋보이고 꼭 '절에 종이 있어야 하는가에 대한 발상 전환으로 만파신적이 그 역할을 대신하게 하려는 의도로 열무종을 파묻었다는 것'으로 개연성을 확보하려 하였다. 존재하지 않은 열무종이 실제로 있는 것 같은 너무나 상세한 설정은 놀라운 발상이라 할 수 있다.

선대 왕의 유언에 따라 문무대왕릉을 수중릉으로 만들고 용이 출입할 수 있는 지하수로를 만들었다는 것과 감은사 창건과 무열왕 문무왕에서 한 자씩 딴 열무종을 만들고, 두 마리의 용을 문양으로 새긴 것 또한 정교한 설정이다. 원효대사, 의상대사, 법장대사, 철산대사, 구룡대사, 창선대사 등 실존했거나 있을 법한 이름이 등장하는 것, 감은사의 설계지첩과 조감도에 대한 상세한 설명과 축조과정 등을 상세히 풀어낸 것 역시 호기심과 재미를 충족시키는 장치로서 손색이 없다.

축조과정에 따른 근로조건 등 처우와 임금지급, 복지후생, 현장답사 뿐만아니라 휴식과 음주를 통한 위로, 과음에 대한 경계 등 신문왕의 자상한 마음은 작가의 배려가 이입되지 않으면 쉽게 쓸 수 없는 부분이다. 열무종의 제작과정과 재질에 대한 설명에서 독자들이 궁금해할 모든 사항을 빠짐없이 챙기고 있다.

「모닥불 피워놓고 마주 앉아서」는 한국인치고 이 사람이 작사한 노래를 하나라도 들어보지 않은 사람이 아무도 없다고 해도 과언이 아닌, '대작사가'를 등장시킨다.
　예술에 매진하는 시인 박건호의 모습을 묘사한 부분과 당대의 젊은이들의 문화를 자연스럽게 그려낸 것은 레트로(재유행)에 따라 트로트 오디션 프로에 열광하고 영화 '세시봉'이 개봉하는 등, 복고풍이 과거의 정서를 재소환하는 현상과 잘 어우러진다.
　펜팔을 하며 보내는 내용이 유명한 노래의 가사인 걸 알고 멜로디를 흥얼거려보는 재미가 이 소설의 백미가 아닌가 싶다.
　분홍색 편지지, 필터없는 담배, 마도로스 빨부리, 동동구루무 등 당대에 살아본 사람만 아는 아련한 향수를 유발시키며, 캠핑을 준비하는 장비나 식재료의 목록을 통해 칠팔십년대의 낭만과 향수를 아련하게 떠올리게 하는 부분에서는 독자에게 그때의 대천해수욕장으로 상상의 여행을 떠나게 만든다. 작품 말미에 설명이 나오지만 '박건호'라는 이름을 빼고 모든 사건을 상상으로 풀어낸 것은 그만큼 소설적인 기량이 뛰어나다고 밖에 설명할 수 없다.

「합장」은 아버지와 네 사람의 새어머니, 그리고 배다른 형제와 갈등을 겪어가는 주인공 은상의 이야기를 담고 있다. 아버지는 여러 여자를 들였지만, 그때마다 원만한 결혼생활을 이어가지 못한다. 지금과는 문화가 다르지만, 경제적으로 어려울 때 일부다처식의 가정은 우리나라에서는 흔한 경우이며 이로 인한 '가정'의 이미지는 지금의 일부일처제도와는 다른 풍경 일 수밖에 없다. 그중 네 번째 새어머니인 효순에게 은상은 조금씩 마음을 열기 시작한다. 그것은 혈육이라기보다 그들이 속한 가정에 얼마나 충실하게 기여했는가를 평가하기 때문이다. 또 은상이 대학 구내식당에서 일하는 효순을 찾아갔을 때 '여사'라고 불러주길 바랬지만 '할머니'라고 불리운 것에 눈물을 흘리는 장면은 사소한 호칭이지만 그것에 의미를 실어 독자에게 아쉬운 공감을 충분히 전달했다고 본다. 새어머니이지만 핏줄을 넘어서는 인간적인 '정'을 놓지 못하는 은상은 효순이 보상받기를 간절히 바라고 그녀를 거두어 모든 식구가 행복하기를 간절히 바란다.

특히 인상적인 장면은 은상의 친어머니인 복연이 집에 들러 가는 장사꾼들에게 잠자리와 식사를 제공하는데 그 들이 무려 20가지의 장사를 하는 사람들을 나열하는 장면은 당시 시골에서 어떤 물건이 오갔는가를 생생하게 담았다.

　병원에서 애정이 다 식은 아버지의 뇌사상태에 더 이상의 연명치료를 거부하는 은상은 갈등 끝에 결국 어머니의 제삿날에 맞춰 집으로 이송해서 호흡기를 뺐지만, 숨이 멎지 않는다. 그러자 곁에서 참전용사였던 아버지의 일대기를 은상이 하나하나 짚으며 이야기하자 아버지는 편안하게 숨을 거둔다. 그리고 아버지와 생모 복연, 그리고 새어머니 효순을 합장하기로 한다. 그런 소망이 이루어지자 은상이네 초상집은 잔치집 분위기로 바뀌고 모두가 밝은 분위기에서 상여가 선산에 도착하고, 은상은 달고질을 할 때 춤을 추며 아버지와 복연, 효순을 그리워한다. 역설적이긴 하지만 떠난 부모의 넋을 한 곳에 묻을 때 마음이 편안해지는 진정성을 이 작품에서 그리고 있다.

　「나, 여기 있소」는 서울 은평구 북한산 아래에 있는 '여기소(女妓沼)' 설화를 소설로 만들어낸 이야기이다. 실제 있었던 사건(팩트)에 상상으로 만들어진 이야기(픽션)을 가미한 형식을 팩션이라고 부른다. 도입부에서 주인공은 은평여관의 해실(亥室)에 묵으며 창밖에 아름답게 보이는 연못을 바라보는 장면이 나오는데 이는 그 연못이 어떤 사연을 갖게 될지 미리 암시를 던지는 탁월한 장치가 되며 수미상관의 효과를 보여준다.

작가는 자신이 거주하는 곳에서 전해지는 설화를 자신만의 상상력으로 재생산하여 설화에 생생한 생명력을 가미하고 쉽게 지나칠 수 있는 '여기소'라는 지명을 독자들에게 깊이 각인하는 작업을 재미와 한편, 안타까움이 곁들여진 이야기로 만들어낸다.

조선 숙종은 여러 선왕들이 쌓으려 했던 북한산성을 축조하려는 결단을 내린다. 이때의 어전회의에서 보여주는 숙종의 카리스마로 '북한산성 축조 종합 계획서'를 지시하는 장면은 조선의 강한 왕권을 강렬하게 보여준다.

평양에서 거주하며 거중기 기술자로 사는 서른 두 살 이어성은 돈을 벌어 장가를 가고 싶어 한다. 이에 북한산성 축조를 위해 전국에 붙인 방을 보고 자원하여 기생집 '옥련'에서 눈여겨 보아두었던 기생 장연이와 혼사를 결심한다. 자신이 일하고 돌아올 때까지 기다려줄 것을 당부하고 그녀도 그리하기로 약조한다. 한편 중간관리자로 이어성을 눈엣가시로 보는 윤운출은 숙종이 현장에 오는 날 거중기 부품을 빼서 사고를 일으키게 한다. 부상자와 사망자가 생기자 이어성은 옥에 갇히고 이 사실을 모르는 연이는 주인장 단춘의 배려로 북한산성 현장을 찾아간다. 그녀의 미모에 계략을 꾸미는 운출은 연이를 범하려 하지만 강하게 저항하는 그녀를 죽여 돌에 매달아 연못에 던지고 도망간다. 뒤늦게 이어성은 운출을 찾아 죽이고 자신도 자결하고 만다. 한편 포도청에서는 시신을 찾지 못했는데 연못에서 밤이면 날마다 "나, 여기 있어요."라는 소리가 들려 물을 빼자 백골이 나왔다. 그뒤 흙으로 채워 연못은 폐쇄되었다는 비극으로 이야기는 끝난다.

사랑과 질투는 시대를 지나도 끊임없이 이어지는 인간의 양면이다. 뛰어난 기술을 가진 남성과 빼어난 미모를 지닌 여성의 만남은 언 듯 아름답고 완벽하게 맺어질 것 같지만, 질투라는 악의에 의해 비참한 말로를 걷게 되는 법이다. 작가는 그러한 인간의 내면을 지역 설화에 투사하여 그런 비극이 언제라도 일어날 수 있음을 작품을 통해 말해주고 있다.

「비운의 운용이」는 휴전선 가까이에 위치한 온갖 부대들 사이에서 니나놋집 '대구집'의 포주 김정자는 하필 배란기에 두 남자와 관계를 맺고 만다. 그렇게 태어난 운용이는 어느 쪽의 씨인지도 모르고 자란다. 배다른 남매와 돈밖에 모르는 어머니에게서 못 받은 화대를 받아오라는 심부름을 하고 살았다. 굶주림은 허다하고 '니나노'소리에 잠 못 이루고, 얻어 맞기 일수인 운용이는 외톨이로 자란다.

그의 인성은 파괴되어 돈을 뺏거나 싸움을 그치지 않아 주변인들도 피하려만 하고 그를 위해주는 사람은 없다. 그렇지만 왜인지는 밝히지 않았는데, 그는 자기 동네 사람들은 건드리지 않는다고 한다. 이런 전형적인 인물은 사실, 한국전쟁 이후 군부대 인근이면 한두 사람 만나볼 수 있다. 그런 인간상(人間像)을 작가는 포착해서 독자에게 내놓는다.

운용이의 엄마가 일동을 떠나 대구로 세 자매를 데리고 몰래 떠나고, 운용이와 동생 애옥이만 남았다. 운용이는 아버지를 찾아가 구타하며 연금통장을 빼앗아 가고 절망에 찬 아버지는 과음 중에 제초제를 마시고 자살한다.

한편 운용은 잦은 싸움에 칼빵을 맞기도 하고, 살인미수로 징역을 1년 다녀오고, 경마장과 도리짓고땡을 하러 다니며 돈을 다 탕진하는 삶을 산다.

결국 살인혐의로 경찰의 수배를 받고 도피하다가 본능적으로 자신의 고향을 향해 수배망을 우회하는데, 장맛비가 세차게 내려서 개울물은 아주 많이 불어있었다. 추위와 배고픔을 못 견뎌 농가의 부엌에 들어갔는데 하필이면 예전에 자신이 칼로 찔렀으나 수첩 때문에 살아난 동창 명수의 집이었다. 운용은 뒤도 돌아보지 않고 도망을 쳤고 명수는 따라가는 척하고 말았는데 개울을 무리하게 건너던 운용은 결국 다음날 익사체로 발견되었다.

단순한 스토리텔링으로 생각될 수 있는 이 이야기는, 작가에 의하면 주인공 '최운용'이 실존 인물이었고 이를 소설적 허구로 각색하여 소설을 완성했다고 한다. 우리 주변에는 의외로 소설적 인물이 적지 않다. 그런 인물을 관찰하고 기억하고 그에 걸맞는 사건을 만들어내는 재주에 있어서 김순진 소설가는 특화된 능력이 있고, 실존인물이라는 아우라가 주는 작품의 무게도 그만큼 실하다고 할 수 있다.

이 작품을 보면 우리가 인간 내면을 잣대로 선악을 생각하는 '성선설'과 '성악설'이 용도폐기되었음을 인정하게 한다. 사람을 선하게 만드는 것도, 악하게 만드는 것도, 철저하게 환경에 지배되며 시스템에 의해 갈라지기 때문이다.

「함흥차사 박순」는 우리가 잘 아는 역사의 정사, 또는 야사를 소설처럼 맛깔스럽게 다듬어 만든 형식이다. 역사적 사실과 실존인물이 등장하지만 그 당시의 분위기와 그들의 심리를 작가의 입장에서 재해석하는 작업은 생각보다 쉽지 않다. 그래서 이 작품의 장점은 잘 읽히고 작중인물에 쉽게 이입되는 것이다. 특히 '박순'의 경우 그가 어떤 심경으로 함흥으로 떠났는지, 그리고 결국 돌아오지 못한 것이 아니라 돌아가지 않고 죽으면서 이성계를 설복하게 한 설정은 소설적 작업이 아니면 보여주기 힘든 설정이다.

함흥차사에 대한 이야기는 픽션을 섞어넣기도 쉽지 않은 단순 명백한 에피소드이다. 이런 소재를 가지고 소설화하겠다는 발상이 쉽지 않았을텐데, 김순진 소설가는 진지하고 때론 능

청스럽다. 태종이 '이참에 정적을 보내 손에 피도 안 묻히고 그들을 제거할 수 있다'는 생각이 그런 아이디어이다. 여기에 등장하는 말과 쥐에 대한 소재는 원래대로 잘 알려진 내용이지만, 지붕 위에 못에 박힌 지네의 이야기는 일본에서 올림픽 공사를 위해 터를 닦다가 발견되어 카메라에 잡혀 방영된 것을 작품에 활용한 케이스이다. 이처럼 전혀 다른 사건을 조금이라도 연계점이 발견되면 이를 끌어와 작품에 배치하는 센스도 김순진 소설가의 순발력이라 볼 수 있다.

연극대본 「윌리엄 해밀턴 쇼」는 한국전쟁 당시 인천상륙작전에 성공하여 서울 탈환에 나섰던 실존인물 윌리엄 해밀턴 쇼 대위의 실화를 각색한 희곡이다. 따라서 이 작품은 은평연극협회에 의해 은평예술회관에서 연극으로 공연되었다.

역사에서 그려지는 인물의 이야기는 다소 피상적으로 그칠 수 있다. 당사자의 행위나 언사를 통해 극히 단편적인 면밖에 드러낼 수 없기 때문이다. 따라서 문제적 인물, 즉 주인공을 극화시킨다면 그것은 그 인물에 대하여 깊은 연구를 하고 그와 같이 동화될 때까지 깊은 생각을 해야만 한다. 그러한 작업을 통해서 먼 옛날 사라져간 사람이지만, 그를 이 시대의 작품에 소환하여 마치 살아있는 사람으로 묘사하게 된다.

김순진 소설가는 어떤 인물이 자신에게로 이입되는지를 잘 선택하는 능력이 있다. 아무리 위대하고 완벽한 인물이라 할지라도 자신과 매치되는 부분이 없다면 작품으로 끌어들일 수 없고 반대로 작가와의 이념과 가치관이 잘 어우러진다면 자신의 작품에 올리고 싶은 마음이 강할 수밖에 없다.

그런 면에서 왜 '윌리엄 해밀턴 쇼'를 선택했는가 보면 그 답이 나온다. 인종이나 직업이나 사는 시대가 다르지만 작가는 그 인물의 가치가 자신과 등치되었기 때문이라고 판단했다고 본다.

애국심, 자유에 대한 무한한 책임감, 강한 의지, 그리고 한 없는 가족애와 종교적 신념 등이 아마도 김순진 작가와 주인공이 지닌 심정이 교차하는 지점이 아닐까 싶다. 그리고 아마도 러시아의 우크라이나 침공사태를 접하며 이 땅에 다시 전쟁이 일어나면 우리는 어떤 선택을 해야 하는지 고심하지 않았을까 싶다.

더욱이 한국전쟁은 아직 끝나지 않았다. 정전(停戰)상태로 전투를 중지한 것뿐, 언제라도 극단적인 상황이 발생할 수 있는 위태로운 상태이다.

그래서 마지막까지 포화가 난무하는 전쟁터를 부하보다 앞장서는 용기를 보이며 최후를 맞이한 장면에서는 모두가 숙연해 질 수밖에 없을 것이다.

한편 소설가로서 고발의식을 놓치지 않고 작품화하고 있는 점, 시선이 한곳에 머무르지 않고 작품마다 독특한 개성을 돋보이며 문학적 지평을 넓이는 점 등은 소설을 쓰고자 하는 이들이 본받을 만하다. 한쪽으로 치우치지 않은 균형감각으로 앞으로도 새로운 주제와 실험적인 시도를 통하여 다소 정체되어가는 한국소설에 흥미로운 활로를 열어갈 소설가로서 그의 무한한 역량을 기대해 본다.

김순진 소설집

대종천의 비밀

초판발행일 2025년 11월 09일

지은이 : 김순진

발행인 : 김순진

편집장 : 전하라

디자인 : 김초롱

펴낸곳 : 도서출판 문학공원

등 록 : 2004년 3월 9일 제6-706호

주 소 : 우편번호 03382. 서울 은평구 통일로 633
　　　　녹번오피스텔 501호 스토리문학사

전 화 : 02-2234-1666

팩 스 : 02-2236-1666

홈페이지 : https://blog.naver.com/ksj5562

이메일 : 4615562@hanmail.net

2025@김순진